dtv

Marie Lina ist seit Langem glücklich verheiratet, ihr Leben scheint in geordneten Bahnen zu verlaufen. Wäre da nicht diese alte Wut, die unter der Oberfläche schlummert. Jahrzehnte zuvor, Marie Lina war noch ein Kind, büßte ihre Mutter für einen Mord, den sie nicht begangen hat. Seitdem lässt Marie Lina der Gedanke an die Ungerechtigkeit nicht los – bis sich eines Tages die Gelegenheit ergibt, Rache zu nehmen. ›Von Vögeln und Menschen‹ zeigt Margriet de Moor auf dem Höhepunkt ihrer psychologischen und erzählerischen Meisterschaft.

Margriet de Moor, geboren 1941, ist eine der bedeutendsten niederländischen Autorinnen der Gegenwart. Sie studierte Klavier und Gesang, bevor sie sich dem Schreiben zuwandte. Bereits ihr erster Roman ›Erst grau dann weiß dann blau‹ wurde ein sensationeller Erfolg. Heute sind ihre Romane und Erzählungen in alle Weltsprachen übersetzt. Margriet de Moor lebt in Amsterdam.

Margriet de Moor

Von Vögeln
und Menschen

Roman

Aus dem Niederländischen
von Helga van Beuningen

2019 dtv Verlagsgesellschaft mbH & Co. KG, München
Lizenzausgabe mit Genehmigung der
Carl Hanser Verlag GmbH & Co. KG, München
© Carl Hanser Verlag München 2018
Die Originalausgabe erschien 2016 unter dem Titel
›Van vogels en mensen‹ bei De Bezige Bij in Amsterdam.
© Margriet de Moor 2016
Umschlaggestaltung: Wildes Blut, Atelier für Gestaltung,
Stephanie Weischer unter Verwendung
eines Fotos von the Glint/plainpicture
Satz: C.H.Beck.Media.Solutions, Nördlingen
(Satz nach einer Vorlage des Carl Hanser Verlag)
Druck und Bindung: Druckerei C.H.Beck, Nördlingen
Printed in Germany · ISBN 978-3-423-14731-6

Wer Jahre gesessen hat, kann nicht
mehr rehabilitiert werden.

Mário de Sá-Carneiro

Im Traum jedoch erheben sich
Adler allerorten
Und fliegen hin zu dir

Gerrit Achterberg

|

JUNIMORGEN

Eines frühen Junimorgens kommt er nach Hause. Er biegt in seine Straße. Friedliche Stille, wenn auch trügerisch. Die Autos parken noch immer unter dem Weißdorn an der Bordsteinkante. Die jungen Bäume blühen. Weißrosa Blüten. Es ist kurz nach sechs. In dieser Straße, der Mozartstraat in Schalkwijk, wird das Alltagsleben frühestens in einer halben Stunde beginnen. Schalkwijk ist ein zwischen Wiesen und Wasser gelegenes Dorf, es hat eine bis ins Mittelalter zurückgehende Vergangenheit, ist heute aber ein Teil der Gemeinde Haarlem.

Als er aussteigt, fällt ihm das unbändige Geschrei der Vögel in den Weißdornbäumen nicht besonders auf. Dieser Jubel ist ihm vertraut. Rinus Caspers, von Haus aus Gärtner, arbeitet als Vogelvertreiber am Flughafen, ungefähr zehn Kilometer von hier. Ein unerschütterlicher, freundlicher Mann. Gewohnt, allein zu arbeiten, und nie abgeneigt, einen Nachtdienst für einen Kollegen zu übernehmen. Allein zu sein, nachts unter dem Sternenhimmel oder unter einer dicken Regenwolkendecke, er wüsste nicht, was das mit Einsamkeit zu tun haben soll.

Er überquert die Straße zu dem Neubau, einem der mittleren Häuser in einer Viererreihe, in dem er mit seiner Frau und seinem Sohn wohnt. Ein Mann und eine Frau, beide neutral gekleidet, auf den Vordersitzen eines Volkswagens, fallen ihm genauso wenig auf wie das Vogelgezwitscher. Die beiden haben Dienst. Gleich werden sie so korrekt wie möglich eine Verhaftung vornehmen, an sich nichts Besonderes, die zu Verhaftende ist eine Frau. Auch das nicht wirklich außergewöhnlich in ihrem Beruf.

Er schließt die Haustür hinter sich. Der Hund, ein Bordercollie, beschnüffelt bereits intensiv seine Stiefel und die Hose. Das Tier, das diesmal nicht zu den Flugzeugen mitgedurft hat, will genau Bescheid wissen. Die aufgehende Sonne scheint durch das seitliche Erkerfenster ins Wohnzimmer und in den kleinen Flur. Rinus hängt seine Joppe an die Garderobe zwischen die Jacken und Schals seiner Frau Marie Lina und seines Sohnes Olivier. Er geht davon aus, dass die beiden noch behaglich ein Stündchen liegen bleiben dürfen, warm eingehüllt in ihren Schlafgeruch, nichts ahnend.

»In deinen Korb«, befiehlt er dem Collie leise.

Er zieht die Stiefel aus und bringt sie durch die Küche hinaus hinters Haus, um sie später mit dem Gartenschlauch abzuspritzen. Er ist in dieser Nacht im Bereich der Start- und Landebahnen ziemlich viel herumgestapft. Meldungen vom Tower zu einer über der Bahn fliegenden Eule. Danach war es eine Plastikeinkaufstüte, durchaus ernst zu nehmen, die mit dem Wind über die leicht abschüssige Bahn 18 R wirbelte, wo zwei riesige 747er und eine ranke VIP-Maschine auf die Starterlaubnis warteten. Die hing von der Einkaufstüte ab.

Jetzt liegt auch er im Halbdunkel, genauso behaglich wie Frau und Kind, aber noch ohne die dösige Ausdünstung von Atem und Blut. Er riecht nur ein bisschen nach Zahnpasta. Er mag kein lautes Geprassel der Dusche in aller Herrgottsfrühe. So wie er ist nach acht Stunden nächtlicher Arbeit hat er sich an sie geschmiegt. Marie Lina, seine nie schwitzende Frau. Immer etwas wärmer als er, weich, aber nie schwitzend. Er legt die Hand kurz auf ihren sich hebenden und senkenden Bauch.

Schlaf nur weiter, auch wenn du merkst, dass ich da bin, und dich auch schon umgedreht hast. Schlaf nur weiter im festen Vertrauen darauf, dass du weißt, wer ich bin, und du weißt auch, dass ich bis auf den Grund deines Herzens weiß, wer du bist. Er lässt seinem Bewusstsein freien Lauf. Es schlüpft ihm zwischen den Fingern durch und schießt davon. Er sieht das ganze Zimmer um sich her, denkt an den halben freien Tag, der ihn morgen erwartet, denkt, weißt du was, ich werde die Lathyrus hochbinden, und sieht erneut das Schlafzimmer und an der Tür einen rotblumigen Morgenmantel.

In diesen roten Blumen ist Marie Lina gestern Abend, bevor sie ins Bett ging, noch schnell die Treppe hinaufgelaufen, um den Jungen zuzudecken. Olivier schläft in dem kleinen Raum unter der Dachschräge, mit der Matratze auf dem Dielenboden. So möchte er das gern. Er ist inzwischen elf und geht demnächst wahrscheinlich in die praxisorientierte Hauptschule. Letzten Sommer hat er für einige Aufregung gesorgt, man musste stundenlang nach ihm suchen. Oh Gott, nach der Schule nicht nach Hause gekommen. Ein zehnjähriges Kind! Mach das nie mehr, flehten seine Eltern, als ein Polizist ihn lange nach Essenszeit in der Küche ablieferte, wo sie mit Kartoffeln, Fleisch und Gemüse auf ihn gewartet hatten.

Aber er hatte keinen Hunger.

»Ich habe einen Hamburger, Pommes und einen Eisbecher gegessen«, sagte er. »Drei Kugeln.«

Rinus und Marie Lina Caspers erfuhren, dass die Polizei ihren Sohn zusammen mit einer steinalten Frau im McDonald's aufgetrieben hatte. Die Alte behauptete, der Junge habe ihr eine Tasse Kaffee spendiert. Darauf habe sie sich revanchiert.

Nachdem der Polizist gegangen war, hing ein Schweigen im

Raum. Vater, Mutter und verlorener Sohn sahen einander an. Dann: »Darf Sjaak mit hinauf?«

Blick von Olivier zum Hund.

»Na gut.«

Als Marie Lina später nach oben ging, hatte der Junge tief geschlafen, aber der Hund (unter der Decke eng an sein Herrchen geschmiegt) hatte den Kopf vom Kissen gehoben.

Funkelnde Blicke im Dunkeln zu Marie Lina Caspers, geborene Marie Lina Bergman, von ihrem Mann noch oft, wie in ihrer Jugend, Lineke genannt.

DOCH MAL EBEN REDEN

Sie flüstert ihn zurück an die Oberfläche. Dies ist wieder mal so eine Zeit, in der sie fast keine Gelegenheit haben, miteinander zu reden. Durch ihre Nachtdienste und Arbeitspläne – Marie Lina ist Krankenschwester – sind sie beide lakonisch geworden, sowohl was das Reden angeht als auch den Wunsch, alles voneinander zu wissen, was es zu wissen gibt.

Sie erkundigt sich förmlich nach seiner Nacht.

»Wie war es?«

»Och … pfff …«

Er lässt sie noch einen Augenblick zwischen ihnen schweben, die Nacht, im Bewusstsein, dass die Vögel beim Flughafen sie genauso interessieren wie ihn: brennend. Das hat sie zufälligerweise mit ihm gemein. Auch die anderen Tiere interessieren sie, die Hasen, die Maulwürfe, die Hermeline, die Iltisse, die überall im Land sehr selten sind, hier aber nicht. Die Start- und Landebahnen des Flughafens Schiphol sowie die Grasflächen zwischen ihnen sind in der Sicht der Tiere eine Urlandschaft ohne Menschheit. Die Flugzeuge sind ihnen ziemlich egal.

Rinus erzählt seiner Frau, dass es während der Nacht ziemlich ruhig war, aber als er wegfuhr, hat er die Bussarde auf den Tafeln mit der Anflugbefeuerung warten sehen.

Worauf sie schmunzelt und die Situation vor sich sieht, als stünde sie davor. Marie Lina ist eine Leseratte, genau wie ihre verstorbene Mutter, und kann sich daher wie diese alles vorstellen, was sie nur will.

»Sie haben da zwischen den Taubenspikes gehockt und dich einfach angeschaut«, sagt sie.

Worauf er in der Dunkelheit nickt. Und sie ihren Gedanken weiterspinnt: »An der Polderbahn, auf ihrem üblichen Ausguck …«

»Ja.«

»Wo man damals auch den einen gefunden hat …«

Er nickt wieder. Mit diesem einen meint sie den Bussard, der im vorigen Jahr in Gestalt eines Eisklumpens im Fahrwerk einer KLM-Maschine aus Rio de Janeiro ankam. Das Fahrwerk ließ sich nicht mehr ausfahren. Das führte zu einer Bauchlandung neben der Bahn. Abgesehen vom Bussard hatten alle Insassen überlebt.

»Ja, genau da.«

Er zieht das Oberlaken halb über sein und vor allem ihr Gesicht, eine Angewohnheit, die sie ihm in zwölf Ehejahren nicht hat austreiben können.

Obwohl sie ihren Mann noch nie begleitet hat (Olivier hingegen durfte einmal mit, die Sicherheitsleute hatten ein Auge zugedrückt), sieht sie die weite Fläche ganz genau vor sich, gesäumt von alten nordholländischen Bauerngehöften im ersten Sonnenlicht des heutigen Tages. Stell dir vor, sagt ihr Blick, wie der Betrieb dort jetzt wieder beginnt, immer in der Stunde, die rasch zur verkehrsreichsten des ganzen Tages wird. Eine Maschine nach der anderen steigt in die Luft, vom Tower dirigiert. Sie fliegen brüllend über die Kühe hinweg, denen das schnurzegal ist, und kriechen in den Raum hinein, der sie wie ein Löschblatt aufsaugt …

Etwas anderes beschäftigt sie im Moment nicht.

Jetzt aber schlafen sie, der Vogelvertreiber und seine heitere Frau Marie Lina, die gestern, am frühen Nachmittag, mit einer anderen Frau in eine tätliche Auseinandersetzung geraten ist. Es war ein heftiger Kampf, ihrerseits in der klaren Absicht, Böses zu tun.

Und dann so friedlich schlafen in der darauffolgenden Nacht?

Wie ein Murmeltier, nein: wie ein Kind.

Der Vorfall ereignete sich inmitten des unglaublichen Chaos vor dem Hauptbahnhof, wo die Stadt Amsterdam mit dem Bau einer modernen U-Bahn begonnen hat. Genau gegenüber vom Haupteingang hat man bis zu einer Tiefe von zwölf Metern in den sumpfigen Boden gebohrt. Die Baugrube misst ungefähr achtzig mal achtzig Meter. Beugt man sich über den Zaun, den man leichtsinnigerweise niedrig gehalten hat, dann sieht man das freigelegte Grundwasser. Nach Phosphor stinkend steht es unter der Stadt bis maximal zwanzig oder dreißig Zentimeter unter dem Straßenniveau. Fußgänger dürfen sich dort im Prinzip nicht aufhalten, auf der gegenüberliegenden Seite hat man zwei bequeme Zebrastreifen angelegt, aber es gibt natürlich Leute, die das trotzdem tun. Kommt man von der Prins Hendrikkade, so ist es auch der logische Weg. Als Marie Lina auf der Ostseite des Bahnhofs ins Freie trat, ganz in der Nähe der Straßenbahnhaltestelle der Linie 26, sah sie die andere Frau, man mag es einen Zufall nennen, und ging, ohne zu zögern, auf sie zu.

Marie Lina in Hose und T-Shirt.

Marie Lina, die bei diesem schönen Wetter ohne Mantel unterwegs war und als Gepäck lediglich eine leichte Umhängetasche diagonal vor der Brust trug.

Marie Lina und ihr Wille. Ein ruhiger, normaler Wille wie

bei jedem Menschen und ein dunkler, rasender, ebenfalls wie bei jedem Menschen, den sie allerdings schon seit Jahren wie einen riesigen Seesack mit sich herumschleppte, an den sie sich gewöhnt hatte und den sie hegte und pflegte, wie man einen Körperteil hegt und pflegt, etwas, das man hinzunehmen und zu umsorgen und zu achten hat.

Jetzt ging sie mit großen Schritten an der Einzäunung entlang, die ihr entfernt die Bande einer Zirkusmanege ins Gedächtnis rief, deren sie sich von einer wunderbaren Vorstellung in ihrer Jugend her entsann. Die gerundete Form des Bauzauns glich ihr genau und kitzelte gewissermaßen ihre Erinnerung an Löwen und Tiger. Sie blieb stehen, noch erschreckend ruhig, versperrte der Frau den Weg und packte sie an den Oberarmen in der Absicht, ihr in die Augen zu blicken, sie durchzuschütteln und danach wieder so lange anzuschauen, bis die andere realisierte, wen sie hier vor sich hatte. Dann wollte sie ihr ein paar Fakten ins Gesicht schreien, ihr die Augen auskratzen und sich dem Rausch eines Moments hingeben, der vor vielen Jahren seinen Ursprung hatte.

Die Frau schien den Angriff erwartet zu haben. Sie setzte sich sofort zur Wehr. Obwohl nicht mehr die Jüngste, sah sie keineswegs wie ein bedauernswertes Muttchen aus, zu alt, um mit ihren Taten konfrontiert zu werden und ohne einen Funken Nachsicht nachträglich noch dafür zu büßen. Klazien Wroude, ein ganzes Stück größer als Marie Lina, versuchte sich loszureißen. Als ihr das nicht gelang, trat sie mit ihren orthopädischen Schuhen kräftig um sich.

Zwei Zeitungen werden heute den Vorfall erwähnen. Unglücklicher Sturz, wird die eine titeln und berichten, dass am Vortag, nachmittags, bei einer tätlichen Auseinandersetzung zwischen zwei Frauen die eine im Wasser der Baugrube vor dem Hauptbahnhof landete. Das Opfer habe nicht überlebt. Das, wird die Zeitung schreiben, habe die Polizei des Reviers Amsterdam-Mitte bekanntgegeben. Der Anlass zu dem Streit sei nicht bekannt. Die zweite Zeitung wird in der Rubrik Lokalnachrichten dieselben Fakten bringen und darüber hinaus berichten, dass zwei Fahrer der Städtischen Verkehrsbetriebe das Opfer noch herausgezogen hatten, was ein gewaltiges und mutiges Unterfangen gewesen sei, da die Baugrube nahezu senkrecht abfiel und das Grundwasser fast bis zum Rand stand. Danach habe der Städtische Gesundheitsdienst, der sehr schnell vor Ort war, sich des nicht mehr zu rettenden Opfers angenommen. Nach der anderen Frau werde gesucht.

Es bleiben noch zehn Minuten. Zehn Minuten, dick wie Mauern, rings um das Haus in der Mozartstraat in Schalkwijk, wo der Zeitungsjunge gerade eine der besagten Tageszeitungen durch die Briefkastenklappe geschoben hat. Die gesuchte Frau liegt oben und schläft. Gestern Nachmittag war sie noch kurz zwischen den herbeigeströmten Reisenden stehen geblieben, Augenzeugin des Geschehens, und dann nach Hause gegangen.

Neben ihr ihr Mann. Bis zum heutigen Tag glücklich mit ihr.

GLÜCK, DAS GIBT ES (1)

Es war einmal ein Vater, der zu seinem Kummer keine Tochter hatte, dafür aber drei Söhne. Eines Tages brachte der jüngste, Rinus, ein Mädchen nach Hause, bei dessen Anblick er sofort dachte: Komm rein, mein Kind, komm rein, komm rein, du ahnst ja nicht, wie willkommen du bist!

Rinus, damals achtzehneinhalb, war der schüchternste und stoffeligste junge Mann, dem der Vater je begegnet war. Der Bursche war groß von Statur, muskulös, trug das bierfarbene kurze Haar über der Stirn gerade abgeschnitten und ließ die Schultern für gewöhnlich leicht nach vorn sinken, was einerseits den Eindruck unerschütterlicher Sturheit vermittelte und andererseits an ein Schneckenhaus denken ließ. Der Junge war einer von der schweigsamen Art. Ob es ihm widerstrebte, Worte in den Mund zu nehmen, oder ob er sie einfach lieber für sich behielt, war nicht zu ergründen. Für den Vater nicht, die beiden Brüder nicht und auch nicht für die Schulkameraden, die Rinus bei der Examensfeier des Leidener Realgymnasiums mit dem hübschesten Mädchen der Schule aufkreuzen sahen und stocksauer waren. Hortense war eine aus Curaçao stammende Schönheit, ein herzliches fremdländisches Mädchen, von kerzengerader Gestalt, mit bläulich-schwarzem Haar, das ihr bis weit hinunter auf den Rücken fiel.

Das Realgymnasium in Leiden wurde in jener Zeit von wesentlich mehr Jungen als Mädchen besucht, das Verhältnis lag bei ungefähr vier zu eins. Hortenses Schönheit lähmte die Jungs, außer in ihren Träumen, wenn sie genau wussten, was sie zu tun hatten, und es auch taten. Aber siehe da: Hortenses Herzlichkeit hatte offenbar selbst den Abstand zu diesem unglaublich hölzernen Jungen zu überbrücken vermocht. Das Fest war bereits im Gang. Rinus brachte es fertig, mit einer Miene, als wäre es das Normalste der Welt, zusammen mit Hortense zwischen den Säulen der Aula stehen zu bleiben, wo die Band wild drauflos spielte und das Bier fast nichts kostete. Ein intimes Paar, man sah es sofort. Das es garantiert schon gemacht hatte. Die beiden schienen sich zu überlegen, ob sie bleiben oder lieber irgendwo anders hingehen sollten, wo sie mehr für sich sein konnten.

Nur eine knappe Woche später setzte Rinus sich bereits in den Kopf, Hortense offiziell mit nach Hause zu bringen und sie als seine Freundin vorzustellen. Typisch Rinus. Dinge sofort und für immer zu wissen und sich dann auch, egal wem gegenüber, dazu zu bekennen. Die Familie wohnte in dem zwischen Wasser und Wiesen gelegenen Dorf Buitenkaag, ganz in der Nähe des Seengebiets Kagerplassen. Der Vater öffnete die Tür.

»Papa, das ist Hortense.«

Der Vater, ein ehemaliger Schiffsarzt, war schon ziemlich alt, fast sechzig. Er betrachtete das Mädchen mit unverhohlenem Entzücken und sprach es auch aus. »Von Herzen willkommen!« Es war schönes Wetter. Hortense trug keinen Mantel. Der Vater fasste sie beim Ellbogen und führte sie von der Diele durch den ziemlich langen Flur ins Haus. Der Sohn ein kleines Stück hinter ihnen.

Im Wohnzimmer wartete die deutlich jüngere Ehefrau. Auch sie war von Hortense sehr angetan. Sie bot ihr den Platz neben sich auf dem Sofa an, übernahm die Tee-Eingießerei und begann, mit einem fröhlichen Geplauder unter Frauen das Mädchen für sich einzunehmen und dafür zu sorgen, dass es sich wohlfühlte. Der Vater blickte fasziniert auf die beiden Frauen. Die Mutter seiner Söhne hatte eine Tochter dazubekommen. Am 15. Juli gegen drei Uhr nachmittags. Und was für ein Mädchen! Mit dem Namen Hortense. Sie war nicht verlegen, lachte schnell, aber auf feine, natürliche Art, und blickte ungeniert ein paarmal um sich, um zu wissen, wo sie war. Nun, dieses Haus hatte er im Hinblick auf das allgegenwärtige Licht inmitten des allgegenwärtigen Wassers entwerfen lassen. Er bot es ihr dar. Nimm es, liebes Mädchen. Geh die Treppe hinauf, nimm das Badezimmer in Beschlag, leg deine Sachen rein, bleib über Nacht. Mein Haus ist dein Haus. Noch nie in seinem Leben hatte der Vater so viel Achtung vor seinem jüngsten Sohn gehabt.

Der erhob sich nach dem Wein und den dazugehörigen Crackern, Oliven und gefüllten Datteln. Hortense folgte ihm sofort, in bestem Einvernehmen. Mit beiden Händen strich sie sich den weiten Rock ihres Kleids glatt. Beide Eltern begleiteten sie zur Haustür und verabredeten dort ein Essen mit der ganzen Familie, sobald die beiden Brüder aus dem Urlaub zurück wären.

Eddy, drei Jahre älter als Rinus. Er studierte Mathematik und Astronomie.

Und Willem, der schon fast fertiger Zahnarzt war.

Ein tiefrotes Kleid. In dem sie kurz darauf ein Bein über Rinus' Bein legte, als ob sie als Karibin wüsste, dass dies ein sehr altes europäisches Motiv war, es fand sich von Tizian bis Rembrandt, mit dem eine Frau einem Mann zu verstehen gibt, dass sie will. Sie saßen auf einem kleinen Brettersteg am östlichen See. Das Holz war hart und etwas nass von dem Wasser, das

jedes Mal, wenn ein Segelboot vorbeiglitt, zu schwappen begann. Durch eine Trauerweide wurde der Steg von der Welt
abgeschirmt. Das Licht unter ihr war grün. Hortense wusste
nichts von der alten europäischen Geste. Sie verspürte kein wildes Verlangen, auch keine süße Nachgiebigkeit (na ja, schon
ein bisschen), ihr Bein hatte nur Lust auf eine weiche Unter-
lage. Die Arme nach hinten gestreckt, stützte sie sich auf ihre
Hände und blickte unter den Zweigen hindurch auf den See,
wobei sie en passant auch Rinus sah. Er hat liebe Augen, fand
sie, und das fand sie eigentlich noch immer, als er sich zu ihr
umdrehte, sie sich ein wenig aufrichtete, um mit ihren Fingern
durch die kleine Bürste über seiner Stirn zu fahren, er leichenblass wurde, einen Moment lang totenstill sitzen blieb und
plötzlich schaute, als wären seine Augen Steine, hart und rund,
unfähig zu jeder Bewegung. Sie knallte mit den Schultern auf
die Stegbretter.

GLÜCK, DAS GIBT ES (2)

Beim nächsten Besuch war es August. Hochsommer. Schönes, schwüles Wetter. Die Mutter hatte im Garten gedeckt, die beiden älteren Söhne hatten schon ein Bier vor sich, der Vater fragte sich, wo verflixt noch mal die beiden blieben. Nervös schaute er den Kiesweg seitlich vom Haus entlang, als wüsste er, dass Rinus in dieser Nacht einen scheußlichen Traum gehabt hatte. Er ging mehrmals an die Straße.

Da kamen sie angeradelt. Sie in einem dünnen Baumwollkleid mit schmalen weißen und blauen Streifen.

Rinus sehr ernst. Einen scheußlichen Traum zu haben ist *eine* Sache, mitten in der Nacht aus tiefem Schlaf zu erwachen, sich im Bett aufzusetzen und eine Angst, eine Scheißangst wegen eines himmlischen Mädchens zu empfinden, das in dein Leben eingetreten ist, wieder eine andere. Seine Stimmung war den ganzen Tag davon überschattet. Aufs Schlimmste gefasst hatte er sie abgeholt, sie wohnte bei einer Tante in der Dorpsstraat in Warmond. Jetzt gingen sie den Gartenweg entlang zum weiß gedeckten Tisch auf dem Rasen, wo seine Brüder sich bereits erhoben. Gutherzige Jungs, voll brüderlicher Sympathie. Und sein Vater auch diesmal wieder der Inbegriff eines stolzen Vaters, ein Blickwechsel mit der Mutter genügte: Aber klar, jetzt den Champagner. Wir haben es doch gut mit unserer Familie, findest du nicht? Was für ein schöner Abend! Was für ein verdammt schöner Abend!

Rinus stellte das Mädchen vor. Das heißt, er blieb wie eine Salzsäule neben ihr stehen, als sie seinen Brüdern die Hand gab und »Hortense« sagte. Zweimal die kerzengerade Hortense, direkt neben ihm, zweimal ihr lachendes Gesicht, geschwungene Brauen, schrecklich schön, wirklich unfassbar schön. Lichtjahre von ihm entfernt. Sie setzten sich. Die Familie nahm ebenfalls Platz. Rinus neben dem Mädchen, das er hier abgeliefert hatte. Das er nicht zu einem Familienessen, sondern zu einem Opfermahl gebracht hatte. Jegliches Gefühl, mit ihr zusammen zu sein, fehlte.

Atmosphäre eines Sommerabends. Essen, einen Schwips bekommen, Scherze, Tischgespräche. Eddy erzählte von der Reise, die gerade hinter ihm lag, sehr ansteckend, das konnte er, die Tafelrunde sah die Sonne genau über seinem Kopf, obwohl doch laut seinem Bericht noch immer Schnee auf den Feldern lag.

»Na ja, dort oben sind es eher Felsen!«, sagte er, während er sich zu Hortense beugte, denn sie war es, die gefragt hatte: »Und die Berge?«

Hortense und Eddy saßen sich ungefähr gegenüber, allerdings nicht genau, der Tisch war rund. Von allen in der Runde war es der Vater, nicht Rinus, der bemerkte, wie ernst die beiden einander nahmen, wie sie einer die Blicke des anderen auffingen und das Entzücken einer Vertrautheit auf den ersten Blick ausstrahlten.

»Das Gebein der Erde!«, fuhr Eddy feurig fort, noch immer ausschließlich an Hortense gewandt. »Nackt, hart unter meinen eisenbeschlagenen Schuhen.«

Es wurde still im Garten.

»Aber warm von der Sonne«, sagte Hortense dann leise. Als ob sie darüber nachgedacht hätte.

Man konnte die Sonnenwenden riechen. Eine singende Lerche gab es auch.

Danach umfasste die Gesellschaft wieder alle sechs Personen. Locker, zuvorkommend und nett, alle sechs untereinander. Auch Rinus' nicht ungewöhnliche Schweigsamkeit wirkte sympathisch. Gegen Mitternacht verabschiedete man sich, mit Küssen für die Mutter und für Hortense. Die beiden älteren Söhne fuhren in ihren Autos nach Leiden. Rinus, der noch zu Hause wohnte, radelte mit Hortense den Deich entlang nach Warmond. Der Mond schien. Die Nacht war klar. Sie sprachen beinahe kein Wort. Hielten das durch bis zur Eingangstür des Hauses, in dem sie mit ihrer Tante wohnte. Sie hatte ihn bisher nicht in ihr Zimmer gelassen. Sie hatte ihm auch ihren Körper noch nicht geschenkt.

Rasche Erkenntnis war wieder einmal die Folge von Angst. Angst die Folge von Erkenntnis. Hortense schloss die Tür auf. Rücken ihm zugewandt. Als sie sich umdrehte, wusste er, dass sie Mitleid mit ihm hatte. Sie drückte sich lieb an ihn. Wie zum Trost. Sie schickte ihre Finger wie kleine Schlangen durch sein borstiges Haar, das war eine Art Scherz, sie krabbelte kurz an seiner Kopfhaut und begann, sich mit einem warmen Kuss auf seinen Mund, einem der »Tschüs, es war schön, wir telefonieren«-Art, von ihm zu entfernen, den Abend und alles, was ihm vorangegangen war, von sich zu schieben, wobei sie allerdings einen Schritt in der halb offenen Tür zurücktreten musste, weil er seinen Fuß dazwischenstellte. Er packte sie an den Handgelenken. Menschenskind, hatte er eine Angst! Die Angst, die sich in der vergangenen Nacht bereits angemeldet hatte, raste jetzt ohne das geringste Hindernis durch seinen heißen Körper und schärfte seine Instinkte. Mitleid? Ihn trösten? Im Voraus etwas bei ihm gutmachen, sofern das möglich war? Er schob sie in die Diele. Schloss die Tür mit dem Fuß. Dann sollte sie es auch tun!

Sobald sie sich losgerissen hatte, drückte sie auf den Lichtschalter. Es war so ein Knopf, der das gesamte Treppenhaus auf einen Schlag in ein höllisch helles Licht tauchte, das von selbst wieder erlosch. Einen Moment lang sah er ihr Gesicht, einen schneeweißen Fleck, vermied es aber, sie richtig anzuschauen. Es interessierte ihn nicht.

»Ach, komm halt mit«, hörte er dann. Er sah, dass sie den Zeigefinger auf ihre gespitzten Lippen legte.

Er folgte ihr die erste Treppe hinauf. Geländerstäbe, geschlossene Türen, Wände, westindische Schmorfleischgerüche, er achtete auf nichts. Auch nicht auf sie. Seine Angst tobte unvermindert. Hauste fest in seinem Körper, allerdings mittlerweile in Form eines rasenden Hungers. Bereits vorhin, am Esstisch auf dem erst an diesem Morgen von seinem Vater gemähten Rasen, hatte er mit jedem Bissen, jedem Schluck gespürt, wie dieser Hunger bis ins Unerträgliche wuchs. Jetzt gingen sie zu ihrem Zimmer. Er mit dem mühsamen Gang eines Betrunkenen am Rande der Selbstbeherrschung. Sein Körper wusste, er würde diesen Hunger stillen oder explodieren.

Vor der zweiten Treppe blickte sie kurz zurück. »Noch eine«, flüsterte sie fast lautlos.

Genau in dem Moment, als sie im Dachgeschoss angekommen waren, erlosch das Licht. Auf einen Schlag war es stockfinster. »Bisschen bücken«, ertönte es leise. Sie nahm seine Hand auf eine Weise, die sich wie hilfsbereit anfühlte, was ihn wütend machte. Ihr Kind wollte er nicht sein. Er riss sich los. Wankend betrat er ihr Zimmer. Besser gesagt ihr Kabuff. Ihre Tante musste sich ihren Lebensunterhalt mit der Vermietung der besten Zimmer im Haus verdienen. Rinus blieb stehen. Hortense schien verschwunden. Warum machte sie keine Lampe an? Völlig dunkel war es jedoch nicht. Rinus erspähte das Mädchenbett an der niedrigen Wand unter einer Dachschräge. Darauf eine weiße Tagesdecke. Daneben die vier kleinen Scheiben eines eisernen Kippfensters. Es wurde von einer Stange offen gehalten. Mondlicht warf ein glühendes Gitter daraus auf die Bettdecke.

War seine Hitze, oder was es auch sein mochte, auf sie übergesprungen?

Die schöne Hortense schien mit einem Mal völlig versessen auf ihren Liebsten zu sein. Bislang hatte ihr Körper Rinus alles Mögliche verheißen, das Versprechen aber nicht eingelöst. Nein, nein, jetzt nicht, später, oder so ähnlich. Jetzt hielt er Wort. Ehrliche, geile Erwiderung der Küsse, mit denen er ihre Lippen fest an ihre Zähne presste. Geile Schuld und geile Wohltätigkeit. Und währenddessen seine Hände nehmen und auf ihren Körper legen. Und währenddessen ihre eigene Hand auf seinen Körper legen, unter seinen Gürtel wandern lassen, auf der Suche nach dem, was er da noch vor ihr verbarg. Das Licht hatte während dieser paar Minuten in dem kleinen Raum Fuß gefasst. Hortense konnte sehen, wie sich seine Gesichtszüge veränderten (keine Angst mehr, nur sexuelle Erregung). Sie hob die Arme, Ellbogen wie spitze Werkzeuge nach vorn, Finger am Reißverschluss fummelnd, der unter dem Nacken begann. Das Kleid rauschte herab und bauschte sich wie ein Fallschirm um ihre Füße. Wirf mich auf das glühende Gitter.

Vor allem der Vater war untröstlich. Er suchte ein Gespräch von Mann zu Mann mit seinem Jüngsten, doch der hatte nichts anderes zu berichten, als dass es aus war.

»Aus! Was meinst du damit?«

»Aus.«

Und schon bald verließ auch dieser Sohn das Haus, um zu

studieren. Rinus hatte sich an der Landwirtschaftlichen Hochschule in Wageningen eingeschrieben. Der Spätsommer ging vorüber. Im Herbst fielen dem Vater, wenn Eddy, sein offenherzigster Sohn, sich mal wieder zu Hause zeigte, bestimmte Anzeichen auf. Konnte Verliebtheit sein. Konnte ebenso gut das Vorbereitungsfieber vor einer sehr speziellen winterlichen Bergbesteigung sein. Beides traf zu, wie sich zeigte. Um Weihnachten herum erhielten die Eltern eine hübsche Karte aus den Karpaten. Schneesturm, vermeldeten die Krakelbuchstaben, und auch: Wir haben einen Schwarzbär gesehen. Grüße von Hortense (ordentliche Großbuchstaben) und Eddy.

Die beiden hatten es eilig. Wollten schon im Januar heiraten und taten es auch. Warum nicht? Übereilt, hoffte vor allem die Mutter. Aber nein, es war kein Kind unterwegs. Es kam überhaupt kein Kind, wie sich in den darauffolgenden Jahren zeigen sollte. Hortense würde keinem einzigen Mann einen Nachkommen schenken. Und trotzdem wurde Eddy in seinem dritten Ehejahr Vater. Die Mutter des kleinen Jungen akzeptierte die gegebene Dreieckssituation, aber letzten Endes lief es doch auf eine Scheidung hinaus. Sonniger Nachmittag im Mai: Die flamboyante Schwiegertochter fährt mit dem Rad zu den Schwiegereltern, um ihnen zu sagen, sie habe Verständnis für Eddys Entscheidung, und um zu hören, dass sie für immer ihre liebe Schwiegertochter bleiben werde. Der alte Vater weint. Ruft als Ersten, noch am selben Abend, seinen Jüngsten an. Rinus arbeitete damals bereits als Gärtner auf dem Landgut Seewout bei Haarlem. Er hatte eine Freundin. An der Familiennachricht zeigte er wenig Interesse.

Übrig blieb das Mauerblümchen, prächtig blühend. Die ihrem Schwiegervater zugetane junge Frau. Bereit, mit dem alten Herrn essen zu gehen und, ermutigt durch ihr Verlassensein und mehrere Gläser Rotwein, ihm zuzuhören. In der gegebenen Situation durchaus geneigt, sich auf gewisse Gedanken einzustimmen. Sich verheiraten zu lassen konnte man es nicht direkt nennen. Der älteste Sohn des Hauses, ein wenig scheu, als Kieferorthopäde in Leiden praktizierend, war mit neunundzwanzig nach wie vor ungebunden. Dass er sie immer nett gefunden hatte, war ihr im Übrigen durchaus bewusst.

Eines kühlen Septemberabends konnte der Vater erneut diesen gewissen Blick mit seiner Frau wechseln. Der Tisch war diesmal im Wintergarten gedeckt. Seine drei Söhne und drei Schwiegertöchter, die mit einem Drink am Kamin gesessen hatten, setzten sich, in bereits angeregter Stimmung, zu Tisch. Im Obergeschoss das schlafende Enkelkind. Die Familie erhob die Gläser und lächelte, wie es nun mal üblich ist, bedeutungsvoll. Der stille, aber immer noch blühende Garten hinter den Fensterscheiben bildete einen stilvollen Hintergrund, ebenso wie der daraus aufsteigende Nebel, der mangels Wind nur ein wenig umhertrieb. Die neueste Schwiegertochter, Rinus' Zukünftige, hieß Marie Lina Bergman. Dass sie ein ebenso aufrechtes Mädchen war wie ihre Vorgängerin und zufällig das gleiche lockige Haar hatte, nur in Blond, fiel keinem auf. Dafür wussten sie natürlich alle, wessen Tochter sie war. Wer ihre verstorbene Mutter gewesen war.

Louise Bergman.

Unbegreiflich.

Wie kriegt man einen Menschen so weit? lautete die Frage, die dem einen oder anderen trotz aller Geselligkeit an jenem Abend gelegentlich bei Tisch durch den Kopf ging. Wie kriegt man einen Menschen um Gottes willen so weit, einen Mord zu bekennen, den er nicht begangen hat?

UND DANN AUCH NOCH AN SO
EINEM LIEBEN MANN

Der neunzigjährige Bruno Mesdag hatte jenen Tag, seinen letzten in diesem Leben, wie immer mit einem kleinen Spaziergang begonnen. Einem nicht sehr ausgedehnten, leider, was seinem Alter geschuldet war. Verließ er die Seniorenwohnanlage, dann konnte er sich nach links oder nach rechts wenden, das stand ihm frei, doch die Strecke, die seinen Füßen zumutbar war, lag doch in etwa fest. Nicht einmal so schlechte Füße, solange sie fachkundig gepflegt wurden, Knie, die auch noch funktionierten, und Hüften, die zwar kurz vor dem Brechen standen, damit bislang aber noch gewartet hatten. Er wandte sich nach rechts. Zu seiner Linken lag der Rhein, auch er an seinem letzten Wegstück angelangt, zu seiner Rechten der Nordrand des Fischerdorfs Katwijk, in dem Bruno Mesdag vor Jahren mit seiner kränkelnden Frau eine Seniorenwohnung bezogen hatte. Nach ihrem Tod war er dort geblieben.

Die Leute in der Nachbarschaft mochten ihn. Wenn sie ihn grüßten, sahen sie ihn wirklich an und lächelten. Das ging ganz von selbst. Der alte Herr Mesdag hatte *so* ein freundliches Gesicht! Die blauen Augen erinnerten manchmal an die einer jungen Katze. Oh ja, das gibt es. Ein alter Mann mit dem Blick einer jungen Katze. Als hätte er noch alles Mögliche zu lernen.

Es war Anfang November und ziemlich kalt unter einem stählernen Himmel. Eine unangenehme Kälte für einen Katwijker, denn der Wind war ein Landwind, der keinen Fischgeruch mitbrachte, kein Salz und auch das Kreischen der Möwen auf Distanz hielt. Bruno Mesdag bog also, sobald es ging, in eine geschützte Straße ab, noch mal nach rechts, um in einem ein Stück weiter gelegenen Café Zeitung zu lesen. Wie jeder hochgewachsene Mann hatte er auch im Alter etwas Hochgewachsenes behalten. Den Oberkörper nicht gekrümmt, sondern nur etwas steif nach vorn geneigt, schritt er dahin, meist mitten auf dem Bürgersteig, in der Linken einen Stock mit schwarz angelaufenen Silberbeschlägen. An diesem Tag trug er einen Pullover und eine alte Moleskinhose, zusammengehalten von einem Gürtel, nach dem er in der Kommode ein Weilchen hatte suchen müssen.

»Macht dir wohl Spaß, was?«

Seine erste Bemerkung an diesem Morgen hatte der Gürtelschnalle gegolten, die doch recht schnell den Weg zum letzten Loch suchte und fand. »Ja, der Schwund! Knochen und Fleisch schrumpfen! Dachtest du, ich merke das nicht? Das geht ja schon seit Jahren so.«

Sein erstes Gespräch an diesem Tag.

Jetzt folgte das zweite.

»Guten Morgen, Mijnheer Mesdag!«

Die Wirtin eilte ihm von dem Tisch, den sie gerade abräumte, zur Tür entgegen, wo der alte Herr, grüner Lodenmantel über Pullover und Hose, beim Eintreten einen falschen Schritt machte und sich kurz an die Wand lehnen musste.

»Guten Morgen!«

Bereitwillig akzeptierte er die stützende Frauenhand auf dem Weg zu seiner Bank in der Ecke. Nicht wirklich nötig, aber lieb. Unter den Augenbrauen hervor sah er sich im Raum um, als erwarte er, dass jeden Moment etwas Bemerkenswertes geschehen könne. Drei oder vier Gäste tranken in aller Ruhe ihren Kaffee. »Was für ein Wind! Ja, was für ein Wind!«, hatten er und die Frau zueinander gesagt und auch noch kurz die Sonne erwähnt, die kaum mehr wärmte. Kühl!

Er saß. Die Bank stand in der Nische gegenüber einem Seitenfenster, durch das man auf die Straße schauen konnte. Sein Kaffee wurde ihm auf den Tisch gestellt, die Zeitung danebengelegt. Bruno Mesdag klappte die Bügel seiner Brille auseinander, schlug die Zeitung auf, rückte etwas näher an den Tisch und widmete sich den Nachrichten. Mal las er nur die Überschriften, mal blieb sein Blick an einem unbedeutenden kleinen Bericht hängen, der einen weisen, wiedererkennenden Ausdruck in seinen Augen aufglühen ließ, als läse er eine Fabel, eine Meditation über das menschliche Leben im Allgemeinen, in dem die Nachrichten aus seinem eigenen Leben selbstverständlich ihren Platz hatten. Vorbei, als alter Mann weiß man das.

Aber deshalb waren die Dinge ja nicht etwa *nicht* geschehen, sprich: gelöscht. Von wem schließlich auch?!

Bruno las die Nachrichten des Tages, seines Todestages. Was ihn nicht im Entferntesten davon abhielt, sich an sich selbst zu erinnern, acht Jahre alt, inmitten von vier Schwestern, die schon dabei waren, sich zu verloben und zu heiraten. Die Eltern führten ein Juweliergeschäft im Statenkwartier. Eine prächtige Jugend in Den Haag um die Jahrhundertwende: Blumen, Torten, die in Holzschachteln geliefert wurden, eine Reihe von Kutschen mit gewaltig schnaubenden Pferden vor dem Haus und Lydia, Pauline, Frida und Katrien in Braut- oder Brautjungfernkleidern. Nervös, überglücklich! Und dazu ein kleiner Bruder zu ihrer Verfügung, den man jederzeit abküssen konnte, wenn alles zu trubelig wurde, oder von dem man sich mehrmals unter Tränen verabschieden konnte, obwohl keine der Bräute die Stadt oder auch nur die Umgebung der Statenlaan verließ. Drama ist Drama, man muss es nur spüren.

Bruno reckte entzückt die Nase, seine Kindheit unveräußerlich in seinem Besitz. Die Wirtin sah es und brachte ihm eine neue Tasse Kaffee. Jetzt tauchte er doch noch schnell in die Rubrik »Ausland« ein, wanderte mit dem Finger über die Börsenkurse, blätterte durch »Kultur«, »Sport« und »Meinung«, übersprang aber die Familiennachrichten. Was sollte er damit? Seine Kinder lebten gesund und wohlauf auf der anderen Seite des Ozeans. Sie riefen regelmäßig an. Ansonsten waren alle tot, tot oder erloschen.

Ja, jetzt kam ihm seine Frau in den Sinn. Pietätvoll hob er ein wenig die Brauen, die Augen geschlossen. Marian. Die resolute, aber auch sehr liebe Marian, die als Neunzehnjährige mit ihm nach New York ging, ihm half, im Kunsthandel reich zu werden, ihm einen Sohn und eine Tochter schenkte, ihm seine Affären und Freundinnen verzieh, die tatsächlich nicht der Rede wert waren, und ihm an ihrem sechsundfünfzigsten Geburtstag eröffnete, sie wolle zurück. »Katwijk«, hatte sie gemurmelt, das Gesicht zum Boden gewandt. Er glaubte, nicht recht gehört zu haben. Er suchte ihren Blick und fand einen glücklichen Ausdruck darin.

»Nach Hause.«

Mit einem Lächeln, das er in dem Moment zum ersten Mal sah, später jedoch sehr oft. Ein kleines Kind, das nach langem Warten etwas zum Naschen bekommt. Über Katwijk hatte sie ihm seines Wissens nie etwas anderes erzählt, als dass sie dort geboren war. Also kehrten sie zurück, obwohl die Geschäfte brummten und die Kinder, amerikanische Staatsbürger, in den Staaten verheiratet und fest verankert waren.

Demente Menschen haben sich oft aus sehr sympathischen, realen Menschen in ekelhafte, grässliche Zankteufel verwandelt. Er und Marian hatten das mehr als einmal erlebt. Doch als die Krankheit sie erfasste, noch vor ihrem sechzigsten Lebensjahr: keine Spur davon. In ihrer Wohnung in dem Heim an der Rheinmündung, direkt hinter dem Seeboulevard, saß sie selig am Fenster und schaute hinaus. Sie lachte lauthals über die Möwen und schaute zuletzt wie ein Baby in der Wiege durch ihre Finger ins Licht.

Inzwischen hatte er die Zeitung gelesen. Bruno legte die gespreizten Hände auf die Rückseite mit der Lebensmittelreklame und schaute darauf, als wollte er sie fragen: und jetzt? Er steckte seine Brille weg und dachte schon nicht mehr an seine toten Schwestern und seine tote Frau. Vielmehr war es ein junger Mann, ein lebender, der, die anderen mühelos beiseitedrängend, klar und deutlich in seiner Vorstellung auftauchte. Auftauchte, ja, genau. Ein soeben aus dem Wasser gezogener junger Ausländer. Triefend. Zitternd. Noch ein paarmal nach Luft schnappend. Dann leblos in seinem Schoß. Tot (auch er), wie es schien. Dann hatten sich zwei vorquellende Augen geöffnet. Mit dem Schwarz der Pupillen als Hauptfarbe und darum herum einem Kranz smaragdgrüner Funkelsteine.

Was hast du gesehen, mein Junge?

Bruno starrte in dem ruhigen Lokal in die Ferne. In Erinnerung behalten hatte er dieses Ereignis natürlich schon – es war vor höchstens drei Jahren gewesen –, aber sich danach groß damit aufgehalten? Nein, oder kaum. Den Fall abgelegt, sozusagen. Ihn wieder zu erleben war jederzeit möglich. Und wenn nicht, dann eben nicht. Der Vorfall hatte es damals übrigens bis in die Lokalnachrichten geschafft.

Betagter Mann zieht Ertrinkenden aus dem Wasser

Ein 87-Jähriger hat am gestrigen Nachmittag einen 18-jährigen jungen Mann aus dem Wasser des Rhein-Schie-Kanals bei Leiden gerettet. Der Katwijker sah ihn auf der Wilhelminabrücke ausrutschen und sprang sofort hinterher. Die Strömung hatte den jungen Mann bereits unter Wasser gezogen, aber dem Alten gelang es, ihn auf den Deich zu bringen. Beide sind unversehrt. Allerdings wurde der junge Mann zur Kontrolle ins Krankenhaus eingeliefert.
Soweit das *Leidsch Dagblad*.

Er nahm seinen mageren Kopf zwischen die Hände und blickte durch das Seitenfenster auf die Straße. Wie es dem Jungen wohl ging? Sich an sich selbst zu erinnern mit dem kalten Jungskörper in den Armen, beide stinkend nach dem im Bereich der Wilhelminabrücke gerade wieder ausgebaggerten Rhein-Schie-Kanal, war nicht schwer. Allein schon dieser Schwefelgeruch. Beim bloßen Gedanken roch und schmeckte er ihn. Schlamm prickelt wie das metallene Nupsi einer Taschenlampenbatterie auf der Zunge und den Zähnen. Er schloss für einen Moment die Augen.

Als er sie wieder öffnete, sah er einen Mann näher kommen, den er kannte. Ordentlich, aber ärmlich gekleidet, die grauen Haare hinter die Ohren gestrichen, kleine Brille, dahinter zwei flinke, listige Augen, Name unbekannt. Bettler haben keinen Namen. Bruno, in Gedanken noch bei den Erinnerungen seines langen Lebens, lächelte vor sich hin. Der Mann, der ihn längst gesehen und im Grunde auf der Suche nach ihm gewesen war, verstand das Lächeln auf seine Weise und trat ein.

»Ah, Sie sind's!«, begann Bruno das dritte Gespräch seines letzten Tages. »Darf ich Ihnen eine Tasse Kaffee spendieren?«

Der andere neigte den Kopf.

»Sehr gern. Vielen Dank.«

Und nahm Bruno gegenüber am Tisch Platz.

»Ein oder zwei frische Spitzbrötchen mit Butter und Schinken würde ich gegebenenfalls auch nicht ablehnen.«

Kurz darauf aßen sie beide, Bruno hatte ebenfalls Appetit bekommen, und der Bettler erzählte weitschweifig von dem Buch, in das er jetzt schon mehr als sechs Wochen lang vertieft war. Tausend von dem Römer Plinius aus zahllosen Quellen kompilierte und niedergeschriebene Seiten. Das enzyklopädische Werk wurde ihm jeden Tag von den Bibliotheksmädchen vorgelegt.

»… und ja, von allen Tieren ähnelt der Mensch am meisten dem Elefanten.«

Bruno nickte, mit dem Kopf ganz woanders. Fragte aber doch: »Wieso?«

»Das werde ich Ihnen erzählen. Der Elefant ist auf eine Art intelligent, die über das Wissen hinausgeht, das er braucht, um am Leben zu bleiben. Er kennt die Rache, die Pflicht und die Liebe, und er kennt auch, sehr bezeichnend und, wenn Sie mich fragen, höchst poetisch: das Bedürfnis, sich dem zu beugen, was höher ist als er selbst. Der Elefant …«

Bruno legte ein paar seiner Finger gespreizt an die Stirn.

»… verehrt die Himmelskörper.«

»Donnerwetter!«, murmelte er, noch immer von dem vor drei Jahren knapp vor dem Ertrinken geretteten jungen Mann in Beschlag genommen. Was das für ein Aufruhr gewesen war! Ein Trara!

Wie war es gleich noch mal vor sich gegangen? fragte er sich und wandte gleichzeitig seinen Blick dem Bettler zu.

Dieser fühlte sich ermutigt und beugte sich zu ihm vor.

»Aber ja! Er betrachtet und verehrt sie. Den Mond, die Sterne, die Sonne! Mein römischer Freund behauptet, das sei auch ganz natürlich, da der Elefant wie kein anderes Tier den Tod kennt. Er fürchtet ihn nur nicht. Überhaupt nicht! Der Tod ist ihm schnurzegal. Darin unterscheidet er sich von uns. Er ist zutiefst mit ihm vertraut, das ist es. Mein Freund schreibt, dieser Gleichmut sei bestens zu verstehen angesichts des Alters, das der Elefant erreicht. Vierhundert Jahre, normalerweise. Und das ist ihm genug.«

Eine bedächtige Stille trat ein.

Bruno seufzte tief.

Es war so vor sich gegangen.

Der Utrechtse Jaagpad an einem Dezembertag in Leiden. Kalt, aber nicht beißend. Nach einem Gespräch bei seinem Anlageberater war er auf dem Weg zur Bushaltestelle am Hoge Rijndijk. Deutlich flotter zu Fuß als jetzt, aber schon damals nicht mehr mit dem Auto unterwegs. Jenseits der Kreuzung des Neuen Rheins mit dem Rhein-Schie-Kanal war er stehen geblieben, um zu einem Schwarm von Zugvögeln hinüberzuschauen, der auf einem Haus am anderen Ufer niedergegangen war. Der Rhein ist an dieser Stelle noch schmaler als bei der Mündung in Katwijk, doch wegen der Binnenschifffahrt hält man ihn dort, wo er den Kanal kreuzt, ziemlich tief. »Kein schlechter Ort für euch, Jungs«, hatte er zu den Zugvögeln gesagt, »aber bei den Oostvaardersplassen ist der Fischbestand besser.« Als er sich zur Seite wandte, mit einer Geste, als wolle er den Vögeln den Weg zeigen, sah er etwa fünfzig Meter von der Wilhelminabrücke entfernt den Jungen im Wasser strampeln. Die Zeitung sollte schreiben, er habe ihn von der Brücke ins Wasser gleiten sehen, doch in Wirklichkeit lag der Junge bereits darin. Bruno sah ihn untergehen, auftauchen, wieder untergehen. Wegen des einstimmigen Geschnatters der Vögel hatte er nichts von irgendwelchen Hilferufen hören können.

Nun, die Rettung war wunderbar gewesen. Das sagte ihm seine Erinnerung. Nicht nur wunderbar, sogar herrlich. Seine Erinnerung gab das voll und ganz zu. Der Junge schien sich mit der ganzen Kraft seines ertrinkenden Körpers gegen ihn zu wehren. Jakob im Kampf mit dem Engel. Anders konnte man es nicht nennen. Jakob im Kampf mit seinem eigenen Leben, das sich wie ein Raubtier verhielt. Wer einen Ertrinkenden rettet, muss erbarmungslos sein. Bruno machte es zum ersten Mal, doch er wusste es instinktiv. Er hatte seine Aktentasche weggeworfen, war zur Deichböschung gerannt, hatte während des Laufens seinen Mantel ausgezogen, ebenso das Jackett, und rechnete derweil aus, dass er angesichts der ziemlich starken Strömung bereits ein Stück vor dem Jungen auf ihn zuschwimmen musste. Er trat sich die Schuhe von den Füßen und sprang ins Wasser.

Es ging praktisch sofort bösartig zu. Der dumme Junge versuchte, den alten Mann zu überwältigen. Bruno hatte ihn an den Schultern packen wollen, umdrehen, von hinten an den Unterarmen fassen, die Brust nach oben, und wie ein Floß vor sich her zum Deich schieben, aber dazu kam es nicht. Der Instinkt des Jungen sagte: festklammern!, sagte: erst ich!, sagte schließlich mit großer Kraft: du oder ich!

Wer von Natur aus sanft veranlagt ist, große Scheu in Bezug auf anderer Leute Gefühle empfindet und diese per definitionem für achtenswert hält, kann sein Leben lang in Unkenntnis der eigenen Raserei bleiben. Bruno fühlte, wie eine Welle des Hasses in ihm hochkam. Er packte den Jungen mit der gröbsten Kraft, die ihm in seinem Alter noch zur Verfügung stand, bei den Haaren und drückte seinen Kopf unter Wasser.

Bruno war alt, der Junge aber völlig erschöpft. Als sein Körper erschlaffte, begann Bruno, noch immer außer sich vor Zorn, seinen ursprünglichen Plan auszuführen. Er nahm den ertrinkenden Kopf in den Haltegriff. Zwang Nase und Mund an die Luft. Zerrte den Körper, der knapp unter der Wasseroberfläche schwamm, halb über seinen.

Er war so leicht wie der eines Kindes.

Der Weg zum Ufer dauerte lange. Oder, besser gesagt, es schien, dass keinerlei Zeit verging. Das gibt es, solche Ewigkeiten. Sie lösen sich aus dem Schwarm und gehen wie ein Vogel nieder, der plötzlich merkt, wie unermesslich groß der Luftraum ist. Bruno trieb auf dem Rücken, er trat mit den Beinen um sich, mit wedelnden Hosenbeinen, das Kind trieb mit. Er befand sich in der Macht des Kindes. Es reiste auf ihm. Und wurde mit fortschreitender Reise immer leichter, allerdings auch immer klarer in seinen Forderungen. Bruno spürte keine Kälte. Auch keine wilde Kampflust mehr. Die war vorbei, wie wenn der Himmel aufreißt.

Er erreichte den Fuß des Deichs.

Er richtete sich vorsichtig auf, hielt den Körper des Jungen mit Ausnahme des Kopfes unter Wasser und schaffte es, ihn aufs Gras zu schleifen.

Vor dem Café verabschiedeten sie sich. Der lange Bruno und der kleine Bettler, der dennoch etwas Stolzes hatte. Beide wussten, ein Almosen in Geldform wäre an diesem Tag eine deplatzierte Geste gewesen, am allerbesten wusste das der Bettler. Die Brötchen hingegen waren so frisch gewesen, dass er sie wie junge Kätzchen anfassen musste, um sie nicht zu quetschen, und der Schinken stammte aus der Schulter, hellrosa, frisch geschnitten und mit weißem Speckrand.

Sie drückten einander die Hand und gingen ihrer Wege. Morgen war wieder ein Tag.

Zu Hause angelangt, im dritten Stock des Appartementgebäudes mit fakultativen Zusatzleistungen für Senioren, setzte Bruno sich an seinen Schreibtisch und begann einen Brief an seine Tochter. Dann und wann schaute er hinaus. Er blickte nicht auf den fahlen Beginn der dunklen Jahreszeit, sondern suchend auf das, was er schreiben könnte.

Alles geht gut, liebe Tochter. Wie du weißt, hat das Haus eine neue Leitung bekommen. Jetzt haben sie auch das Personal ausgewechselt und, wie zu erwarten war, ordentlich reduziert. Aber darunter habe ich zum Glück nicht zu leiden. Heute Nachmittag kommt Louise.

Den fertigen Brief schob er in einen Umschlag, klebte ein paar hübsche Marken darauf, adressierte ihn und lehnte ihn an die Uhr auf dem Kaminsims. Gegen eins hörte und roch er, dass unten im Restaurant das Mittagessen serviert wurde. Was für einen Appetit er heute hatte! In der Küche wärmte er sich den Rest der Suppe auf, die Louise ihm zwei Tage zuvor gekocht hatte, und danach auch noch die übrig gebliebenen Kohlpasteten. Er setzte sich an den Tisch, breitete eine Serviette aus und verspeiste alles. Auf dem Sofa neben dem Fenster wartete der Bildband, auf den er sich schon freute.

Alter, leicht schnarchender Mann auf einem Sofa. Das Buch mit dem Titel *Die Meister von einst* unangerührt neben seiner Hand.

Dann die Klingel. Wer kann das sein!

Bruno erwachte, blieb aber extra behaglich liegen. Er wusste, es war Louise. Louise, die Sanftmütige. Dass sie klingelte, geschah aus Höflichkeit. Sie hatte einen Schlüssel.

»Guten Tag, Mijnheer.«

Einen Moment lang sah er sie ganz in der Ferne ins Zimmer treten. Dann fokussierte sein Blick.

»Guten Tag, Louise.«

Louise Bergman gehörte zu den Frauen, die auch im Winter keine Hose, sondern Rock und Pullover trugen, die wenig sprachen, aber eine Singstimme wie eine Nachtigall hatten.

Bruno liebte sie innig.

LOUISE BEI BRUNO. WAS WOLLEN DIE HERREN DARÜBER WISSEN?

Dreimal die Woche. Und freitags immer die etwas gründlichere Reinigung. Sie ist kaum da, schon steht der Staubsauger im Wohnzimmer, der Eimer mit dem Feudel an der Spüle und die Kiste mit den Putzmitteln in der offenen Badezimmertür. Nicht selten: Summen, Singen, Louise ist in einem Chor.

So geschieht alles auch an diesem Tag.

Kurz nach drei. Louise sprüht Antikalk auf die Fliesen in der Dusche und an die Ränder der Toilettenschüssel, das hellblaue Zeug rinnt langsam herunter und soll, während sie staubsaugt, einwirken. Sie geht wieder ins Wohnzimmer. Als sie den Staubsauger einschaltet, wirft sie Bruno, der noch immer auf dem Sofa liegt, ein Lächeln zu.

Muss halt sein, nicht?

Grässlicher Lärm, Louise, lächelt der alte Mann zurück. Aber ich verzeihe dir alles, wie du weißt.

Lächeln bei beiden.

Als sie den Teppich zu saugen beginnt, achtet Louise darauf, dass die immer etwas muffige Luft aus dem Staubsauger nicht in die Richtung von Mijnheer zieht. Es ist ein sehr schöner Perser mit blauen und roten Vögeln auf schneeweißem Grund. Sie liebt ihn und wundert sich. Wie ist das möglich: Die weiße Wolle nimmt keine Flecken an, nicht einmal von dem hartnäckigsten Zeug! Man kann eine Tasse Kaffee darüberschütten, was Mijnheer einmal passiert ist, man kann eine ganze Kanne schwarzen Tee daraufkippen, was Mijnheer auch einmal passiert ist, als er ihr etwas ganz Besonderes erzählte: Sie hat mit einem Tuch darübergewischt und … keine Spur mehr! Keine Spur, keine Spur … wird sie siebzehn Tage später erneut feststellen, dann jedoch, ohne sich zu wundern. Niedergeschlagen, betäubt, schon viel zu mitgenommen, um sich zu wundern, wird sie zwei Ermittlungsbeamten vom Revier Haaglanden erzählen müssen, was ihrer Meinung nach in der Wohnung anders ist als sonst.

»Da hat er gelegen«, wird einer der beiden ihr irgendwann mit entsprechender Handbewegung mitteilen.

Und sie wird ihren vom tagelangen Weinen verschwommenen Blick auf den Teppich mit der ewig weißen Wolle heften. Was ihr einen Hauch, einen winzigen Hauch von Trost bescheren wird. In Anbetracht der Hölle, in der sie sich in diesem Augenblick befindet.

In einem Haus ist die Putzfrau mit dem Boden immer am besten vertraut. Knien, schrubben, die Fläche nach Schmutzpartikeln absuchen, das Körperlichste jeden Hauses ist der Boden. Dass er »da« gelegen hat, jetzt aber nicht mehr dort liegt, wird Louise in siebzehn Tagen nichts bedeuten. Mijnheer hat nie auf dem Teppich gelegen. Dass er, am Kopf ernsthaft verletzt, nicht einmal das kleinste Bluttröpfchen darauf hinterlassen hat, wird sie dagegen voll und ganz verstehen.

Aber währenddessen (neben ihr Gehüstel, bohrende Blicke) – was wollen die Herren von ihr hören, was ist anders als sonst? Was soll sie anführen, um sie zu füttern?

»Der Brief.« Wird sie sagen.

Und mit der Stirn in Richtung Kaminsims weisen, in einer Wohnung, in der mittlerweile alles anders ist als sonst, einschließlich der Luft, die man einatmet. Den in akkurater Alt-

männerschrift adressierten Brief kann man gleich mit dazu-
zählen, er hätte längst eingeworfen werden müssen.

»Der Brief?«

»Ja. An seine Tochter«, wird sie ihren Teufeln auftischen.
»Ähm … den hat er normalerweise immer auf seinem Schreibtisch liegen lassen, um ihn dann am nächsten Morgen, wenn
er spazieren ging, einzuwerfen. Da kam er am Briefkasten vorbei.«

Oh unsinniges Geschwätz!

Oh Einsicht, dass, wenn du jetzt einfach sagst, was der andere hören will, dieser andere dich aus seinen Klauen lassen
wird. Jedenfalls für kurze Zeit. Und dir sogar beruhigend zu-
nicken wird! Und sogar fragen wird: »Zigarette?«

Tee. Eine Schale mit Keksen für sie beide. Bruno und Louise
sitzen am Tisch und unterhalten sich. Für Bruno, wie er irr-
tümlich meint, die letzte Unterhaltung dieses Tages.

Das Gespräch kommt auf »zu Hause«, Louises Zuhause. Ihr
kleines Mädchen ist gestern neun geworden, erzählt Louise,
und musste, als sie es abends zu Bett brachte, ein bisschen weinen.

»Ach!« Bruno zieht eine mitfühlende Miene. Die kleine
Lineke musste weinen, er wird schon noch erfahren, warum.
Louise sitzt ihm mit übergeschlagenen Beinen gegenüber und
zugleich neben ihm, denn der kleine Tisch ist rund, und sie sitzen seitlich daran. Blauer, gerade geschnittener Rock bis zu
den Knien, weicher, hellgrauer Pullover, selbst gestrickt, wie er
weiß, denn stricken, das tut sie gern. Er streckt die Beine aus.
Witwer und abgelebter, vereinsamter Mann. Viele Jahre zu alt
für bestimmte Freuden, die sich trotzdem irgendwo verbergen
und gelegentlich noch zeigen. Soll ich mir mal einen Schal

wünschen? kommt ihm in den Sinn. Und er verspürt Rührung angesichts der bezaubernden Vorstellung, dass die junge Frau hier dicht bei ihm sich demnächst, noch bevor es richtig Winter wird, mit Nadeln und Wolle in einer Ecke ihres Hauses niederlassen wird, behaglich in sich selbst zurückgezogen, um zwischen ihren Händen einen warmen Männerschal wachsen zu lassen, Masche für Masche für ihn bestimmt.

Die Vision ist stark. So stark, dass er nur mit halbem Ohr zuhört, als Louise erzählt, dass Lineke ihren Vater vermisst hat, der ausgerechnet an ihrem Geburtstag wieder mal so weit weg war. Louises Mann ist Lastwagenfahrer. Während er Louise ruhig stricken und gleichzeitig, mitten in diesem Bild, aufstehen sieht, um ihm und sich eine zweite Tasse einzugießen, erkundigt sich Bruno, höflich wie er ist, nach ihrem Mann.

Wo ist er gerade unterwegs?

Sie blickt auf, sehr lieb und besorgt.

»Er fährt zur Zeit die Rumänien-Tour.«

»Rumänien ...«, wiederholt er.

»Ja. Manchmal auch Polen. Oder Jugoslawien. Aber es ist immer der Ostblock ...« Sie senkte den Blick. »... in letzter Zeit.«

Sie vermisst ihren fernen Mann, denkt er und denkt sogar: In ihrer Angst, ihn irgendwann zu verlieren, sinnt sie über die miserablen Straßen in diesen Ländern nach und über das Pack, das unter Androhung grässlichster Gewalt den niederländischen Lastwagen raubt oder, noch gewiefter, nachts auf einem Parkplatz nur den Anhänger mit seiner bestens absetzbaren Ladung abkuppelt, was der Fahrer, ihr Mann, erst merkt, wenn er vor Tau und Tag aus seiner Kabine klettert, um schnell noch zu pinkeln, bevor er die Fahrt fortsetzt.

Weiter reicht sein Interesse an anderen Menschen nicht, abgesehen von den wenigen, die ihm noch wichtig sind. Zu alt, um sich noch in andere hineinzuversetzen. Und zu zufrieden? Ja, das auch. Louise ist die Louise, die sie für ihn ist. Dreimal die Woche eine Frau in seiner Nähe. Dass alle zwei Wochen noch eine andere kommt, eine merkwürdige Person, die eigentlich Chirurgin hatte werden wollen, wie sie ihm einmal, während sie die Hornhaut unter seinen Zehen wegschabte, gesagt hat, zählt nicht. Es ist Louise, die sich hier um das tägliche Leben kümmert. Die die kleinen banalen Dinge des Alltags erledigt. Die Zartere, die Loyalere. Andere Abenteuer braucht er nicht.

In seine Träumereien versunken bleibt er sitzen und merkt erst, dass sie sich wieder an die Arbeit gemacht hat, als er sie im Schlafzimmer singen hört. Sanft, in süßen Melodiefetzen, die er inzwischen kennt. Schon seit über einer Woche hört er dasselbe, ach so wehmütige Lied, das beginnt, unbeendet in ihrer Kehle verschwindet und dann einige Verszeilen später wieder hervorkommt. Muss sie es üben? Auswendig lernen? Er weiß, dass sie manchmal auf Festen singt. Solche schönen Lieder sind eigentlich immer traurig und bereiten einem bei aller Traurigkeit doch die größte Freude. Er wendet den Kopf mit dem guten Ohr zur Tür, um besser lauschen zu können. Louise, Schatz meines noch nicht ganz entmannten Herzens, dieses Lied würde ich gern einmal ganz hören.

Sie nimmt die Ecken der Bettdecke zwischen die Fäuste. Schüttelt sie mit ein paar gewaltigen Schwüngen so auf, dass die Füllung überall gleich verteilt ist, vor allem oben, an Mijnheers Kinn. Einen losen Zipfel hat er nicht gern am Gesicht, das fühlt sich wie ein Spüllappen an, findet er. Dann, bevor sie am Fußende das Laken unter die Matratze schlägt, geht sie mit den

Fäusten unter die Decke und bauscht die Daunen von unten mit ein paar festen Schlägen noch etwas auf. Alte Füße wollen Raum und Luft um sich herum. Louise hat tüchtige, mollige, muskulöse Hände. Sie, Tochter eines Hufschmieds, scheut nicht davor zurück, sie auch zu benutzen. In neunzehn Tagen wird sie behaupten, Mijnheer Mesdag mit ebendiesen Händen erwürgt zu haben, und dann, als ihr Befrager etwas an dieser Behauptung für nicht schlüssig hält, keine Ahnung, was, wird sie sie korrigieren.

»Ich habe es mit seinem Gürtel gemacht.«

Ja?

Oder?

Ihr Befrager wird sie weiter anschauen und ihr mit der ganzen Autorität seines Amtes zuhören. Nicht wirklich zufrieden, aber auch nicht ganz unzufrieden. Sie müsste sich nur noch etwas mehr anstrengen.

»Mit seinem Gürtel, ja«, wird sie es noch einmal versuchen.

Keine Reaktion. Nur seine Augen.

Worauf sie, mit *ihren* Augen, ihr Gedächtnis durchforsten wird. Von innen nach außen, so wie man aus einem fahrenden Zug auf eine Landschaft blickt (in ihrem Fall allerdings mit Augen, die schon gar keine normalen Landschaften mehr kennen). Alles, was du da draußen siehst, berührt eine Saite deiner Seele, zupft sanft hinter deinen Augen und verschwindet wieder, unbestimmt wie ein Traum voll geheimer Geschehnisse. Aber du weißt, sie waren real. Das weißt du ganz genau.

»Den hatte er in einem Loch fast ganz am Anfang«, wird sie präzisieren. »Etwas lockerer geschnallt. Das hat er bestimmt während des Essens oder kurz danach gemacht. Der Gürtel, ich hatte ihn vorher noch nie an ihm gesehen, schlackerte ein bisschen über seinem Bauch. Das war mir schon beim Teetrinken aufgefallen ...«

So wird sie in sehr kurzer Zeit losrattern. Mit einem in der Luft hängenden Fragezeichen in allen ihren Worten. Wahrheit, eine Wahrheit, die sie in die einer anderen Person einzubetten versuchen wird, einer unsichtbaren, eines bösen Schattens.

Gesagt.

Erfunden.

Für schlüssig befunden.

Zu Protokoll genommen.

Unterschrieben.

Aber jetzt – nein. Nichts von diesen Dingen besitzt in diesem Moment auch nur einen Hauch von Gültigkeit. Die wird es erst Tage später geben. Die Wirklichkeit ist wahrhaftig nicht die Zukunft, bring das nicht durcheinander. Das Bett ist gemacht. Das Fenster steht offen. Frische Luft im Hier und Jetzt. Alles in Ordnung. Ein unsichtbarer Vogel schreit. Louise geht ins angrenzende Badezimmer und schaut auf ihre Armbanduhr, wie viel Zeit sie noch hat, eine automatische Gebärde, zudem überflüssig, denn Töchterchen Marie Lina isst heute bei einer Schulkameradin und wird später nach Hause gebracht. Sie geht am Waschbecken vorbei, blickt in den Spiegel und glaubt, was sie sieht. Sie, Louise. Immer die gleiche und nie eine andere. Sie mit ihrem Leben. In dem nichts, absolut nichts vom Leben einer gewissen Louise Bergman durchschimmert, die nach tagelanger, nächtelanger geistiger Verwirrung dann doch endlich zur Kooperation bereit gewesen sein wird. Sie greift zur Handdusche und beginnt, die Fliesen abzuspülen. Als sie über die Schulter blickt, sieht sie Mijnheer Mesdag in der Tür stehen, mit ungewohnt lebhafter Miene wegen der Bitte, die er gleich äußern wird. Sie dreht den Hahn zu, lacht, den Duschkopf am geriffelten stählernen Schlauch in der Hand.

»Setzen Sie sich, Mijnheer, ja, hier, in Ihren bequemen Sessel. Ich singe Ihnen jetzt mal das ganze Lied vor.«

Sie hockte sich neben ihn. Legte ihre Hand auf seine, die auf der Sessellehne ruhte. Sie spürte die Knochen, verschob die lockere Haut ein bisschen und betrachtete das Muster der bläulichen Linien und Flecken, die platt gedrückten Rosinen glichen. Manchmal nimmt man sich Zeit, ohne zu wissen, warum. Wenn man es tut, denkt man nicht darüber nach.

Sie sagte: »Es heißt *Ich atmet' einen linden Duft.*«

»Ah, einen linden Duft …«, antwortete er anerkennend, als hätte sie ihm das Etikett eines guten Weins vorgelesen. Er sah sie an wie ein Kind, wie ein Mann, wie ein Kindmann. Sie sah etwas Listiges in seinem Blick aufblitzen. Das ist jetzt genau der Moment, in dem er mein Haar streicheln könnte, ging es ihr durch den Kopf. Was er dann auch tat.

»Ja, ich atmet' einen linden Duft …«, wiederholte sie gedehnt, ihr Kopf unter seiner Hand, deren Finger selbstverständlich noch wussten, wie man das macht. Zärtlichkeit verlernt man nicht. Seine Finger liebkosten die zarte Haut über den Ohren, kraulten das wollige Flaumhaar im Nacken, herrlich. Sie ließ ihn gewähren. Gönnte ihnen beiden die Zeit, in der die Ereignisse ihre Ruhe bewahren, nicht beabsichtigen verlorenzugehen, und absolut nichts Böses planen.

Dann erhob sie sich wieder und zupfte sich den Pullover zurecht. Sie ging zu der Zwischentür, die zum Schlafzimmer führte, und drehte sich um, ungefähr sechs Meter von ihm entfernt. Das, schätzte sie, würde am Samstag in einer Woche wohl auch der Abstand zwischen ihr und den Gästen eines anderen Chormitglieds sein, das seine Geburtstagsfeier mit ihr als besonderer Attraktion gestalten wollte und dafür den Saal im ersten Stock eines Lokals gemietet hat. Jetzt saß nur Mijnheer vor ihr. Sie hatte Lust, sich vor ihm zu verneigen. Wer auftritt, kann das tun, ohne sich lächerlich zu machen. Schließlich ist dies eine Probe, so fühlte sie, eine Generalprobe, damit ich mich schon mal an den Auftritt demnächst gewöhne, damit meine Stimme nicht zu zittern anfängt, weil ich so wahnsinnig nervös bin.

Wie still es im Raum war. Aufmerksamkeit, wie ein Faden von ihr zu ihm gespannt. Die Heizung gluckerte schwach. Hinter den Fenstern die Beinahe-Dunkelheit. Die Uhr auf dem Kamin zeigte zehn vor sechs. Daran lehnte ein Brief. Mijnheer stellte seine Post immer an die Uhr, nie ließ er sie auf dem Schreibtisch liegen. Er lehnte seine Briefe gegen die Uhr und warf sie dann am nächsten Morgen ein.

Louise verbeugte sich tief vor ihm.

»Ich atmet' einen linden Duft ...«, begann sie mit dem Klang der Intimität, mezza voce, zu singen. *»Im Zimmer stand / Ein Zweig der Linde, / Ein Angebinde / Von lieber Hand ...«*

Wer singt, weint nie für sich allein. Wird nie vom Kummer um Dinge übermannt, die sind, wie sie sind, und an denen nun mal nichts zu ändern ist. Wer singt, fliegt über sein Verlangen hinweg, das ihm wie ein Schmerz im Leibe steckt, und wird zu einem Vogel. Louise, gestreichelt von der Altmännerhand in ihrem Haar, sang von einem Zimmer und einem Lindenzweig, der von einem lieben Menschen da hingestellt worden war. Das Lied verriet nicht, von wem. Sie selbst sah ihr Wohnzimmer in dem alten Haus in Rijnsburg vor sich. Warum, wusste sie nicht. Ach, wie sie ihren Mann vermisste! Sie waren in ihrer Anfangszeit oft durch die Felder ans Meer geradelt, fahlschwarze Flächen, unter denen vielleicht Geister hausten. Glück, das gibt es.

Glück, das gibt es. Sie vermisste ihn mit großer Angst im Herzen. Dachte immer, wenn er wieder mal lange Zeit unterwegs war, um eine Ladung Käse oder gefrorene Rinder oder was auch immer in den Ostblock zu bringen, dass irgendetwas Schlimmes passieren würde. Oder bereits unwiderruflich passiert war. Konnte alles Mögliche sein, eine andere Frau, ein Verkehrsunfall, ein Überfall, eine Verhaftung, gefolgt von einem schrecklichen Lager. Gott, warum kann ich es immer, realistisch wie in einem Buch, mitsamt allen Details vor meinen Augen sehen!

Ihr Mann hingegen hatte nichts gegen das Alleinsein. Er rief von unterwegs nur selten an und dann meist kurz, manchmal sogar kurz angebunden. (»Louise. Da musst du dich sofort drum kümmern. Ruf morgen bei der Gemeinde an.«) Aber in seiner Kabine hatte er direkt über dem Innenspiegel ein Foto von ihr und Lineke angebracht. Es stammte vom Fotoservice des Kaufhauses Hema, ein grell belichtetes No-nonsense-Bild eines lachenden Kindes und einer lachenden jungen Frau. Nicht so ein sepiafarbenes Foto, das man sich heutzutage auch aussuchen kann, wenn einem das zusagt, im großelterlichen Stil, das geradezu danach schreit, ein Teelicht davor anzuzünden oder ein Kuscheltier darunter aufzuhängen. Sind wir tatsächlich sein Glück? Nachts dachte sie an das Vibrieren seines auf dem Lenkrad liegenden Arms.

»Wie lieblich ist der Lindenduft! / Das Lindenreis / Brachst du gelinde! / Ich atme leis / Im Duft der Linde / Der Liebe linden Duft.«

Hier sang es sich gut, merkte sie. Ein wenig Hall trotz des Teppichs, aber nicht zu viel. Gerade richtig. Und Mijnheer hörte ihr zu, er lauschte mit den Augen. Diese Augen, hatte sie die je *nicht* lächeln sehen?

JA SICHER, UND SIE WUSSTE ES NOCH

Einmal war Bruno nach Hause gekommen, als sie bereits beim Staubsaugen war. Sie hatte nicht gehört, wie er den Schlüssel ins Schloss steckte. Auf einmal stand er wie ein verlottertes Gespenst in der Wohnzimmertür. Ein verschreckter alter Mensch, der den Rückweg nach Hause gesucht und, Wunder über Wunder, auch gefunden hat. Sie hatte sofort den Fuß auf den Ein- und Ausschaltknopf gestellt.

»Wo tut's weh?«, fragte sie, in seinem Gesicht lesend.

Er hatte keine Antwort gegeben, so sehr konzentrierte er sich darauf, ins Wohnzimmer weiterzugehen, Schritt für Schritt die Beine zu bewegen, wie er es zuvor wohl auch auf der Straße getan hatte. Sie hatte rasch einen Stuhl vom Esstisch genommen, schob ihn in seine Kniekehlen und drückte ihn auf den Sitz.

»Hier«, sagte er.

Sein Blick segelte von ihr zu seinen Füßen.

Sie kniete schon und nestelte an seinen Schnürsenkeln. Störrische blöde Senkel und überdies sehr lang, denn die Schuhe, in denen er losgegangen war, waren eine Art Bergstiefel.

Sie blickte besorgt, aber auch verärgert zu ihm auf.

»Zu klein, nicht Ihre Größe.«

Und beugte sich wieder über die wie Fossilien eingetrockneten Schuhe, weitete sie, soweit es ging, und zog sie ihm von den Füßen, sehr vorsichtig. Erst den Absatz ein Stück über die Ferse hinunter, dann hielt sie die eine Hand von hinten am

Knöchel, während die andere Hand den Schuh ein wenig vorschob. So kamen die Zehen frei.

Erleichterung. Die beiden Übeltäter landeten auf dem Perserteppich. Er hob zu einer Erklärung an, Kinn auf der Brust, denn sie kniete noch immer vor ihm. Dies seien, zum Teufel, immer seine Lieblingsschuhe gewesen! Nie zu klein, nicht mal, wenn er Ziegenwollsocken trug! Er klang aufrichtig gekränkt.

Sie antwortete, indem sie seine Füße in die Hände nahm, einen nach dem anderen, und sie vorsichtig rieb. Sie fühlten sich an wie morsche Holzstücke, die im Schlamm gelegen hatten. Wenn man nicht achtgab, drückte man mit dem Daumen ein Loch hinein. Als sie die Socken auszog, erschrak sie sehr. Wieder blickte sie hoch, noch besorgter als vorhin. Er hatte mit einem etwas merkwürdigen Ausdruck zurückgeblickt, und was er sagte, war ebenfalls merkwürdig.

»Ein Stück gelaufen, wie einen das manchmal so überkommt …«, sagte er zu ihr wie zu einer Schicksalsgefährtin, die wusste, wovon er sprach.

Sie starrte ihn an, eine Socke noch in der Hand.

»Stadtteile, aus Stein, Glas und Reihen von Straßenlaternen erbaut, die so einen gazeartigen Lichtschleier verbreiten«, fuhr er unbeirrt fort. »Nachts, schon gegen Morgen. Man hat den letzten Bus verpasst. Man geht durch die Stille, die einen nichts angeht, hellwach und keineswegs unglücklich, solange die Füße bereit sind, einen zu tragen. Je lebloser die Straßen sind, umso mehr scheinen sie einem zu sagen. Verstehst du, Louise?«

Sie schüttelte den Kopf so schnell, dass es aussah, als schüttle sie ihn wach.

»Total aufgeschürft!«, rief sie mit einem Blick, der eindeutig besagte: Sie sind ja verrückt!

Und wieder erbarmte sie sich der Füße, legte die Hände unter die Sohlen und hob sie wie zwei Präsentierteller hoch. Er beugte sich vor und schaute sich an, was sie ihm darbot. Die Füße sahen tatsächlich fürchterlich aus. Blutend, geschwollen, die Zehen, deren Nägel ohnehin eingewachsen waren, lagen wie vollgefressene blaurote Würmer auf ihren Fingern. Sie erhob sich, ging in die Küche und kam mit der Schüssel zurück, in der sie immer das Gemüse wusch. Er verstand. Wieder kniete sie vor ihm nieder. Und dann folgte ein sehr angenehmer Moment. Sie krempelte seine Hosenbeine ein Stück hoch und hob die Füße ins lauwarme Wasser. Sie hatte einen Löffel Salz hineingetan.

Nachdem sie sich das einen Moment lang angesehen hatte, sagte sie: »Ich schicke Ihnen jemanden.«

Er lächelte unbestimmt. Fragend.

»Klazien Wroude«, sagte sie.

Er verstand nicht.

»Die Fußpflegerin.«

Sie sah, wie sich seine Miene verdüsterte … Ich bitte dich, muss das denn sein?

Sie erzählte ihm, dass die Frau medizinisch geprüfte Pediküre sei und hier in der Wohnanlage noch mehr Kunden habe. Die seien alle sehr zufrieden.

Er machte eine ergebene Geste.

Wenn sie meine.

Dies alles war wohl ein knappes Jahr her. Tag der Füße. Heute war der Tag des Liedes. Eines wehmütigen Liedes, schon wahr, aber bei Liedern geht es immer darum, wie sie ankommen. Auf einem Fest, inmitten von Wein, Blumen und Gläsern, kann Wehmut einen geradezu erquicken und dem Schwips einen schönen Anstrich von Tiefe und Weisheit verleihen.

»Ich atme leis«, sang Louise, *»Im Duft der Linde / Der Liebe linden Duft.«*

Bruno war völlig hingerissen. Auf wessen Empfehlung hin hatte er dieses Mädchen einst, in großer Weisheit, eingestellt? Lieb und offenherzig ist Louise in ihrem Rock und Pulli, aufrecht steht sie da, sie trägt ihre schwarzen Arbeitsschuhe mit den weichen Sohlen.

Früher Freitagabend von unschuldiger Freude. Sie beide, kurz bevor das Fallbeil niedersausen wird. Für ihn sofort zack und definitiv, man könnte ihn auch umgehend in die Grube befördern. Für Louise stand lebenslänglich auf dem Plan. Im Wohnzimmer schwebte der Geruch von Bohnerwachs, in der Küche der von heißen Äpfeln, Kartoffeln und Haschee. »Das Essen muss nur noch zwanzig Minuten in den Backofen, Mijnheer, bei hundertachtzig Grad.« Schlafzimmer, Bad und Küche dufteten ebenfalls. Allesreiniger, Glas-Ex, WC-Ente. In der Dusche eine kleine Antirutschmatte mit einem hübschen Muschelmuster, die sie, Louise, bei Blokker für ihn ausgesucht hatte. Ihr Geld für heute, fünfzig Gulden, lag wie immer unter dem Schlüsselbrett im Flur bereit. Hinter der Rolltür vor einem der Fächer in Brunos Schreibtisch, neben dem mit den Barschecks, den Briefmarken und den Umschlägen, lag noch wesentlich mehr.

»Ah …!«, seufzte Bruno gerührt.

Er applaudierte lautlos, schlug die Hände dicht vor seinem Mund mit innigen Bewegungen zusammen. Sie hatte ihr Lied, das in Wirklichkeit, rein privat und insgeheim, ein Lamento gewesen war, gerade beendet.

»Kompliment, Louise, das war sehr schön.«

Sie lachte ein wenig, die Wangen tüchtig gerötet, froh, dass sie es gesungen hatte, und bereit, das in der kommenden Woche noch einmal zu tun, was immer die Wirklichkeit darüber nun entschied.

Einen Augenblick später konnte er hören, wie sie den Staubsauger in den Flurschrank stellte.

»Soll ich den Brief einwerfen?«, fragte sie, als sie im Mantel wieder ins Zimmer trat.

Er stand mit dem Rücken zum Fenster und dachte über irgendwas nach (gleich *All in the Family* einschalten oder lieber die Zeitungsbeilage lesen, eine Tasse Kakao trinken und früh ins Bett?).

»Nicht nötig, mein Engel, danke schön«, sagte er, ihrem Blick zum Kaminsims folgend. *(Liebe Tochter. Alles geht gut.)* »Der Briefkasten ist sowieso schon geleert.«

Mit einer Routinebewegung hievte sie sich ihre Tasche über die Schulter. Darin waren grüne und rote Paprika, Gurken, Petersilie und Tomaten, alles vom Markt, an dem sie auf dem Weg zur Arbeit vorbeigekommen war.

»Also, Mijnheer, dann bis Montag!«

»Bis Montag, Louise!«

Er hörte nicht, wie sie durch den Flur ging. Die Wohnungstür fiel ins Schloss.

Das war's.

Schon vom Lift aus, der sich in einem durchsichtigen Gehäuse durch das Gebäude bewegte, konnte Louise sehen, dass in der Eingangshalle ziemlich viel Betrieb war. Zumeist alte Leute, sie erkannte ein paar Gesichter. Die hatten bestimmt einen Busausflug gemacht.

Louise verließ den Lift und ging zum Ausgang, ohne die Fußpflegerin zu bemerken. Ihr Blick glitt abwesend über die Frau, deren Äußeres höchstens von fern und lückenhaft in ihr

Gedächtnis drang – ziemlich kräftige Figur, kurzes dunkelblondes Haar, eckige Brille, bekleidet mit grauem Mantel, schwarzer Hose und einem dünnen Wollschal um den Hals.

Die Frau war auf dem Weg zu Mijnheer.

Er war eigentlich nicht dran an diesem Tag.

Klazien Wroude, die Louise ihrerseits nicht bemerkte, hatte Mijnheer Mesdag für Dienstag auf ihrem Terminplan. Jede zweite Woche, von 15.00 bis 15.45 Uhr. Jetzt ging sie, ohne aufzufallen, an der Gesellschaft alter Leute vorbei zum Treppenhaus, um zu einer Wohnung im dritten Stock hinaufzusteigen. In ihrem Kopf steckte ein böser Plan. Eine kriminelle Tat, die sie, wenn sie ehrlich war, schon im Vorhinein in keiner Weise bereute.

DER ERSTE KEIM

An jenem Tag, daran wird sie sich immer erinnern, an dem Mijnheer Mesdag, hässlich ermordet, starb, hatte ihre Mutter ein Kätzchen hereingelassen. Sie selbst war noch nicht zu Hause. Sie spielte bei Ria Velsen, einer Klassenkameradin, die sie mal gemein piesackte, mal mit Herzlichkeit überschüttete, je nachdem wie das kleine Biest gelaunt war.

Gerade neun geworden.

Als ihre Mama das Tierchen hereinließ, war der alte Mijnheer Mesdag schon tot. Zwei sehr verschiedene Dinge, die in ihrer Erinnerung dennoch zusammenfielen. Junge Katze, mausetoter alter Herr, mit einem Schal erwürgt. Nicht mit einem Gürtel, wie ihre Mutter einmal behauptete, und schon gar nicht mit dem eigenen. Der, so stellte sich heraus, saß ganz normal und viel zu locker dort, wo er hingehörte, in den Schlaufen seiner Lieblingshose. Aus der Art der Striemen, die den Hals des alten Mesdag vom Kehlkopf bis unters Kinn überzogen, hatte ein Sachverständiger geschlossen, dass es ein Schal gewesen sein musste. Breite Striemen der Art, die nicht schneidet, sondern mittels Druck die Atemwege blockiert. Der Sachverständige hatte das anhand der Fotos erkennen können. Die Leiche war zu diesem Zeitpunkt bereits unter der Erde.

Die drei wussten an jenem Abend noch nichts davon. Weder Marie Lina noch ihre Mutter noch, logischerweise, ihr durch den Ostblock fahrender Vater. Es sollte ein normaler Freitagabend sein, und auch der Samstag sollte zum Teil ganz normal verlaufen.

Sie wohnten am Oude Vlietweg in Rijnsburg, schräg gegenüber der Kirche, deren Glockenspiel jede Stunde ein Lied er-
klingen ließ. Der Vater war häufig weg von zu Hause. Marie
Lina kannte es nicht anders, genauso wie ihre Mutter, doch die
kam damit nicht gut zurecht. Sie arbeitete in der Altenpflege
der Gemeinde Katwijk und hatte außerdem ein paar feste private Adressen. Von Katwijk aan Zee bis nach Rijnsburg sind es
vier Kilometer. Egal, ob es regnete, hagelte oder schneite, die
Altenpflegerin fuhr immer mit dem Moped, einer Berini. An
jenem Freitagabend kam Marie Lina über eine Stunde später
nach Hause als ihre Mutter. Der Vater der Freundin hatte sie
auf dem Gepäckträger seines Fahrrads heimgebracht und an
der kleinen Gasse zwischen den bröckeligen Mauern abge-
setzt. Drei Jahre später sollten sie abgerissen werden, um Platz
für ein modernes Wohngebäude zu schaffen. Die Bewohner
durften zu den bisherigen niedrigen Sozialbaumieten zurück-
kehren. Für sie, die kleine Familie Bergman, schon nicht mehr
von Bedeutung.

Es war dunkel, als sie durch die Gasse zur Hintertür rannte,
als ob sie es ahnte. Immer schon hatte sie ein Kätzchen haben
wollen. Einen Moment später drückte sie es an sich. Ein unbe-
schreiblich weicher Körper, noch blaue Babyaugen. Sie legte
ihre Nase an das Mäulchen. Das Tier ließ es zu, schnurrte aber
nicht. Es machte sich von Anfang an nichts aus dem Mädchen,
sondern liebte nur die Mutter.

Die drehte sich von der Spüle um, an der sie gerade ab-
wusch.

»Es ist ein Männchen«, sagte sie. »Rote Katzen sind fast
immer Männchen.« Und sie erzählte, als sie ihr Moped ab-
stellte, hatte sie das Tier jammern hören. Nicht wie eine Katze,

erzählte sie. Sie hatte zuerst an ein versehentlich weggeworfenes, aber noch funktionierendes Babyphon gedacht. Bald jedoch war das Tier zwischen den toten Blättern, die sich vor der Hauswand aufgetürmt hatten, hervorgekrochen. Eine kleine Spukgestalt, die sie unverwandt anschaute und zur Begrüßung einen Buckel machte. Der kleine Kater war hinter ihr hergelaufen und zusammen mit ihr ins Haus gegangen.

Sie trocknete sich die Hände ab. »Jetzt müssen wir ihm einen Namen geben.«

Sie sahen einander eindringlich an, während sie nachdachten. »Er heißt Tom«, sagte Marie Lina.

Ihre Mutter fragte nicht nach dem Grund. Wer hätte besser gewusst als sie, mit welchen Bildern das Kind einschlief. Sie besaßen eine prachtvolle, mit Schwarzweißlithos illustrierte Ausgabe von *Tom Sawyer*. Schon seit vielen Abenden hatte Marie Lina beim Einschlafen den mit fetter Druckerschwärze konturierten Jungen vor Augen, der sich alles traute. Dieser Junge war sie selbst. Genauso wie sie bei anderen Gelegenheiten die *Drei Musketiere* war, alle drei, abwechselnd, oder *Désirée*, die sich mit vierzehn vier Taschentücher in ihr immer noch flaches Mieder steckte, was Marie Lina, wenn sie vierzehn war, ihr nachtun würde. Ihre Mutter war jemand, der las und vorlas. Und die ihre unstillbare Neigung, das Leben mit Geschichten zu korrigieren und zu vertiefen, auf ihre Tochter übertrug.

In jener Nacht schlief sie weniger fest als sonst. Das Kätzchen hatte wegen seiner Kratzbürstigkeit noch nicht zu ihrer Mutter oder zu ihr ins Bett gedurft, sondern im Wohnzimmer ein Körbchen neben dem Ofen bekommen. Gegen zwei Uhr stand sie oben an der Treppe, um schnell mal nach ihm zu schauen.

Als sie den Lichtspalt in der Schlafzimmertür ihrer Mutter sah, zögerte sie.

Rijnsburg ist ein Dorf zwischen unübersehbaren Blumenfeldern. Auch wenn sie nicht blühen, weil es nicht die richtige Jahreszeit ist, riecht man die Hyazinthen. Vor allem im Haus, unter dem Dach, überwintert ihr Duft. Als sie die Tür zum Zimmer ihrer Mutter aufdrückte, roch sie sie für einen Moment so stark, als wäre sie ein Hund, der durch die blühenden Felder rennt.

Die Mutter lag bäuchlings am Rand des großen Bettes und schlief. Mit ausgestreckten Armen umschlang sie ihr Kopfkissen. Marie Lina, noch längst nicht erwachsen, sah dennoch, wie verzweifelt und entschlossen diese Arme waren, und verstand auch, was sie sagten. Wärm mich, sagten sie, und sogar: Komm schnell zurück, rette mich! Die Leselampe auf dem Nachttisch ließ das Gesicht unbeleuchtet. Der Schirm war so gedreht, dass er nur das aufgeschlagene, umgedrehte Buch beschien und daneben das Telefon, schwarz und glänzend.

Wieder in ihrem Bett dachte sie zuerst über die Einsamkeit ihrer Mutter nach und dann an ihren Vater. Er war ein schwerer, starker Mann, aber auffallend kontrolliert in seinen Bewegungen. Türen schloss er, als hätte er Angst, sie zu beschädigen, Bier schenkte er mit hochgestrecktem kleinen Finger ein. Einmal durfte sie auf seinen Knien hinter dem Lenkrad eines riesigen Trucks ein Stück mitfahren. »Hörst du, Lineke?«, sagte er. »Das ist der Klang eines Scania-Vabis. Den wirst du von jetzt an mit geschlossenen Augen erkennen.«

Tags darauf klingelte kurz nach zwölf das Telefon. Tumult! Das Kätzchen schoss wie ein Blitz durchs Zimmer, rannte in Panik zu ihrer Mutter, aber weil diese selbst zum Telefon rannte, zog das Tierchen sich an Marie Linas Hose hoch. Die sollte erst am Abend die blutigen Striemen an ihren Beinen entdecken und sich an den gemeinen Schmerz erinnern.

Ihre Mutter war in den Flur geeilt, Freude pur im Gesicht.

»Louise …!«, sang sie inmitten des Aufruhrs in den Hörer.

Dann Stille. Und sie, Marie Lina in der Tür, die ihre Mutter, plötzlich mit Stummheit geschlagen, die Augen aufreißen sieht. Merkwürdige Stille. Das Telefon war an der Wand angebracht. Ihre Mutter hielt den Hörer von sich weg. Marie Lina hörte die Telefonstimme quaken. Eine kurze Frage, der ihre Mutter keine Aufmerksamkeit schenkte. Sie wurde noch einmal wiederholt.

»Ja«, keuchte sie jetzt.

Den Hörer wieder am Ohr.

»Ja, ja, ich höre.«

Die Nachricht, die ins Haus kam, war ernster Natur. Der Ernst stand ihrer Mutter ins Gesicht geschrieben. Sie sagte: »Ich glaub's nicht …« Sie sagte: »Das ist doch nicht möglich.« Sie hielt den Blick jetzt ununterbrochen auf das Kind in der Tür geheftet. Ihre Augen waren entsetzt, und sie verbreiteten Entsetzen.

»Wann ist es passiert?«, fragte sie schließlich.

Ich habe meinen Vater verloren, dachte Marie Lina.

Als das Gespräch zu Ende war, ging ihre Mutter ins Wohnzimmer und setzte sich kopfschüttelnd an den Tisch. Ellbogen auf der Tischplatte, eine Hand über die andere gelegt, Kopf so tief gesenkt, dass die Hände ihn überragten. Marie Lina würde diese Haltung nie vergessen. Ihre Mutter saß da, wie sie es manchmal in *Andersens Märchen* gesehen hatte, eine Sünderin, eine typische Sünderin, die nicht weiß, wohin mit ihrer immensen Reue.

Papa … dachte Marie Lina währenddessen.

Dann stand ihre Mutter auf. Sie ging zum Kaminsims, wo ihre Zigaretten lagen, zündete sich eine an und erzählte, Mijnheer Mesdag sei tot.

Mijnheer Mesdag?

Marie Lina war kurz davor gewesen loszuheulen. Das Weinen steckte ihr bereits in der Kehle. Sie drehte sich zum Fenster um.

»Ermordet«, hörte sie noch. Und: »Gestern Abend.«

»Darf ich raus?«

Ihre Mutter stellte sich neben sie. Sie sah nach dem Wetter. Es war trocken und kaum noch windig. Fetzen von Weiß trieben hinter den bereits kahlen Pappeln vorbei, mit denen der Nachbar seinen kleinen Garten wie mit einem Zaun eingefasst hatte.

»Ja, geh nur.«

An jenem Wochenende klingelte das Telefon noch ein paarmal, aber nicht sehr oft. Nur Insider wussten von dem Mord an dem alten Mann, der zu spät verübt worden war, um in den Sonnabendzeitungen zu stehen, und außerdem nicht von aufsehenerregendem Interesse. Marie Lina spürte, dass ihre Mutter nichts anderes mehr tat, als zu warten, gewissenhaft, ohne abzuschweifen, bis das, worauf sie wartete, freundlicherweise erscheinen würde. Sie strickte nicht, kochte nicht, stellte lediglich Brot, Belag und eine Milchtüte auf den Tisch.

Was erschien, mitten am Sonntagnachmittag, war ein Volkswagen. Ein unscheinbarer Polizeivolkswagen, Vorbote von ernsthaft Bösem, bog knatternd in den Oude Vlietweg und hielt vor der Tür. Der Polizist auf dem Beifahrersitz stieg aus, doch der Fahrer ließ den Motor laufen, weil die Bewohnerin bereits aufgemacht hatte und auch schon im Mantel war. Sie hatten sie telefonisch von ihrem Kommen in Kenntnis gesetzt.

Marie Lina hat vom Wohnzimmer aus den ersten Abzug ihrer Mutter gesehen. Der Polizist hält die hintere Tür auf, Mutter bückt sich, krümmt die Schultern, krümmt auch den Rücken und kriecht, den Kopf voran, in das kleine Auto. Es fährt weg. Jetzt ist Marie Lina es, die wartet. Einstweilen wie ein normales Kind, das darauf wartet, dass Mama wieder nach Hause kommt. Was auch geschieht, nach fünf. Sie erkennt das Geräusch des Motors, der auch diesmal vor dem Haus weiterblubbert, in dem schon nichts mehr so ist wie vor dieser kurzen Fahrt. Marie Lina sieht ihre Mutter aussteigen. Die ihr Kind ebenfalls bemerkt haben muss, hinter dem großen Wohnzimmerfenster, aber nicht reagiert. Oder ist das Zukneifen ihrer Augen, als würde das Kind hinter der Scheibe sie blitzen, um ihr Bild scharf zu bekommen (schließlich bezieht sich der Himmel bereits), eine Art Reaktion? Das Kind bemerkt altklug, dass die Mutter schlecht aussieht, sehr schlecht, als habe sie eine Krankheit in den Gliedern und wisse es.

Im selben Moment wird das Kind von einer ungeheuerlichen Frage überfallen. Ein Mordstrumm von Riese ragt vor ihm auf, der mit Händen und Füßen alles, was er anfasst, kaputt machen wird.

Was soll ich *tun*?

Marie Lina rennt vom Fenster weg, will in die Küche, um Teewasser aufzusetzen, nein, doch erst zur Tür, um sie zu öffnen, aber sie ist schon offen!

Der Beginn einer Wut, ein Keim, den sie in sich tragen wird, wo auch immer sie sich befindet, hat sich geregt. Noch schüchtern, in aller Unschuld. Aber er beißt bereits, sanft wie ein junges Kätzchen, in ihr Herz.

Als sie am Montag aus der Schule kommt, liegt das *Leidsch Dagblad* ausgebreitet auf dem Tisch. Ihre Mutter legt ihr Strickzeug weg, presst ein paar Orangen aus, sagt ihr, sie solle alles austrinken, setzt sich wieder in ihre Ecke, nimmt das Strickzeug auf und sieht keineswegs so aus, als ob der Bericht im *Leidsch Dagblad* sie besonders berühre.

Feiger Mord an altem Mann

Am Freitagabend wurde der leblose Körper des 90-jährigen Witwers B. M. in seiner Seniorenwohnung in Katwijk aufgefunden. Bekannte, die ihn gegen 20 Uhr anzurufen versuchten und nicht erreichten, schlugen Alarm. Sie wussten, dass der alte Herr abends immer zu Hause war. Der Hausmeister verschaffte sich Zutritt zur Wohnung. Herr M. war offenbar erwürgt worden. Die ersten polizeilichen Ermittlungen ergaben, dass Bargeld und Schecks gestohlen wurden, die Wohnung jedoch nicht durchwühlt worden war. Daher nimmt die Kriminalpolizei an, dass der Täter dem alten Herrn bekannt war.

Als Neunjährige zeigte Marie Lina keine Neugier auf das, was eine Zeitung zu berichten hatte. Sie trank ihren Orangensaft aus, ging zu ihrer Mutter, um das Kätzchen zu streicheln, und weiter? Nichts. Stricknadeln, Schnurren. Und beiläufig: »Morgen kommt dein Vater nach Hause.«

Oh schön, mein Vater kommt nach Hause, dachte sie. Vater, Vater, Vater. Dein Vater kommt nach Hause.

Spätnachmittagslicht im November. Sie hörte die Hupe des Sechszylinders, in dem er immer wegfuhr, um nach kürzerer oder manchmal auch ein bisschen sehr langer Zeit darin wieder nach Hause zu kommen. Ooohh! Es entging dem aufmerksamen Kind nicht, wie frisch und glänzend der grüne Lack diesmal aussah. Papa hatte den Oldtimer bestimmt noch mal schnell gewaschen, um tipptopp nach Hause zu kommen. Das war nicht schwer. Sein Chef verfügte außer einer Waschanlage für Trucks von fünfzig Metern Länge auch über eine für PKWs.

Er hatte am Eingang zur Gasse gehalten. Das Mädchen erhaschte einen Blick auf ein todmüdes Gesicht, von Fahrzeitenkontrolle war damals noch keine Rede. Das Kind war um Längen früher in seinen Armen als die Frau, die ihn drinnen erwarten wollte. Er hob es hoch, umarmte es fest und gab ihm ein paar dicke Küsse. Es roch schweren Tabak. Wo ist Mama? Er ging um den Wagen herum, öffnete den Kofferraum, in dem sein Reisegepäck lag, das er vorläufig dort liegen ließ, und nahm einen kleinen Stuhl und ein Geschenk heraus. Das Geschenk, eine mit Bändern geschmückte flache Schachtel von erstaunlich geringem Gewicht, legte er in die bereits ausgestreckten Kinderhände.

Ein Kleid. Das man im Wohnzimmer aus doppelten Seidenpapierschichten hervorholte. Lineke hatte von ihrem Vater ein Kleid aus Osteuropa bekommen. Tiefblau mit Blumen. Wie gut sie sich daran erinnern würde, in diesem Kleid verspottet zu werden! Es war kein Sommerkleid. Der Stoff glich dem von Vorhängen, deren Falten, tagsüber von der Sonne gebleicht, abends, wenn die Vorhänge zugezogen sind, helle Streifen bilden. Sie durfte es gleich am nächsten Tag in die Schule anziehen, wo Ria Velsen sie deswegen sofort auslachte, Freundinnen hinzurief, mit dem Finger auf sie zeigte, johlte, die üblichen Triezereien. Bedeppert erzählte sie zu Hause, dass ihre Freundin ihr jedes Mal, wenn sie sie sah, »komisches Kleid!« nachgerufen hatte. Ihren Vater ärgerte das. Er gab ihr einen Tipp für den Fall, dass es wieder vorkäme. Was schon einen Tag später geschah. Ria lief ihr in die Aula nach, trat ihr quasi-versehentlich gegen die Fersen, rief »komisches Kleid« und gab ihr die wunderbare Gelegenheit, den Satz, den sie wie einen heißen Stein in ihrer Hand spürte, auf sie zu werfen. Sie drehte sich um. Die Aula war voll.

»Besser ein komisches Kleid als ein komischer Kopp.«

Das Ergebnis war unvergesslich. Noch nie hatte sie ein derart flammendes Rot gesehen, das über ein Gesicht zog und das Grinsen darauf wegwischte, bis nur noch ein puppenhafter, verkniffener Mund übrig blieb. Noch nie hatte sie ein so herrliches Kichern von ein paar Klassenkameradinnen gehört. Oh, dachte sie mit einem jubelnden Gefühl der Genugtuung, eigentlich hat sie wirklich einen komischen Kopp! Sie waren auf dem Weg ins Klassenzimmer. Ihr Platz befand sich in der Mitte der Fensterreihe, jedoch waren die Fenster zu hoch, um hinauszuschauen. Sie hatten Erdkunde. Zufrieden wie Georg, der Drachentöter, hörte sie den Lehrer von der Erde erzählen, von der ganze Teile sich voneinander weg- und aufeinander zubewegten. Dann und wann strich sie mit den Händen kurz über den Rock des osteuropäischen Kleids, das keinem Menschen etwas zuleide getan hatte und es nicht verdiente, beschimpft zu werden.

Jetzt saßen sie am Wohnzimmertisch. Tassen, Teller, selbst gebackener Kuchen, Zigarettenrauch, na und ob er wieder zu Hause war. Der Vater, der sich garantiert nach nichts anderem sehnte als nach seinem Bett, kippte rasch eine Tasse schwarzen Kaffee hinunter. Danach erschreckte er Frau und Kind, indem er plötzlich aufstand, die Hände auf die Tischplatte legte, als würde er gleich etwas Wichtiges sagen, sich stattdessen umdrehte, in den Flur ging, und, immer zwei, drei Stufen gleichzeitig nehmend, die Treppe hinaufflog, um sich im Bad das Gesicht zu waschen. Nein, als unverständlich kann man das nicht bezeichnen, aber doch als: anders. Marie Lina sah ihn, wie er über das Waschbecken gebeugt dastand. Sie war ihm wie ein kleiner Hund hinterhergetrabt. Breitbeinig, schwarz behaarte Brust, schrubbt er sich mit schäumenden Händen Gesicht, Achseln und Hals, schnaubt und knurrt den Wasserstrahl an, drückt seine Müdigkeit oder was auch sonst weg und spritzt alles nass, als er sich aufrichtet und mit geschlossenen Augen nach dem Handtuch tastet.

Hier, Papi. Bitte schön.

Und unten lag die Abendzeitung vom Vortag, in die er noch nicht geschaut hatte. Das schmutzige Pflaster um seinen Daumen war ordentlich kleben geblieben.

Vater und Tochter setzten sich wieder an den Tisch. Die Mutter hatte inzwischen keinen Finger gerührt. Wurde es nicht langsam Zeit für den Kuchen? Auf einer schönen Glasplatte präsentiert prunkte er selbstzufrieden vor sich hin. Im Vertrauen darauf, gegessen zu werden. Also? Marie Lina setzte sich schon mal kerzengerade hin, doch ihre Mutter sah den Kuchen an wie einen Problemfall. Wegen der Teigstreifen, mit denen sie ihn bedeckt hatte, sah es aus, als läge ein braun lackiertes Netz darüber.

Na gut, sie griff zu Tortenheber und Messer. Dienstag. Vier Tage nach dem Mord. Zu diesem Zeitpunkt wurde sie möglicherweise bereits ernsthaft als Tatverdächtige betrachtet, aber noch nicht als solche behandelt. Dass ein paar von den gestohlenen Schecks eingelöst worden waren, mit Unterschrift und allem, war bislang nur der Kripo bekannt. Am kommenden Sonnabend wird man ein paar Leute, die mit der Einrichtung von Bruno Mesdags Wohnung vertraut sein dürften, zusammenrufen. Die Teilnahme ist selbstverständlich freiwillig, und tatsächlich werden einige der Eingeladenen keine Lust dazu haben und sich weigern, dort anzutanzen. Diejenigen, die der Einladung Folge leisten, wird man bitten, eine kleine Schriftprobe abzugeben. Eine Person ist als Linkshänderin geboren, in der Schule jedoch umgepolt worden. Das Mädchen, das bereits lesen konnte und wusste, dass man Buchstaben auch selbst produzieren kann, hatte sich unter der besonderen Aufsicht der Lehrerin umstellen müssen. Sie hatte es ziemlich schnell geschafft, fand das Schreiben mit der rechten Hand aber immer unbequem. Am kommenden Samstag wird es ihr so schwerfallen, dass ihr der Schweiß ausbricht. Man wird sie auffordern, eine bestimmte Unterschrift zu Papier zu bringen.

»Wo? Hier?«

»Ja.«

Mit zusammengepressten Lippen wird sie in Schreibschrift, alle Buchstaben miteinander verbunden, was beim s beispielsweise einen besonderen Aufstrich erfordert, ziemlich ordentlich *B. Mesdag* schreiben.

Dennoch wird sie es noch einmal machen müssen. Schludriger, heißt es.

»Schludriger?«

»Und schneller. Das ist nun mal so, wenn man irgendwo unterschreibt. Üben Sie erst mal mit ihrem eigenen Namen. Zeigen Sie her.«

Sie wird es tun. Direkt unter Mijnheers nachgemachter Unterschrift eine echte von ihr selbst, mitsamt Vornamen, wie sie es gewohnt ist.

B. Mesdag
Louise Bergman.

Und den klitschnassen Stift hinlegen.

Das ist jedes Mal so. Man ist sich doch wieder ein bisschen fremd. Einander zugewandt sitzen sie auf dem Sofa. Riechen und fühlen, was dem anderen ohne einen selbst widerfahren ist. Sacht heischt der Mord an Mijnheer Mesdag um Aufmerksamkeit. Louise spricht. Beendet keinen einzigen Satz, wie so oft, wenn sie daran zweifelt, ob ihre Geschichte es wert ist, angehört zu werden. Nur wenn sie vorlas, fühlte sie sich wohl. Spann Seite um Seite aus, wie sie es selbst nie tun würde, die erstaunlichsten Dinge, die nach ihrer eigenen Überzeugung alle wirklich geschahen oder im Begriff standen zu geschehen.

Jetzt also nur halbe Sätze. Insgesamt aber doch genug, um ihrem Mann auf entschlüsselbare Weise zu vermitteln, warum sie heute so durcheinander ist. Schräg vor ihr, noch etwas heimatlos, steht der vom Markt in Timişoara stammende Stuhl, über den sie sich sehr erfreut gezeigt hat.

»Und Mijnheer hatte an dem Abend …«, erzählt sie leise. »Sollte an dem Abend …«

Und bricht ab. Sie streichelt den Ärmel ihres Mannes. Frauenfinger, Männerjacke. Ein Leben berührt das andere. Aber hört er überhaupt noch zu? So ein spielendes Kätzchen ist einfach unglaublich niedlich anzusehen. Tom hat eine Art anderes Getier entdeckt, rothaarig und provozierend nah. Sich vor den Füßen von Marie Linas interessiertem Vater im Kreis drehend gelingt es ihm, es ein paarmal zu packen, aber festhalten – nein. Jetzt belauert er es lächerlich ernst, den Kopf flach auf dem Boden. Als er erneut eine rothaarige Spitze zucken sieht, springt er auf, faucht zum ersten Mal in seinem Leben und reißt das Mäulchen auf.

Köstlich!

Draußen ist es jetzt dunkel. Das Fenster bietet keine Aussicht mehr auf die Straße oder sonst irgendwas.

Louise fragt ihren Mann: »Wann musst du wieder?«

Er streckt sich, mit einem halben Gähnen, und rutscht auf die Sofakante vor, was alles zusammengenommen bedeutet: Komm jetzt, jetzt komm schon mit. Es reicht jetzt.

Sie ist schneller in der Senkrechten als er. Kleiner, versteinert und ängstlich, weil eine Glocke aus Mattglas über sie gestülpt worden ist.

»Samstag«, sagt er. »Eine kurze Tour, fünf oder sechs Tage. Berlin.«

DIE OHNMACHT MEINER MUTTER BIN ICH

An einem feuchtkalten Montag im November wird Louise Bergman von der Polizei der Dienststelle Haaglanden festgenommen. Es geschieht in aller Frühe. Als die Polizeiwagen in ihre Straße einbiegen, schläft sie noch. Diesmal sind sie mit zwei Kleinbussen gekommen. Weil sie mitten in der Nacht ein starkes Schlafmittel genommen hat, nimmt sie das die Treppe hinaufpolternde Festnahmeteam als Teil ihres Traums wahr. Dann scheint ihr ein Lichtbündel ins Gesicht. Und sie richtet sich schlaftrunken auf. Um sich tastende Arme, blinde Augen. Das Deckenlicht geht an. Polizei! schreckt sie hoch, in Richtung der geöffneten Tür. Man hilft ihr aus dem Bett. Unter den Augen einer Polizeiwachtmeisterin darf Louise auf die Toilette und sich anziehen. Man führt sie die Treppe hinunter. Das gesamte Erdgeschoss ist voller uniformierter Männer mit Mützen auf dem Kopf. Dazwischen auch ein Hund und ein Kind in einem weißen Flanellnachthemd mit verwaschenen Blümchen, das von links nach rechts durch das Gedränge läuft, als wüsste es, wohin es muss. Das Ganze erinnert an *Die Nachtwache*. Nichts hier ist wahr.

Louise schaut und sieht nichts. Als hätte man ihr einen Ballon über den Kopf gezogen und mit reinem Wahnsinn vollgeblasen. Zwei Männer tauchen auf, die sie an den Oberarmen mitziehen. Weil sie auf Handschellen verzichtet haben, kneifen sie sie fest in die Muskeln. So gehen sie aus dem Haus, hinaus auf die Gasse.

Blaulichter, keine Sirene. Trotz der frühen Stunde verur-

sacht das einiges Aufsehen. Die Sinnesorgane der Festgenom-
menen selbst sind blockiert. In dem Moment, als sie in einen
der Minibusse geschoben wird, ertönt ein hoher Schrei, ein
Schrei wie ein Messer. Der Ballon strömt leer. Louise schaut
auf die Gasse. Ihre Augen werden klar, ihr Blick fokussiert.
Sieh doch nur! Marie Lina im Nachthemd. Das kleine Gesicht
ein einziger Protest. Aus vollen Lungen kreischend, mit ihren
kleinen Fäusten kämpfend tritt sie wütend um sich. Aus der
Wärme mit grober Gewalt in die Kälte gezerrt! Louise blickt
auf das Kind, als wäre es gerade geboren.

Auf dem Weg zum Polizeipräsidium in der Groot Hertogin-
nelaan in Den Haag beruhigt einer der Polizeibeamten die
Festgenommene. Ihre Tochter befinde sich in diesem Moment
in der Obhut der Wachtmeisterin, die speziell für diese Art
unvermeidbarer Situationen ausgebildet sei. Danach stellt der
Beamte ihr noch ein paar Fragen, die sie bereitwillig beant-
wortet. Fragen und Antworten entfallen ihr sofort. Sie ist unendlich müde.

Die Fahrt über die N 44 dauert höchstens zwanzig Minuten,
und auch in der morgendämmrigen Stadt werden die Polizeiwagen vom übrigen Verkehr nicht aufgehalten. Flott erreichen
sie ihr Ziel. Als Vernehmungsraum hat man in diesem Präsi-
dium ein armseliges Kabuff gewählt. Obwohl kein Ofen darin
steht, ist die Decke verrußt. Louise wird von einer Polizeibe-
amtin leibesvisitiert und danach von einem männlichen Kollegen registriert. Der fungiert für die Gelegenheit, die nicht
mehr als drei Minuten in Anspruch nimmt, auch als stellver-
tretender Staatsanwalt. Keine Silbe zu viel kommt aus seinem
Mund. Zum Schluss betrachtet der Mann Louise ziemlich
traurig und sogar ein wenig liebevoll über den Tresen hinweg.

»Wir rufen jetzt die Bereitschaft an.«

Sie nickt. Sie wüsste nicht, was dagegen spräche.

Wenig später hat man sie in einem kleinen Raum mit wohldurchdachter Einrichtung zurückgelassen. Matratze auf einem Betonpodest, Stuhl, Klo, Deckenlampe, mehr braucht ein Verdächtiger nicht. Man hat ihr die Klingel gezeigt, für den Fall, dass sie ihre Notdurft verrichtet hat und jemand kommen soll, um die Spülung zu betätigen. Louise setzt sich auf den Stuhl, breitet ihre Hände aus und betrachtet sie, als lägen sie in einem Schaufenster. Als man vorhin ihre »Wertsachen« in ein Schließfach tun wollte, konnte sie ihren Ehering nicht abziehen. »Das kommt häufig vor«, sagte der Polizeibeamte in einem Ton, als läge etwas Tröstliches in dieser Tatsache. In die versiegelte Tüte kamen nur ihre Armbanduhr und die Zigaretten. Jetzt sitzt sie und sitzt. Starrt auf den unverrückbaren Ring. Er gibt ihr etwas von ihrem Auffassungsvermögen zurück.

Wo ist Ihr Mann?

Die Frage eines der Beamten, die sie während der Fahrt auf der Rückbank zwischen sich genommen hatten.

»In Berlin«, hatte sie geantwortet. »Vielleicht ist er …«

Stopp.

»Ja?«

»Vielleicht ist er schon auf dem Rückweg.«

»Wann erwarten Sie ihn zu Hause?«

»Heute.«

Aber sie hatten bereits Erkundigungen eingezogen.

»Sie wissen doch, dass das nicht möglich ist. Ich frage wegen Ihrer Tochter.«

Nicht imstande, ihre Arme wie die Schwungfedern eines Vogels weit auszubreiten, drückte sie die Ellbogen in die Rückenlehne. Dadurch richtete sie sich etwas weiter auf, die

Augen in Höhe des freien Durchblicks durch die Frontscheibe. Die langgestreckten gelben und grünen Schlieren des heraufziehenden Morgens waren so, wie sie sich das Nordlicht vorstellte. Das Nordlicht oder das Höllentor.

Der dicke Polizist beugte sich zu ihr, sie spürte, wie sein uniformierter Schenkel gegen ihren drückte.

»Haben Sie Verwandte, denen wir sie so lange anvertrauen können?«

Sie wollte antworten. Besann sich aber. Es brummte ununterbrochen im Wagen.

»Ja!«, sagte sie nur, völlig aus der Fassung gebracht. (Wer sind Sie wohl, Mijnheer, dass Sie mit der Stimme der Fürsorglichkeit von *wir* sprechen, wenn es um mein Kind und das meines Mannes geht?)

Entsetzt rief sie sich ihre Familie und die ihres Mannes vor Augen. Namen und Wohnorte. Ihr Bruder in seiner Schmiede in Ommen, ihr anderer Bruder im Beemster, ihre Schwester in Valmondois, Frankreich, die Eltern ihres Mannes, sein Bruder und seine beiden Schwestern, alle wohnhaft in Rotterdam, sowie etliche im ganzen Land verstreute Tanten und Onkel. Deine Blutsverwandten, Marie Lina. Garanten dafür, dass der Sprössling der Familie nicht in einem Waisenhaus landet.

Der Gedanke nahm ihr den Atem.

Dann, dennoch: Wer sorgt dafür, dass du rechtzeitig in die Schule gehst? Oder brauchst du das an einem Tag wie dem heutigen nicht?

REISE EINES SCHREIS

Nach der Festnahme seiner Mutter wurde das Mädchen von der Polizeiwachtmeisterin im Haus Nr. 41 zurückgelassen. Die Nachbarin Annie Stoop war lieb zu dem wütenden Kind, das so unglaublich getobt hatte. Sie putzte ihm das verrotzte Gesicht ab und setzte es zu ihren eigenen drei Kindern an den Tisch, wo es Erdnussbrote essen und warme Schokomilch trinken konnte. Die Nachbarskinder starrten das Mädchen neugierig, aber nicht unfreundlich an. Marie Lina blickte ernst zurück. Sie aß, trank und atmete ein paarmal mit einem heftigen Schluchzer, einer Art Überbleibsel des bösen Schrecks, den man sich aus dem Leib geschrien hat. Tief in ihr jedoch steckte der richtige Schrei, frisch und wohlig müde und überaus geduldig, wie eine Zukunftsvorhersage.

»Schmeckt's? Möchtest du noch ein bisschen?«, fragte die Nachbarin nach einem Blick auf die Uhr.

Marie Lina nickte. Dank des Gefühls von Geborgenheit, das einem warme Schokomilch vermittelt, hatte sie wieder etwas Farbe auf den Wangen.

Zusammen mit den Nachbarskindern war sie rechtzeitig in der Schule. Und die erste Stunde auf dem Stundenplan war ausgerechnet Zeichnen. Gleich was Schönes. Warum auch nicht? Mit ihren roten und blauen Stiften durch die Klasse nach vorn gehen, um sie im Anspitzer der Lehrerin dolchscharf zu spitzen? Auch schön.

In jener Nacht schlief sie bei einem der Nachbarmädchen im unteren Etagenbett. Dicht an das andere Kind geschmiegt träumte sie irgendetwas Angenehmes und wurde morgens nachdenklich wach. Ihre Mutter war weg, ihr Vater auch, und das Kätzchen, nach dem sie gestern nach der Schule noch das ganze Haus abgesucht hatte – unter einem Ziegelstein lag der Ersatzschlüssel –, war weggelaufen, ganz bestimmt für immer. Fortwährend Locklaute ausstoßend hatte sie unter Schränke und Betten geschaut. Nirgends auch nur das kleinste Miau. Dann hatte sie sich zungenschnalzend oben auf dem Flur auf einen Stuhl gestellt, um sich an die unterste Stufe der kleinen Treppe zu hängen, die beim Herunterkommen automatisch die Dachbodenluke öffnet. Dort, im Halbdunkel, befand sich ein Vorrat leerer Kartons. Nachdem sie sie eine Weile angestarrt hatte, wurden sie immer größer und leerer und wirkten sogar vertrauter als die Schränke und Betten. Tja, schienen sie ihr mit dem vollen Gewicht ihrer Leere zu sagen, du bist im Innersten des Hauses und siehst: Hier ist nichts. Aber wo ist deine Mutter?

Am Donnerstag kam ihr Vater zurück. Das Mädchen zog wieder nach Hause um. Am frühen Abend ging er mit ihr ins Christien, um etwas zu essen. Er bestellte ein Glas Bier, sie bekam Cola, und dann wurde ihnen beiden ein Hühnerschlegel mit Pommes, Apfelmus und Salat serviert. Vater und Tochter saßen an einem runden Tisch am Fenster, vor der Straße abgeschirmt durch die zu einem großen Bogen geraffte Tüllgardine. Er, der Vater, trank noch ein paar Gläser, war sehr in Gedanken versunken und sagte fast kein Wort. Er starrte zur Haltestelle auf der gegenüberliegenden Straßenseite, an der der Bus nach Katwijk schon ein paarmal gestoppt hatte. Was hätte er auch sagen sollen? Seine Frau stand unter Verdacht. Dann wird man in Einzelhaft verhört. Dann darf man, bevor der Staatsanwalt nicht endlich zufrieden ist, auch seinen Mann nicht sehen.

Er rutschte ein Stück zur Seite. Legte seiner Tochter den Arm um die Schultern. »Willst du nicht mehr?« Er stiebitzte ein paar Pommes von ihrem Teller, gesellige Geste, zögerndes Lächeln. Nach einer Weile eine Frage ohne Fragezeichen. »Vermisst du deine Mama.«

»Ja«, antwortete sie sofort, als habe sie seine Bemerkung erwartet, und nickte dabei, heftig, wie Kinder es machen.

Er wandte sich zur Theke und bedeutete mit einer Handbewegung, das Kind an sich drückend, »noch eins«. Danach bestellte er noch ein paar Genever, und sie bekam einen Becher Vanilleeis mit Sahne. Der Vater lehnte sich weiter an das Kind. Ab und an schauten sie gemeinsam nach draußen.

Den Vater packte die Rührung.

»Meine kleine Tochter«, sagte er.

Am liebsten hätte er sie den ersten Schluck abtrinken lassen. Das Schnapsglas stand schon wieder vor ihm, randvoll gefüllt, wie es sich gehört.

Sie war nicht gerührt. Kinder werden nicht von Rührung gepackt. An den Vater gekuschelt zu sitzen ist schön, aber es rührt einen nicht. Marie Lina, an die unter Eis und Sahne begrabene Raserei in sich noch nicht im Mindesten gewöhnt, hatte nicht die leiseste Ahnung, was aus dieser Raserei in ihrem weiteren Leben werden würde. Gelassen und weise wartete sie, bis ihr Vater aufstand. Zusammen gingen sie zu dem direkt vor der Tür geparkten Wolseley. Bis zu einem gewissen Grad einmütig. Nachher wird er sie im Halbdunkel zudecken, ihre Zimmertür einen Spalt offen lassen und im Bad seine Wäsche in die Maschine stecken. Dann, ein paar Tage später, wird er die Sachen wieder einpacken. Ja, es geht wieder nach Rumänien. Während er mit Packen beschäftigt ist, wird Marie Lina ihm unversehens auf den Rücken springen. Einerseits, um ihn zu überraschen, andererseits aus Verzweiflung. Dass sich mehrere Paar Feinstrumpfhosen, eine Flasche Chanel 5 und ein hauchzartes, weiches Unterwäscheset zwischen seiner sauberen Wäsche befinden, wird sie nicht bemerken. Den Edamer, den er wie die Kugel eines Wahrsagers in den Händen hält, sieht sie natürlich schon.

»Ach, mein liebes Kind, die Menschen dort sind so arm.«

Einen knappen Monat später zog ihre Mutter in das Frauenhochhaus der Haftanstalt Bijlmer um. Sie, Marie Lina, war zu diesem Zeitpunkt schon bei Verwandten mütterlicherseits untergebracht. Onkel und Tante, kinderlos, wohnten in einer Wohnung am Rand von Den Bosch. Marie Lina ging in die Dreikönigs-Schule in der Jozeflaan. Sie lernte gut. Louise hatte ihre Tochter bis dahin nicht sehen wollen, nur ein paarmal ihren Mann.

Es war am ersten Weihnachtstag, als Marie Lina endlich mit ihrem Onkel und ihrer Tante per Zug und Bus zur Haftanstalt fuhr, um ihre Mutter zu besuchen. Alle drei wurden durchsucht und dann in den Besucherraum geführt. Dort saßen schon etliche Leute an in Reihen aufgestellten Tischen und redeten miteinander. Im Raum stand ein Weihnachtsbaum. Ihre Mutter kam herein. Sie trug einen blauen Rock und ihren selbst gestrickten Angorapulli. Sie durfte ihren Besuchern ein Stück Weihnachtsgebäck anbieten. Onkel und Tante hielten sich aus Feingefühl etwas im Hintergrund. Mutter und Tochter umarmten sich.

»Hallo, Mama …«

»Hallo, mein Liebes …«

Sie sahen einander leicht fremdelnd an. In Marie Linas unausgeschlafenem Kopf hallte noch die Mitternachtsmesse in der riesigen Sint-Jan-Kathedrale nach. Sie hatte im Kinderchor mitsingen dürfen und sich ausgerechnet im allerallerheiligsten Moment der Messe an den allerallerschlimmsten Moment ihres Lebens erinnert. Das ging ganz von selbst. Das kam von Gott. Sie hatte sich mit den Fingern an den oberen Rand der Kniebank geklammert, so wie man sich an der Reling eines Boots festhält. Kinderverstand hin oder her, vor Freude erschauernd hatte sie die Verbindung, die Worte übersteigende Verschmelzung der beiden Momente gespürt und erkannt, was das war. Ein Gebet, ein Gebet! Das man aus ganzer Seele sprechen kann, um es genauso leicht wieder loszulassen, weil man weiß, weil man sich darauf verlassen kann, dass es seinen eigenen unversöhnlichen Weg gehen wird! Wut – verwünschen, Wut – heimzahlen, Wut – treten, schlagen, Augen auskratzen. In aller Frühe war sie mit Onkel und Tante durch die stille Nacht heilige Nacht nach Hause gegangen. Tante hatte sich sofort daran gemacht, Steaks zu braten.

Die mühsame halbe Stunde bei der Mutter ging langsam zu Ende. Vier Stühle. Noch ein Stück Weihnachtsgebäck. Die Vollzugsbeamtin an der Tür brauchte kein Zeichen zu geben. Die Inhaftierte kam ihr zuvor. Erhob sich bereits linkisch von ihrem Platz. Sagte, heiser vor Scham: »Also …«

Und beließ es dabei.

Marie Lina war froh, dass es vorbei war. In der von Unbeholfenheit geprägten Atmosphäre, mit Weihnachtslichtern unter der weißen Neonbeleuchtung, versuchte ihre Mutter, ihr über den Tisch hinweg einen liebevollen Abschiedskuss zu geben. Sie beugte sich vor, die Nase in Marie Linas Haar dicht neben dem Ohr. Doch statt eines Kusses tröpfelten Worte von ihren Lippen, leise wie ein Geheimnis, aber so kläglich, dass sie das Kind in Verlegenheit brachten.

»… Ich hab nichts getan, falls du das denken solltest.«

Mama!

Es gefiel ihr in der Schule. Und Onkel und Tante waren auch in Ordnung. Sie durfte Freundinnen einladen, sie durfte in die Ballettschule, solche Dinge. Gelegentlich schaute ihr Vater vorbei, wie an diesem plötzlich frühlingshaften Tag im März. Die Sonne schien in die frische, saubere Wohnung. Im Wohnzimmer wurde ein gedämpftes Gespräch geführt, in das man Marie Lina nicht direkt einbezog. In dem Prozess gegen ihre Mutter, der am zehnten Februar begonnen hatte, war ein Urteil ergangen. Totschlag. Ohne harte Beweise, aber mit ihrem sehr schönen Geständnis auf dem Tisch, das bis ins Detail damit übereinstimmte, wie es wirklich hätte gewesen sein können, war Louise Bergman zu sechs Jahren Gefängnis verurteilt worden. Die späteren Widerrufe ihrerseits – tja, so etwas gibt es gelegentlich, das wusste die Staatsanwaltschaft – wurden in diesem Fall als *nicht sachdienlich* erachtet.

Ein Jahr später, im April, bekommt Marie Lina von ihrem Onkel zu hören, ihre Eltern hätten beschlossen, sich zu trennen. Als er sagt: »… sich zu trennen«, kann sie die Bedeutung nicht auf Anhieb erfassen, so sehr ist sie schon daran gewöhnt, die beiden nie mehr zusammen zu sehen. Doch die Miene des Onkels ist so tief betrübt, dass ihr sein Gesicht nachts, im Halbschlaf, erscheint und sie wie ein Geist ansieht, der ihr etwas verständlich machen will. Wie schlimm! denkt sie in die tintenschwarze Finsternis hinein und sinkt wieder zurück in den Schlaf der Unschuldigen.

Als ihre Mutter bereits nach viereinhalb Jahren wegen guter Führung und nach Abzug der Untersuchungshaft freikommt, hat Marie Lina gerade die Pubertät erreicht, die problemlos verläuft. Sie wohnt beim Vater. Das alte Haus in Rijnsburg wurde abgerissen. Ihr Vater, der inzwischen mit beliebigen Waren handelt, hat mit seiner rumänischen Frau eine Etagenwohnung in Den Haag bezogen. Marie Lina hat er in einer nahegelegenen Realschule untergebracht.

In ihrem dreizehnten Lebensjahr. Das Mädchen zieht sich jetzt gern vor dem Spiegel aus. Sucht die schrumpeligen braunrosa Ränder ihrer Brustwarzen nach eventuellen, notfalls winzig kleinen Schwellungen ab und fühlt sich, da sie viel liest und also weiß, was das bedeutet, schon sehr verführerisch. Sie denkt an Jungs. Beobachtet sie. Neben dem Überwältigenden, das sie wie einen Schatz in ihrem Körper fühlt, daran kann kein Funken rasender Wut etwas ändern, hat sich etwas anderes gemeldet, ebenfalls überwältigend, und wurde eingelassen. Sie hat Platz genug für beides. Dies bin ich.

In jenem Sommer, dem Sommer, bevor ihre Mutter entlassen wird, verbringt sie ihre Ferien bei einem Onkel und einer Tante in Stompetoren, einem Dorf, das auf dem trockengelegten See des Beemster erbaut wurde. Ihr Cousin Simon, breit und blond, drei Jahre älter als sie, der als Ferienaushilfe beim Zirkus Sarrasani arbeitet, beeindruckt sie schwer. Eines Morgens, halb sechs, radelt sie mit ihm zu dem verlassenen Industriegebiet am Rand von Alkmaar, in dem der Zirkus sich niedergelassen hat. Sie darf überall dabei sein. Auch beim Training im großen Zelt, wo der Dompteur Dieter Farell seine Lieblingstigerin mit knallender Peitsche zu großer Wut aufstachelt. Er trägt ein kariertes Hemd, eine bequeme Sommerhose und hat das noch feuchte Haar akkurat nach hinten gekämmt.

Seine Miene ist verärgert. Marie Lina, auf einem Klappstuhl keine fünf Meter entfernt, kneift die Augen halb zu und reibt die nackten Knie aneinander. Während sie sich nach einem schrecklichen Unglück sehnt, das vielleicht in letzter Sekunde doch nicht stattfindet, sieht sie, wie der Mann das Hemd auszieht, sich bückt, die Rückenmuskeln anspannt, sich der Tigerin nähert, sie wüst anherrscht und dem Tier, das mit eingesunkenen Pfoten bereit ist zum Sprung, mit dem Peitschengriff plötzlich einen schmählichen Schlag auf die Nase versetzt.

»Wie fandst du es?«, fragt Simon, als er nach der Nachmittagsvorstellung mit der Arbeit fertig ist und sie über den Zwaagse Deich nach Stompetoren zurückradeln.

Nach einer ganzen Weile ein Seufzer. »Diese Tigerin …«

Als ob sie nicht auch die Clowns, die Akrobaten und die Elefanten gesehen hätte.

Hitze. Auf den Wiesen liegen Kühe an dunstverhangenen Wassergräben und verdauen ihre Tagesration. Simon hat Hunger, sie auch. Sie will, dass ihr Rad im selben Eilzugtempo dahinschießt wie das ihres großen Cousins, und sie schafft das auch. Nur macht das Vorderrad plötzlich unaufgefordert einen kleinen Ruck nach rechts.

Jetzt liegt sie mit ausgestreckten Beinen rücklings am Wegrand. Tellerröckchen in Fetzen. Simon beugt sich über sie. Peinliche und heftig süße Situation von Angesicht zu Angesicht. Hätte wahrhaftig zu einem ersten richtigen Kuss führen können. Aber das Mädchen, das mit verlangenden Blicken hochschaut, ist überhaupt nicht in der Stimmung zu etwas Liebem und Glücklichem, sondern nur zu etwas Bösem und Glücklichem. Ihre Mutter sitzt in der Zelle. Sie, Marie Lina, liegt mit ihrem Cousin im Gras und sehnt sich dabei zum zweiten Mal an diesem Tag nach einem spektakulären Unglück. Hoch über sich sieht sie den Himmel, gnadenlos hoch und blau. Ihr Cousin starrt sie an. Durch ihn hindurchschauend stellt sie sich vor, wie eine gewisse Person, eine Person, die sie noch nie gesehen hat, die aber existiert, aus schwindelnder Höhe in einen Abgrund stürzt und darin jämmerlich umkommt. Sie spürt, wie sich ihre Brust mit Freude füllt. Zum ersten Mal denkt sie konkret an die Person, die *nicht* in der Zelle sitzt. Die Richtige. Jemanden, der alles weiß, alles gesehen hat und alles geschehen lässt. Es ist ein sehr ruhiger Moment.

Dann, heute, Dienstag, der bewusste Wintertag. Die Bäume sind von Raureif bedeckt. Die Haft ist zu Ende. Marie Lina wartet zusammen mit dem Onkel und der Tante aus 's-Hertogenbosch auf ihre Mutter. Sie starrt auf das Tor, auf das weiße Frauenhochhaus und die fünf ebenfalls weißen Männerhochhäuser, und sie verfolgt die Flugzeuge, die mit bereits blinkenden Landescheinwerfern über die Gefangenen hinwegfliegen. Das Bijlmer-Gefängnis liegt ganz in der Nähe des Flughafens Schiphol. Auf einmal ist sie da. Marie Lina erschrickt. Mutter. Kommt auf die drei zu, wie sie es gewollt hatte. Kein Wiedersehen da drinnen. Bitte nicht! Nicht eine Sekunde Freiheit zwischen den zuschauenden Wänden! Marie Lina erkennt die Reisende mit dem Rucksack und der Wochenendtasche kaum wieder. Weniger als während der knappen Besuche der letzten Zeit. Im Auto des Onkels fahren sie in ein an Leiden grenzendes Neubauviertel von Oegstgeest, zu einer Gemeindewohnung. Die in die Gesellschaft zurückkehrende Louise hat den Schlüssel bereits erhalten. Auf der Schwelle zum Wohnzimmer bleibt das Grüppchen einen Moment lang sprachlos stehen. Unter anderen Umständen würden sie kichern.

Aber der Onkel sagt: »Na, komm schon.«

Eine überdimensionale Sofagarnitur aus braunem Samt beherrscht das Interieur und fordert sie auf: Nimm Platz. Ansonsten herrscht Durcheinander. Zwischen den Beinen des auf der Platte liegenden Esstischs stehen Kartons mit Kleidung, Wäsche und Geschirr. Wie sich rasch herausstellt, alles Sachen aus dem ehemaligen Haus in Rijnsburg. Inmitten des Gerennes, Geächzes und Geschiebes bleiben Mutter und Tochter dann und wann stehen, um den Blick der anderen einzufangen. Wie merkwürdig das alles ist. Geht's? Ist der Stuhl nicht zu schwer? Wenn du da anfasst, dann nehm ich ihn hier. Wie, in welcher Hinsicht, gehören wir noch zueinander? Die Mutter hat jetzt etwas Aufgedunsenes, ihr dumpfer Blick ist anders als früher, und ihre Stimme wirkt angegriffen. Mutter spricht nicht, sie murmelt. Es ist zum Heulen, zum Zähneknirschen vor Wut.

Denn sie, Marie Lina, hat sich überhaupt nicht verändert. Nicht, seit sie sich an besagtem Montag im November die Kehle aus dem Hals geschrien hat. Diese Kehle, jung und vital, sieht in Wahrheit keinerlei Grund, damit aufzuhören. An diesem ersten freien Dienstag des Winters ist das Kind lediglich ein Stück größer als damals, und seine Haare, rötlichblond, fallen ihm in mittelalterlichen Ringellöckchen bis halb den Rücken hinunter.

Schließlich reicht es dem Onkel. »Okay. Wir gehen einkaufen.«

Marie Lina schläft in jener Nacht nicht bei ihrer Mutter in der neuen Wohnung. Sie kommt erst am Wochenende wieder. Dieses ganze Schuljahr über wird sie noch bei ihrem Vater in Den Haag wohnen, unter einer Bedingung, die dessen murrende Frau gestellt hat: dass sie am Freitagnachmittag unverzüglich ihre Wochenendtasche packt. Doch von den Sommerferien an zieht sie tatsächlich nach Oegstgeest. Die letzten beiden Realschuljahre. Wächst auf bei einer Mutter, die bereits mehrfach in der Zeitung und sogar einmal im Fernsehen war. Denn auch Richter irren manchmal. Louise Bergman, *extra muros*, sucht die Öffentlichkeit. Aufhebung des Urteils ist das Ziel, für das sie lebt, meilenweit entfernt von der Realität, in der sie geboren und aufgewachsen ist. Die hat ausgedient. Ist leider nicht mehr in Gebrauch. Zerschlissene Kordel an einer nicht mehr richtig funktionierenden Klingel, an die allenfalls Marie Linas Hand noch dann und wann fasst.

Die derweil, einstweilen noch in der Nähe der Mutter, heranwuchs. Dann findet man alles, was um einen herum geschieht, ganz normal, normal in dem Sinn, dass es einfach geschieht, Irrsinn inbegriffen. Marie Lina ging auf Partys, beendete die Schule und entschied sich danach für eine Schwesternausbildung im Elisabeth-Krankenhaus in Leiden. Als Schülerin war man da intern, egal, ob die Mutter eine halbe Stunde per Rad entfernt wohnte oder nicht. Ihr gefiel genau das. Auch das strenge Regime gefiel ihr. Früh aufstehen, sich waschen, Frühstück, Theorie, Lernen und schon bald in die Krankensäle. Einmal, sie war bereits im zweiten Jahr, erhielt sie den Auftrag, zusammen mit einem diplomierten Pfleger einen Toten von der Station, auf der er gerade gestorben war, ins Leichenhaus zu bringen, wo sie ihn etwas herrichten und für die Angehörigen vorzeigbar machen sollten. Die hatten sich noch nicht gemeldet.

Der Abend war klamm und warm. Der Mond stand in seinem letzten Viertel und übergoss die Bäume im Garten mit lichter Stille. Marie Lina schob das Bett mit dem unter einem Laken verborgenen Toten den Weg entlang, der von hohem Gebüsch und ein paar alten Buchen an der Straße neben dem Krankenhausgelände begrenzt wurde. Sie schob ihn allein. Der Krankenpfleger hatte gesagt, sie solle schon mal vorausgehen, weil er noch einen Anruf zu tätigen habe. Die Leichenhalle war zu jener Zeit noch in einem frei stehenden kleinen Gebäude im hinteren Teil des Gartens untergebracht. Das Mädchen hatte einen langen Tag hinter sich, an dem sie noch keine Minute draußen gewesen war – die jungen Dinger müssen ganz schön schuften. Sie genoss den Mond, die Wärme und das Alleinsein.

Ah, wie herrlich!

Der Weg verlief in Windungen. Die junge Schwesternschülerin steuerte das Bett über den Asphalt und sah in einer Biegung, unter einem seit Jahren nicht gestutzten Tulpenbaum, eine gemütliche Bank. Sie konnte der Versuchung nicht widerstehen. Sie manövrierte das Bett davor, trat auf die Bremse, schlüpfte zwischen das Bett und die Bank, die bei näherem Hinsehen schwammig-grün überzogen war, vor allem an der Rückenlehne, und setzte sich. Eigentlich war es gar nicht so still ringsum. Nichts macht so viel Lärm wie die Stille. Fledermäuse schossen mit aufgerissenen Mäulern umher, in der fernen Dunkelheit rauschte ein Rasensprenger, ein Hund schlug an, ein anderer antwortete kurz und verärgert. Von Zeit zu Zeit fuhr auf der unsichtbaren Straße, ein Stück entfernt, ein Auto vorbei. Gerade aufgerichtet in ihrer Tracht (sie war und blieb schließlich im Dienst) saß Marie Lina ganz ruhig da und kam langsam zu sich selbst. Sah vor sich hin. Schwieg. Vergaß Zeit und Ort. Vergaß alles. Kein Gedächtnis zu haben ist schön.

Irgendwann verspürte sie das Bedürfnis zu sehen, wer das nun eigentlich war, der Tote, den sie da transportierte.

Sie erhob sich. Beugte sich über das Kopfende des Betts und sagte mehr zu sich als zu dem Toten: »Bitte, genießen Sie es doch auch noch ein bisschen. Der Abend ist so seltsam friedlich!«

Sie schlug das Laken bis unter seine Schultern zurück, die von einer gestreiften Schlafanzugjacke bedeckt waren.

Zuerst dachte sie, er sei ein ganz normaler Toter, so einer, wie sie bei ihrer Arbeit schon oft gesehen hatte. Doch die Wangenknochen des alten Mannes standen wie Schraubenschlüssel vor, und die Augen lagen tief in den Höhlen und schienen trotzdem hervorzuquellen. Eine Pflegekraft oder ein Angehöriger hatte sie ihm geschlossen. Während sie ihn so betrachtete, fiel ihr der besondere Geruch der Leiche auf. Ihr war nicht bewusst, dass es die herrlichen Rosen, das Geißblatt und der Jasmin waren, die wie alle Pflanzen ihren Duft am liebsten nachts verströmen. Der Geruch umgab auch sie.

Sie legte die Hände für einen kurzen Moment auf die kümmerlichen Schultern.

»So«, sagte sie. »So ist es besser.«

Sie setzte sich wieder, nun vorn auf die Bankkante.

»Viel besser, nicht?«

Inzwischen flogen Glühwürmchen durch die Nacht. Und von der Krankenhausglocke ertönten ein paar Schläge, die Marie Lina zu zählen versuchte, was ihr aber nicht ganz gelang. Dem Toten, so meinte sie, war es egal. Kameradschaftlich legte sie ihre Handgelenke auf das Bettgitter und beugte sich etwas zu ihm vor.

So, in dem wohligen Geruch, der sie unbewusst an den in der Kathedrale von 's-Hertogenbosch erinnerte, in der sie einst ihr teuflisches Kindergebet zum Himmel gesandt hatte, schweiften ihre Gedanken ab. Zarte Hirngespinste, so eigenständig, dass man sich nicht um sie kümmern muss. Sie wissen schon, in welche Richtung sie treiben müssen.

Hier bin ich. Und da liegt er. Gibt es jemanden auf der Welt, der mir mehr zu sagen hätte als dieser Verstorbene? Er kam ihr sehr alt vor. Aber weil sie nicht mit seiner Pflege betraut gewesen war, wusste sie es nicht genau.

»Na so was!«, sagte sie lachend, als sie sah, dass dem Alten eine Kordel um den Hals hing. Unschwer erkannte sie, dass es ein Brillenband war.

»Also, so was! Sie lesen! Als Toter?«

Sie schob das Laken noch etwas weiter hinunter und entdeckte tatsächlich eine Brille. Das schwere Gestell lag auf der entseelten Brust in dem Schlafanzugoberteil wie ein Kruzifix auf dem Habit eines Abtes. Eine Lesebrille, ja, genau, konstatierte das Mädchen, deren Gedanken kurz zu ihrer Mutter abschweiften. Die hatte sich in der vergangenen Woche Gläser von minus acht Dioptrien in ihre Brille einsetzen lassen, weil ihr die Augen von »den Akten« brannten, wie sie zu sagen pflegte.

Marie Lina streifte mit den Füßen durch das hoch aufgeschossene Gras. Es kitzelte an den Beinen. Der Mond beschien ihr Gesicht, auf dem ein glücklicher Ausdruck lag. Ein paar schnelle Nachtvögel kreischten ihr im Vorbeifliegen freundlich zu. Der Mond schien sanft. Da begann der alte Tote vertraulich mit ihr zu sprechen.

»Ach, Mädel, wie mir das stinkt! Was bin ich jetzt noch? Mein Blut steht still. Mein Blick ebenfalls: Zylinderabstand für immer eingestellt auf plus Unendlich. Eine Ehefrau habe ich nie gehabt, Kinder auch nicht. Es hat mich nicht gestört. Bis heute Morgen war ich der Lebensgefährte der unsterblichen schönen Literatur. Meine ungestüme Geliebte. Meine großherzige, närrische, alles und jedem Verzeihung gewährende *compagne*. Jetzt bin ich noch weniger als ein Fremder für sie, nämlich Luft. Ich frage mich, in welchem Besenschrank man mich gleich abstellen wird!«

Nacht ringsum. Marie Lina sank gegen die Rückenlehne der Bank, ohne sich Gedanken über die Schmutzstreifen zu machen, die sich hinten auf ihrer Tracht abzeichnen würden. Auch über den schweren Ast, der, das war ihr bewusst, direkt über ihrem Kopf abzubrechen drohte, machte sie sich keine Sorgen.

Aus dem Bett, unterdrückt, aber doch deutlich, weil rundherum alles so still war, vernahm sie seine Stimme …

»Als Baby weiß man bei der Geburt zwei Dinge. Die braucht einem kein Mensch beizubringen. Erstens. Wenn du irgendwo ein Dröhnen hörst, kneifst du die Augen zu, damit das herabstürzende Himmelsgewölbe oder die heiße Kaffeekanne dir nicht die Sicht für immer zerstört. Seit Anbeginn der Zeit weißt du, dass du darauf achten musst. Zweitens. Du saugst. Du saugst an allem, was sich deinem zarten, aber keineswegs unwissenden Mäulchen darbietet und zu deinem Entzücken warm, weich und süß ist.«

Eine kleine Wolke, gezackt wie eine Säge, schnitt ein Stück von der Unterseite des Mondes ab. Ein Fuchs kam mit erhobenem Schwanz zwischen den Rhododendren zum Vorschein und blieb wie erstarrt stehen. »Und drittens?«, fragte Marie Lina vorsichtig weiter.

Sie hörte den Toten lachen. Er wich ihrer Frage mit einer Gegenfrage aus.

»Gibt es etwas, was ein Geschöpf lernen kann, was es nicht schon immer gewusst hätte? Na schön, weil du's bist. Nummer drei ist Gott. Nicht leicht zu erklären, aber durchaus zu verstehen. Stopp, Mädchen! Nicht so vorlaut. Verstehen im Sinn von wissen.«

Marie Lina starrte den Fuchs an.

»Um Gott wissen. So wie jedes Volk der Erde das schon seit Anbeginn der Zeit problemlos tut. So wie jedes Volk mit auch nur einem Fünkchen Gespür für Poesie!«

Warum stand das Tier da, für wie lange und wohin wollte es, fragte sie sich.

Der Tote hüstelte.

»Und jetzt, mein Kind, auf geht's! Ich möchte in Frieden ruhen!«

Als hätten sie auf die Erlaubnis des alten Herrn gewartet, schoss der Fuchs auf irgendeine Beute zu, und der Ast beschloss, dass dies der Moment sei. Krach! Marie Lina versuchte aufzuspringen. Sie versuchte zu schreien, doch der Schrei wollte nicht heraus.

Sie löste mit dem Fuß die Bremse. Der Weg war jetzt etwas breiter und der Asphalt in besserem Zustand. Sie brauchte das Bett nur leicht anzuschubsen, und schon rollte es. Umso besser musste sie achtgeben, denn aus dem sägeförmigen Wölkchen war jetzt eine Wolke geworden, die wie ein Lappen vor dem Mond hing. Marie Lina ging durch den Tunnel der Nacht. Wie still es war. Ihre Ohren lauschten auf alles, was sich ihnen darbot.

Nach einer Weile hörte sie leise aus dem Bett: »Mistweib … Dreckiges Luder … in die Gosse mit dir!«

Sie erschrak nicht. Sie wusste sofort, dass sie nicht die Angesprochene war. Außerdem schienen ihr die Worte aus einem Mund zu kommen, dessen Lippen lachten. Aus einem Mund, der zu ein paar spitzbübischen Augen gehörte, die blitzten wie geschliffene Gagatperlen. Während sie zwischen den Bäumen nach dem Außenlicht der Leichenhalle spähte, hörte sie, wie die Stimme in noch wärmerem Ton fortfuhr.

»Möge dein ganzes Leben zu einer einzigen Katastrophe werden. Möge dir das faulige Fleisch von den Knochen fallen. Mögen deine Hände nie und nimmer auch nur den kleinsten Genuss oder eine Spur von Gefühl erleben. Beim …«

Die Stimme schwieg kurz, dachte nach und senkte sich wollüstig.

»Beim schwarzen Teufel. Beim weißglühenden Gott. Möge der räudige Satan deinem Vater und deiner Mutter lebenslänglich geben, deine Brüder und Schwestern für pleite erklären und deine Kinder bis in alle Ewigkeit zu schweren Arbeitsstrafen verdonnern. Das sage ich, und das wiederhole ich. Das unterschreibe ich mit meinem Namen. Schande über dich! Miststück!«

Genau in diesem Moment wurde sie gerufen.

»Schwester Bergman!«

»Ja!«, rief sie augenblicklich in professionellem Tonfall zurück.

Doch die Schimpfworte steckten noch in ihr.

»Wo bleiben Sie denn?«

»Warum fragen Sie?«

»Weil wir auf Sie warten!«

»Wir kommen schon!«

Sie schob das Laken wieder über das Gesicht des Toten.

RASTPLATZ (KEINE ENDSTATION)

Es ist fünf vor acht Uhr abends.

Marie Lina begegnet Rinus. Marie Lina begegnet dem Mann, den der Anblick des Mädchens sofort umhaut, da es in Gesichtsausdruck, Haltung, Haar eine Kopie seiner ersten Liebe ist. Das gibt es. Das gehört zu den Dingen, die man nicht zu diskutieren braucht. Marie Lina gleicht Hortense. Die bodenständige blonde Marie Lina gleicht der schwarzhaarigen karibischen Schönheit Hortense. Kein Anatom, kein Fotograf könnte beweisen, dass Rinus recht hat – hier ist ein Mädchen, dessen Erscheinung voll und ganz mit meiner großen und einzigen Liebe übereinstimmt –, nur ein Dichter würde es erkennen. Und der Dichter würde, ohne mit der Wimper zu zucken, noch weiter gehen, genauso radikal wie Rinus im Laufe seines weiteren Lebens, nein, von den ersten Minuten seines weiteren Lebens an. Dieses Mädchen, diese Kopie, *ist* meine große und einzige Liebe.

Das kam so.

Die Stadt Haarlem engagiert jeden Sommer einige berühmte Organisten, die auf den beiden gleichfalls berühmten Orgeln der Grote Kerk am Marktplein spielen sollen. Der Eintritt zu diesen Konzerten ist frei, die Bürger strömen nur so hin. Unter ihnen an jenem bewussten Abend Rinus und Marie Lina. Der Wetterbericht hatte mäßigen Westwind versprochen, normal für Holland, doch das Wetter selbst dachte anders darüber. Es wehte ein wüstenartiger Wind, direkt aus Süden, mit launischen Böen. Fünf vor acht. Spätkommer eilten wie flatternde Fahnen hinein. Als auch Marie Lina die Stufen zum Portal hinaufrannte, verfing sich ihr wehendes Haar in einer der schmiedeeisernen Klammern, die die jahrhundertealte Mauer zusammenhalten.

Autsch! Sie trat sofort einen Schritt auf die Mauer zu und stellte sich auf die Zehenspitzen, damit das Gezerre an ihrem Haar nachließ.

So ein Mist! Ohne den Kopf drehen zu können, tastete sie die Mauer nach der Klammer ab, in der sich das Haar verfangen hatte. Ihr Sommerrock, blau mit einem Muster aus weißen Schwalben, wehte bis über ihre Taille hoch und an den Hüften zur Seite, stellte ihr Höschen zur Schau, daran ließ sich im Moment nichts ändern. Während sie, die Augen zugekniffen, um sich besser zu konzentrieren, an ihrem Haar herumnestelte, spürte sie plötzlich ein zweites Händepaar. Es drängte ihre eigenen Hände sanft beiseite. Ein fremder junger Mann versuchte in aller Ruhe, ihr Haar zu lösen. Wie es sich anfühlte, war er völlig entspannt.

»Nicht bewegen.«

Sie gehorchte. Sie hatte die Augen weit aufgesperrt und hielt den Atem an. Was sie sah, waren das fahlgrüne Leinenjackett, das weiße Hemd sowie Hals, Kinn, Mund und Nase des Mannes, der gerade begonnen hatte, sein Herz bedingungslos und für immer an sie zu verlieren. Keine Augen. Rinus war einen Kopf größer als sie. Die Augen (grau) sah sie erst, als sie wieder auf den Fußsohlen stand und er ihr das befreite Haar mit einem Kopfnicken überreichte. Bitte sehr. Höflich, beherrscht. Sicherheitshalber hatte er es in zwei Strängen um seine Hände gewunden. Marie Lina ergriff es oberhalb seiner Handgelenke, und während sie ihre Fäuste über die beiden Stränge abwärts schob, wickelte er ihr Haar bis zu den

Spitzen ab. Sie musste lachen (er lachte nicht mit). Es sah fast aus, als wollte sie ein Knäuel daraus machen und ein Jäckchen stricken.

Er fragte, ob sie sich wehgetan habe.

»Na ja, spüren tu ich's immer noch.«

Sie gingen hinein. Genau rechtzeitig für das in voller Lautstärke losbrechende erste Stück im Programm, die Triosonate *Allein Gott in der Höh' sei Ehr.*

Dieses Konzert war das erste in der Reihe und wurde traditionsgemäß von dem sehr populären Stadtorganisten Piet Kee gespielt. Auch deshalb waren so viele Leute gekommen. Aber es waren noch zwei Plätze frei. Rinus und Marie Lina schoben sich bis zur Mitte einer der Klappstuhlreihen, die mit dem Rücken zur ursprünglichen Blick- und Betrichtung der Kirche aufgestellt waren, zur Müller-Orgel hin. Das mit gewaltigem Lärm ein- und ausatmende Musikorakel nahm die gesamte Westwand ein. Ein Gott, der die Faust schüttelt. Ein Gott, der weiß, wie ein Gott donnert.

Scheu nahmen sie Platz. Was konnte man hier schon tun außer anbeten?

Völlig weltentrückt starrten sie eine Dreiviertelstunde lang auf die Orgel, deren Donnern sie wie Presslufthämmer in ihrer Brust tosen fühlten. In der Pause holte Rinus am Büfett zwei Becher Kaffee. Unter einem bunten Glasfenster tranken sie im Stehen daraus. Sahen einander an. Er ernst, bedächtig, wie er war (sprachlos vor Freude), sie leicht provozierend wegen des Ernstes, den der junge Mann ausstrahlte. Die Abendsonne warf durch den roten Mantel eines Heiligen eine derartige Glut über die beiden, dass sie aussahen, als stünden sie in einem gotischen Gemälde.

Und derweil beantwortete einer die Fragen des anderen.

Sie sei Krankenschweser im hiesigen Diakonissenhaus. Sie heiße Marie Lina.

Ah. Er, Rinus, arbeite auf einem Landgut, das bis zu den Dünen reiche, wo man noch immer Reste des Atlantikwalls an der Nordsee finden könne.

Beeindruckter Blick ihrerseits. Einen Moment lang hielten sie sich an der Hand (das Gemälde …).

Was jetzt?

Was jetzt, dachte Rinus, als er sah, dass die Leute wieder Platz nahmen, und sagte: »Wollen wir gehen?«

Sie lief mit ihm durch die alten Gassen. Der Wüstenwind hatte sie nahezu leer geblasen. Rinus, eine tiefe Falte zwischen den Augenbrauen, dachte nach. Wie könnte er es anstellen, dieses Mädchen, sein Mädchen, am besten heute Abend noch für immer zu erobern? Sie sollte seine Frau werden. Sein Blick fiel auf das beleuchtete Schild vom Café De Goot. Er schlug vor, dort etwas zu trinken.

Enormer Trubel. Rinus fing den Blick des Wirts am Tresen auf, der mit einer Kopfbewegung auf die Treppe an der Wand deutete. Marie Lina hinter sich, gelangte er im ersten Stock auf eine Art Flur, dessen Boden zur Außenwand hin beängstigend abfiel. Unter den niedrigen Deckenbalken war es so voll und laut, dass sie wie im Bus einander gegenüber stehen bleiben mussten. Sie kerzengerade und schön. Er erhaschte einen Blick auf ihre Brüste im Blusenausschnitt. Ein junger Mann kam mit einem Tablett voll Gläser vorbei. Rinus ergriff zwei Gläser Rotwein, von denen sie ihm sofort eines abnahm. Er, von wirklich allem gerührt, fand es in Ordnung, absolut in Ordnung, dass sie sich leicht schwankend mitsamt dem Glas auf den Füßen halten mussten und kein Wort wechseln konnten. Kommt sie nachher mit? Sein Körper bäumte sich auf, allein schon bei dem Gedanken. Glühendes Feuer, zugleich fröstelte ihn. Sein Auto war nicht weit von hier geparkt. Sein Häuschen, die ehemalige Pförtnerloge des Landguts Seewout, wartete wie ein zusammengekauertes Kaninchen unter den Bäumen. Kommt sie mit?

Nein, dachte er. Alles deutet darauf hin, dass sie heute Nacht nicht mit mir im Bett liegen wird. Wann aber dann? Morgen? Übermorgen? Und alle weiteren Übermorgen, die wie Festgirlanden über uns in der Luft hängen und jetzt schon Ja sagen, weil sie kein Nein kennen? Dass meine Liebste und ich heute gekommen sind, um dieser Orgel zu lauschen, ist kein Zusammentreffen von Zufällen, sondern Teil eines Geschehens, das schon seit Jahren im Gange ist.

Als sie sich wieder nach draußen durchgekämpft hatten, sah er, dass die Stadt wie in einem Kaleidoskop gedreht worden war. Der Wind hatte sich inzwischen gelegt und alles sehr farbenfroh hinterlassen. Rinus begleitete Marie Lina, den Arm um ihre Schultern gelegt, zu ihrer Zweizimmerwohnung im Wagenweg Nr. 72. Die Häuser waren rötlich-orange, die Fenster tiefgelb, der Bürgersteig violett, die Fahrbahn metallicgrün. Schon bald war da allerdings auch ihre Haustür, weiß gestrichen, und der Verkehr brauste auf beiden Seiten. Aus der Tasche ihres Schwalbenrocks förderte sie den Schlüssel zutage. Kurz darauf nicht das geringste Zögern. In der offenen Haustür trat sie verblüffend anschmiegsam, sehr lieb, dicht an ihn heran. Er tat nichts, überhaupt nichts. Lahme Arme, lahmes Gesicht. Er wusste nicht, dass er am ganzen Leib zitterte. Sie schlang die Arme um seine Schultern, dazu musste sie sich auf die Zehenspitzen stellen, und drückte ihn an sich, als wüsste sie, dass er Trost brauchte. Weshalb? Keine Ahnung. Einfach so. Einen Moment lang fühlte er ihren Bauch an seinem Bauch und ihre Brüste an seiner Brust, die sagten: du.

Auf einmal aber trat sie zurück. Jetzt, sagte sie ziemlich sachlich, gehe sie schlafen. Mein Dienst beginnt morgen früh um sieben.

Du verstehst …

Die Stadt war noch genauso farbenfroh wie vorhin, nur schienen auf einmal viel mehr Leute unterwegs. Alle sahen ihn an. Egal. Nur er wusste, was *er* vor sich sah, wovon er phantasierte. Das Mädchen, das sich auszieht und nackt oder vielleicht, hoffentlich, in einem bis zum Schenkelansatz reichenden Hemdchen ins Bett kriecht. Sie dreht sich auf die Seite und zieht sich das Laken übers Gesicht. Sein Auto stand an der Gedempte Oude Gracht. Als er aus der Stadt fuhr, hatte der Himmel die violette Farbe verblühender Tulpen. Er aber dachte ununterbrochen an Marie Lina, die tatsächlich ins Bett gekrochen war.

Ihr Schlafzimmer lag auf der Rückseite des Hauses. Sie hatte die Fenster offen gelassen und die Vorhänge auch. Marie Lina schlief gut. Sie lauschte im Schlaf dem Atmen der Bäume und dem Piepsen der Vögel. Die gewaltige Erschütterung in ihrem Inneren, der Pfropfen, der ihr schon seit Jahren zwischen Kehle und Herz steckte, sich dort am richtigen Platz fühlte und genauso natürlich entwickelte wie sie selbst, störte sie nicht im Geringsten.

Wachstumskapital. Dauerhafter Besitz.

Keine Woche später stellte Rinus das Mädchen seinen Eltern daheim in Buitenkaag vor. Sie heirateten im Herbst. Rinus wusste um die Vorgeschichte der Mutter seiner Braut, das wusste damals jeder. Anwälte taten ihr Bestes, den Obersten

Gerichtshof zu einem Wiederaufnahmeverfahren zu bewegen. Die Zeitungen erörterten, was für oder gegen Louise B.'s Schuld sprach.

Von der schwarzen Mitgift, die Marie Lina in die Ehe brachte, wusste er nichts.

II

ICH WUSSTE ES

Der Morgen ist frisch, klar und sonnig, und am Haus in der Mozartstraat in Schalkwijk wird geklingelt. Ziemlich kräftig, wie es nur bei einer Zugklingel möglich ist, doch das hat auf die Bewohner keinerlei Auswirkung. Nur der Bordercollie springt im Wohnzimmer auf und schlägt leise an. Das Tier weiß, dass es auf ein bestimmtes Zeichen seines Herrchens hin rennen darf und alles jagen, was es will, sich aber außerhalb der Arbeitszeit jeglichen Jaulens oder Bellens enthalten muss. Sjaak fixiert auf zitternden Pfoten die Tür, die geschlossen bleibt.

Kling, klingeling kling kling!

Die Türglocke, Gott im Himmel!

Rinus, gerade eingeschlafen, nimmt an, er habe sich verhört. Dies ist nicht die Uhrzeit, zu der hier normalerweise geklingelt wird. Nein, nicht die Uhrzeit. Daran klammert er sich. Und sollte er das Klingeln vielleicht doch, tatsächlich gehört haben, ganz deutlich sogar, wer wird es ihm verübeln, wenn er sich nicht darum schert? Einstweilen liegt seine Frau schlafend neben ihm. Seine Einzige, auf ewig, die trotzdem, seit gestern, nicht mehr dieselbe ist wie an all den Tagen, die den gestrigen Tag hervorgebracht haben.

Lasst sie. Lasst meine Frau träumen. Erstens hat sie Recht auf eine weitere volle Stunde Schlaf, bevor sie sich anziehen muss, mit unserem Sohn Olivier frühstücken, den Bus 18 nach Haarlem nehmen, an der Haltestelle Diakonissenhaus aussteigen, um mit ihrer Arbeit bei den Kranken zu beginnen, die treue, erfahrene Kraft, Oberschwester auf der Intensivstation.

Zweitens weiß ich, womit sie in diesem Moment beschäftigt ist und wobei sie nicht gestört werden will.

Meine Frau schreibt einen Brief an ihre bemitleidenswerte Mutter, die im Dezember vorigen Jahres gestorben ist.

Morgenruhe in der Mozartstraat. Unter Gedröhn und Gedonner kriecht ein Flugzeug, keine zwölfhundert Fuß über dem schlafenden Paar, Richtung Westen und schlägt dann einen Bogen nach links in den höher gelegenen Luftraum. Was ihn, Rinus, betrifft, ist es still. Vor Jahren schon hat er die Gelegenheit ergriffen, die Arbeit auf dem Landgut Seewout gegen eine Tätigkeit auf dem Flughafen Schiphol zu tauschen. Im Hause Caspers hatte man die Sache diskutiert. Oliviers bevorstehende Geburt. Marie Linas Wunsch nach einer hellen Wohnung, in der alles funktioniert. Ein weiteres Argument: die angemessen bewertete und tarifgemäße Bezahlung ihres Mannes, der von sanftmütigem Wesen ist, aber nichts versteht von der Macht des Geldes.

Der Vogelvertreiber, der seine Vögel liebt. Der Naturmensch, dem die zerrissene Stille auf dem Polderflughafen bald lieber war als die Stille zwischen den Buchen und Eichen des Landguts am Meer. Gott allein weiß, warum. Rinus versteht seine Vögel und tut, was er kann, um ihnen das Leben dort unmöglich zu machen.

»Wie ist es denn jetzt mit den Nilgänsen am Ende der Aalsmeer-Bahn?«, fragt Marie Lina eines Morgens, als beide frei haben. Sie brät gerade ein Omelett mit Pilzen und kocht Kaffee. Rinus, am Tisch, schneidet Brot.

»Die sind weg.«

»Zusammen mit ihrem einen Jungen?«

Rinus lächelt. Sie hat also nicht vergessen, dass er vor einer Weile ein Nilgänsepaar mit einem Gelege von bestimmt zwanzig Eiern gefunden hatte. Schöne, wütende Vögel, hatte er ihr erzählt. Müssen irgendwann mal von irgendeinem Touristen aus Syrien oder dem Libanon mitgebracht und in eine Volière gesteckt worden sein, aus der sie ins irdische Paradies Schiphol entflohen sind. Und da vermehren sie sich jetzt, ja, und ich kann dir sagen: mit allergrößtem Erfolg.

Er hatte die Eier Stück für Stück geschüttelt.

Sie: »Alle zwanzig?«

Ähm … Also, nein. Neunzehn. In der letzten Woche hatte er die Mutter mit dem einen Jungen noch auf dem Ringgraben neben der Kaag-Bahn schwimmen sehen.

»Ahhh …«

In ihrer Miene lag ein »wie lieb, wie traurig«, was er mit einem ernsten Blick beantwortete.

Jetzt waren sie also fort. Ebenso wie die Stare, die er mit dem schrecklichen Kreischen ihrer in Todesnot befindlichen Artgenossen traktiert hatte. Der Dienstwagen, in dem er die Bahnen entlangsauste, hatte einen Lautsprecher, der mit Sachkenntnis auf die richtigen Geräusche eingestellt war. Ebenso wie auch die Schwalben, Tauben, Reiher, Enten, Flussseeschwalben, Möwen und Haubentaucher, auf die er seine mit Verzögerung explodierenden Lichtpatronen abfeuerte, und wie die Eulen, Sperber, Bussarde und Baumfalken, die ein paar Tage lang auf Tauchstation gegangen waren, bevor sie begriffen, dass der *Scary Man* ein aufgeblasener, menschenförmiger auf sie zu schwebender Ballon war, der merkwürdig brüllte und schrie.

»Oh ja, Lineke, aber die Gänse, vor allem die Kanadischen!

Wie kaltblütig die sind! Rasen in V-Formation über die Bahnen, denken überhaupt nicht daran, ihre Geschwindigkeit zu drosseln, sondern schwenken einfach bloß ein Stück zur Seite, wenn sie ein Flugzeug sehen. Nur leider: nicht immer. Nur leider: ungefähr dreihundertmal pro Jahr nicht. Manchmal bleibt es bei einem Zusammenprall, bei dem das ganze Flugzeug bis in die letzten Hohlnieten erzittert, manchmal aber, lieber Himmel, gerät ein Tier ins Triebwerk, wirbelt in den Schaufeln mit, fünfzehn Kilo schwer, stell dir vor, und bringt die Instrumente durcheinander. Du erinnerst dich doch noch an den jungen marokkanischen Piloten, der mit brennendem Motor über Haarlem flog, völlig aus dem Konzept kam und vom Tower zu einer Notlandung auf Bahn 18 R dirigiert werden musste?«

Sie wusste es noch und fing vom Löwenkot an.

Er sah sie nachdenklich an.

Tja, Löwenkot.

Eine prima Idee, an sich. Vogelleute und Bird Control waren sich darin einig. Eine Hasenplage rund um die Ostbahn ist *eine* Sache, durchgedrehte Eulen, die nachts auf diese Tiere herunterstoßen, eine andere. Der Mensch muss immer nachdenken, nachdenken ist die Macht des Menschen. Hasen haben Angst vor Löwen. Hasen rennen über Hasenpfade. Die Vogelleute von Schiphol und die Käfigreiniger vom Zoo Artis taten sich zusammen. Bald schon rochen die Hasenpfade bei der Ostbahn nach den Ausscheidungen eines vorbeiziehenden Löwen. Erstes Resultat: Marie Lina verweigerte ihrem Mann ihren Körper, es sei denn, er ging vorher unter die Dusche und verbreitete den doch überraschend schönen Duft, so flüsterte sie ihm im Bett ins Ohr, von *L'homme idéal*.

Zweites Resultat: Null. Schade. Die Hasen blieben.

Sie schläft tief, das Gesicht ihm zugewandt. Im Schlaf hat sie die Decke und das Oberlaken von sich geschoben. Hals und Schultern in dem weißen Nachthemd liegen bloß. Einen Arm hat sie im Bogen um ihren Kopf gelegt, die Handfläche nach oben. Er streicht ihr das Haar aus der Stirn und beobachtet das schlafende Gesicht seiner Frau. Im Spalt ihrer Lider schießen die Augäpfel hin und her. Auf dem unteren Lid sieht er eine Art hin und her krabbelnder Ameisen. Gestern hat sie ihrer Wut freien Lauf gelassen. Die zähe Wut, die sie mit jeder Faser ihres Willens gehegt und gepflegt und wie einen Talisman auf dem Herzen getragen hatte, durfte sich endlich Bahn brechen.

Sie ist dem Weib also begegnet.

Lineke, wann und wie hast du eigentlich erfahren, dass sie es war?

Er merkt, dass ihre Hand sich ein wenig krümmt, aber liegen bleibt, wo sie liegt. Eine schmale Frauenhand, mit kurzen Nägeln, wie es die Hygienevorschriften in einem Krankenhaus verlangen, wobei sie den Ehering großzügig übersehen. Willst du jemandem winken, und der Arm ist zu schwer dafür? So, mit halb gebeugten Fingern, sieht es irgendwie hilfeheischend aus. Er will sich wie ein riesiger Vogel über sie breiten. Es gibt solche und solche Wut. Manchmal hat man eine, die heranwächst. Die immerzu um eine Geschichte kreist, die tatsächlich geschehen ist, die nie eine Sättigung erfährt, sondern eines Tages erwachsen wird und sich auf die Suche nach den harten Fakten macht.

Es hat zum zweiten Mal geklingelt.

Jetzt wird auch noch mit der flachen Hand gegen den Türpfosten geschlagen, danach mit etwas Hartem.

Ihre Hand tastet um sich, auf der Suche nach seiner.

Er schlingt die Arme um sie und drückt sie an sich. Sein Unterkiefer an ihrer Wange. Seine Nase in ihrem Haar.

Meine Frau riecht nach Gewalt.

Seine Bartstoppeln kratzen über ihre Haut.

MEINE LIEBE, INNIG GELIEBTE MUTTER!

Wie lange ist es her, dass ich dir schrieb! Heute Morgen muss ich an dich denken, weil mir ein Lied durch den Kopf geht. Ich bin damit aufgewacht, aber zum Glück nicht ganz. Es ist ein schönes Lied über einen schönen Moment, und doch voller Wehmut. Und du bist es, die es singt.

Weißt du noch, wie Olivier und ich dich eines Nachmittags überrascht haben? Wie deine Stimme stockte, aber nicht verstummte? Ich will es dir erzählen.

Es ist August. Du weißt, wie der August sein kann. Warm, und jeder sehnt sich nach dem Meer. Doch Olivier und ich nehmen den Bus in die andere Richtung und steigen am Rand von Oegstgeest aus, wo die neuen Viertel beginnen. Dein Enkel, acht Jahre alt, geht in kurzer Hose und T-Shirt treuherzig an meiner Hand. Der Junge hat dich immer geliebt, das weißt du. Sein erstes Lächeln galt dir, deswegen war ich eine Zeitlang gekränkt. Fünf Wochen war er alt, ich hatte ihn dir in die Arme gelegt. Mit dem Ernst eines Säuglings betrachtete er dein Gesicht, dein Haar, betastete sie. Du hast ihm gefallen. Deine grünen Augen, dein braunrotes Haar, dein freundlicher Mund. Seine Lippen verzogen sich, noch sehr ungewohnt. Ich erschrak. Er lächelte, aber für mich war es tragisch. Du versuchtest mich zu schonen. Du sagtest, es sei ein Zucken gewesen, ganz gewiss kein erstes Lächeln, worauf ich aber nicht hereinfiel. Als du das merktest, sagtest du: »Dein erstes Lächeln galt einer verbeulten Sammelbüchse, reif für den Müll, die bei uns als Aschenbecher diente und auf die zufällig die Sonne fiel.«

Das hattest du dir ausgedacht, Mama. Darin bist du unübertroffen. Wie sich dann auch gezeigt hat, nicht wahr?

Sieh das Bild vor dir. Uns. Siehst du es? Ungefähr zehn Minuten bevor wir über den Plattenweg zu deiner Haustür gehen, die zufällig einen Spaltbreit offen steht. Du hattest sie nicht richtig ins Schloss gedrückt. Haare, Augenbrauen und Wimpern deines Enkels sind von der Sonne weiß gebleicht. Er schaut wie ein aufmerksamer kleiner Hund. Wir hatten Ferien, er einen ganzen Monat, ich zwei Wochen. Jeden Tag fuhren wir nach Zandvoort, aber heute nahm ich ihn mit zu seiner Oma. Die vom Obersten Gerichtshof freigesprochen worden war und nach dem Freispruch einen Weinkrampf der Art bekommen hatte, der nie mehr nachlässt, niemals mehr. Von meinem Platz auf der Tribüne hatte ich gesehen, wie du in die Arme deines Anwalts sankst, und vermutete schon, wofür der dumme Mann deine Tränen hielt. Für überwältigende Freude. Für unbeschreibliche Erleichterung.

Von wegen, Mama.

Das war zu Beginn des Sommers. Jetzt gingen dein Enkel und ich in das neue Viertel, wo es früher nichts als Wiesen gab. In der Luft waren noch reichlich Bienen und Schmetterlinge. In meinem Kopf aber summten die Schlagzeilen der Zeitungen. Je näher wir deinem Haus kamen, umso mehr tauchten auf.

Freispruch wegen Mangels an Beweisen …

Polizeichef zweifelt trotz allem nicht an der Schuld von Louise Bergman …

Geständnisse von damals sind nicht haltbar …

Generalstaatsanwalt: »Wir sehen keinen Anlass zur Entschuldigung …«

Mama. Denkst du auch noch manchmal an den Bericht des

Reporters von *De Zeekrant*, er war bestimmt noch sehr jung, der schrieb, dein Leben könne jetzt, nach einem Vierteljahrhundert, neu beginnen? Der Typ hat es dir wirklich gegönnt. Die Schere ergreifen müsstest du, schrieb er, dieses ganze auf einem Irrtum beruhende Stück aus deinem Leben schneiden und zu deiner verlorenen Sanftmut, deinem verlorenen Lachen zurückfinden. So ein lieber Mensch. Und welcher Widerling von Schlussredakteur hat es fertiggebracht, sich diese perverse Überschrift dazu auszudenken?

Nicht schuldig oder nicht unschuldig. Das ist die Frage.

Und darunter in weniger fetten Buchstaben das Urteil, das für dich, die Freigesprochene, gelten sollte:

Keine Rehabilitierung für Louise Bergman.

Du siehst mich und den Jungen über den Plattenweg herankommen. In deinem Vorgarten blüht prächtig hochgeschossenes Unkraut. Aus Eigennutz haben deine Nachbarn dir schon mal eine Hacke angeboten, und davon hast du auch freundlich Gebrauch gemacht. Doch die Disteln und der Bärenklau sind siebenfach zurückgekehrt. Mir ist sehr heiß, ich schwitze furchtbar. Ich höre aus deinem Haus eine Singstimme, ob Mann oder Frau, ist aus dem Timbre nicht zu erkennen. Aber ich weiß, dass du es bist. Dass ich nicht klingle oder an die Fensterscheibe klopfe, ist reine Höflichkeit. Lautlos schlüpfe ich mit meinem Sohn ins Haus.

Denkst du jetzt an deinen alten Mijnheer? Der am Tag seines schändlichen Todes – aber was spielt das schon für eine Rolle, wenn es ans Sterben geht? – ein meiner Meinung nach ausgesucht gutes Leben hinter sich hatte.

Oder denkst du an dein herzzerreißendes Selbst? Dein verpfuschtes Leben?

Wer singt, denkt nicht. Das weiß ich, Mama. Genauso wenig wie jemand, der weint oder aus vollem Halse lacht oder schreit. Das ist nur eine andere Art des Atmens, und atmen muss ein Mensch nun mal, um am Leben zu bleiben.

Olivier und ich sind hinter der Wohnzimmertür stehen geblieben. Der Junge sieht mich an, als wolle er fragen: Warum stehen wir denn hier? Aber ich schaue mitten durch ihn hindurch. Ich lausche. Die Zeit hat die Worte des Liedes intakt gelassen, sonst aber nichts. Ich höre eine vom Zigarettenrauch zerstörte Stimme. Eine Stimme, die ich als Kind oft genug gehört habe und die jetzt, geborsten, nach den richtigen Tönen sucht.

»Ich atmet' einen linden Duft!
Im Zimmer stand
Ein Zweig der Linde,
Ein Angebinde
Von lieber Hand.
Wie lieblich war der Lindenduft!«

Liebste Mama! Ich will dir schreiben, woran *ich* dachte, als ich dich dieses Lied singen hörte. Als Olivier seine Sommervogelwimpern zu mir aufschlug, nicht verstand, warum ich da nur so herumstand, und deshalb die Tür öffnete, nur etwas leiser als sonst. Ich dachte nicht an dich, sondern an den *wahren* Täter. Den listigen, sich bedeckt haltenden Dämon, der alles, was in jenem Moment geschah, hatte geschehen lassen und wissentlich und willentlich aufrechterhielt. So, dass es immer weiter geschah. Ohne auch nur eine Sekunde Pause.

Von überwältigendem Hass erfüllt ging ich auf Zehenspitzen, die Fäuste geballt, leise hinter meinem Sohn ins Zimmer.

Du standst im Durchgang zwischen Wohnzimmer und Küche. Du trugst dein gutes Kleid aus deinem anderen Leben. Du sangst zu dem Fenster hin, hinter dem sich ein kleines Stück blauer Himmel zeigte. Du hattest nicht gemerkt, dass wir ins Haus getreten waren. Und jetzt waren wir einfach da. Deine Stimme stockte kurz, ließ sich aber nicht aus der verschandelten Melodie bringen. Olivier und ich setzten uns auf das voluminöse braune Sofa, so deplatziert wie ein Bierfass, für das wir seinerzeit nur an der rechten Seitenwand einen Platz gefunden hatten. Ich saß in der Ecke, dir zugewandt, Olivier neben mir. Sein unergründlicher Kinderblick betrachtete die Wand gegenüber, an der ein Bild hing. Irgendwas mit einem Gebirge, glaube ich.

Du hattest einen Auftritt. Das sah ich sofort an deinen Augen, die über eine imaginäre Gruppe von Zuhörern hinweg auf etwas in der Ferne blickten. *»Wie lieblich ist der Lindenduft!«*, sangst du vor deinen Freunden, die zum Hauskonzert versammelt waren.

Deine angeschlagene kehlige Stimme hat mich sehr gerührt. Das schwankende Vibrato. Früher warst du ein heller Mezzosopran. Jetzt sangst du wahrhaftig Bariton. Tief, in kratziger Resonanz hast du von diesem Zimmer gesungen, das von der Gegenwart eines lieben Menschen sprach.

Wir beide sind immer leidenschaftliche Leserinnen gewesen, Mama, aber du verstandst auch etwas von Musik. Jetzt begriff ich das auf einmal auch. Ich starrte auf deinen Mund. Und meine Ohren reagierten wie die eines wirklichen Musikliebhabers, der weiß, dass Musik einem schwere Lasten von den Schultern nehmen kann.

Aber sie einem auferlegen, durchfuhr es mich, das ist dann doch genauso möglich, oder?

Und wieder spürte ich, wie eine gemeine Bösartigkeit mich durchflutete, jetzt aber als Wonne. Jetzt als herrliche Aktion, die noch auf mich wartete!

»Das Lindenreis / Brachst du gelinde!«

Du standest aufrecht, die Füße zur besseren Balance auseinandergestellt. Du trugst dein altes elfenbeinfarbiges Kleid, tunikaartig geschnitten, mit Pailletten am Hals. Ob sie das bei uns daheim gefunden hatten? Ob sie es in einen der leeren Kartons auf dem Dachboden gestopft und zusammen mit der braunen Sofagarnitur hier abgeliefert hatten? Du warst sorgfältig frisiert. Das rotbraune Haar war fahl geworden, aber nicht grau. Die Arme hattest du angewinkelt, vom Körper gelöst, die Hände locker ineinandergelegt. Oh ja, du hattest einen Auftritt, nicht vor uns, aber das machte nichts. Du hättest zum Schluss gern eine kleine Verbeugung machen dürfen.

ICH HABE KURZ MAL PAUSE GEMACHT
MIT MEINEM BRIEF

Ich habe kurz mal Pause gemacht mit meinem Brief, weil ich noch mal so richtig spüren will, wie unglaublich bequem ich hier liege. Dabei plaudere ich weiter mit dir. Neben mir liegt mein Mann. Und oben, auf seinem Feldbett unter dem Dach, mein Sohn. Die Morgensonne fällt durch die Gardinen ins Zimmer wie durch ein Sieb. Ich bin stolz auf mein Glück. Ich lausche den Vögeln. Und einer Boeing, die ich, wenn ich wollte, fast mit der Hand berühren könnte.

Unser Bett ist jetzt weicher als je zuvor. Vor ein paar Wochen habe ich eine Latex-Auflage besorgt, zehn Zentimeter dick, jetzt passen die Spannlaken nicht mehr richtig, und ich brauche viel Kraft beim Beziehen, aber was macht das schon. Ich lausche Rinus' rasselndem Schnarchen. Wir haben beide einen leichten Schlaf, das ist schön. Man weiß, dass man schläft. Man kann hineintaumeln in diese Tiefe, aber wenn man Lust hat, taucht man auch schnell wieder daraus auf. Schlafen als leichtes nächtliches Trapezspiel.

Heute Nacht habe ich Rinus geweckt. Ja, doch mal schnell, dachte ich. Jetzt, wo es noch geht. Ich drehte mich zu ihm und begann ihn ohne Umschweife, sozusagen genau auf den Punkt hin zu streicheln. Er wachte so halb und halb auf. Natürlich wollte er sofort. Das Schöne bei uns ist, dass wir uns auf diesem Gebiet so gut kennen. Aber was heißt gut? *Weiß* mein Mann, dass ich mir beim Liebesakt gern die wildesten oder auch die allersubtilsten Geschichten vorstelle? Dass die Männer, die mir Lust bereiten, gelegentlich barsch und unverständlich sind? Obszöner, sehr viel ungeduldiger als er und im Allgemeinen un-ak-zep-ta-bel dominant? Völlig verzaubert gebe ich mich dann meinem Mann hin, erahne seine geheimsten Wünsche oder bringe ihn, in sein Ohr flüsternd, auf andere Ideen, die trotzdem natürlich seine eigenen sind. Mehr will ich darüber nicht sagen. Töchter sprechen mit ihren Müttern gewöhnlich nicht über Sex. Nur dies noch: Heute Nacht war es nur Rinus. Bevor wir wieder einschliefen, im schwachen Licht, mit dem die Straßenlaterne vor unserem Haus auf die Vorhänge scheint, sah ich, wie er mich ansah, als sei er sehr müde. Das fiel mir auf. Normalerweise wird er davon nie müde.

Jetzt liege ich also in unserem superweichen Bett. So tief, wie ich jetzt schlafe, habe ich noch nie geschlafen. So weit weg, so friedlich. So schläft man nur, wenn das Unglaubliche, das im Grunde rein Imaginäre trotzdem eingetreten ist, Mama, und ich sage noch: Es ging fast von allein. Der Tag kam, und es geschah.

Kuss!
Lineke

Als das Lied zu Ende war, hast du ein Fenster geöffnet. Zusammen mit der Hitze von draußen glitt auch eine Katze herein, eine Streunerin aus der Nachbarschaft, daran gewöhnt, bei dir zu fressen, zu trinken und sich auf dem Teppich zu räkeln.

»Die schaut ja komisch, Oma«, sagte Olivier, neben der Katze hockend.

»Es geht ihr schon wieder besser, mein Schatz. Vorige Woche sah ihr eines Auge noch aus wie so eine weiße Marmormurmel, die wir früher ›Wittball‹ nannten. Gib ihr mal schnell was Leckeres zu fressen.«

Während Olivier unter der Spüle in einem Schrank kramte, setzte ich Teewasser auf, und du gingst zum Fenster. Die ganze Zeit über spürte ich – ich gab die Teeblättchen in die Kanne, goss auf, nahm die Tassen, legte Kekse auf einen Teller, goss ein Glas Himbeerlimonade ein und stellte alles auf den Tisch vor dem Sofa –, dass du in einer eigenartigen Stimmung warst. In diesem Kleid. Mit diesem Lied im Kopf. Und dass dein Enkel und deine Tochter es gehört hatten.

Ich stellte mich hinter dich. Wir schauten stumm hinaus. Der Himmel über den Häusern auf der gegenüberliegenden Straßenseite war weit und wolkenlos. In der Ferne zuckten Blitze, auf die kein Donner folgte.

Nach einer Weile sagtest du: »Ich hatte euch nicht erwartet.« In einem Ton, als würdest du dich entschuldigen.

»Wir hatten Lust, dich zu sehen.«

»Lieb von euch.«

»Komm, ich gieße den Tee ein.«

Du reagiertest nicht. Du reagiertest auf eine Weise nicht, dass ich es nicht fertigbrachte, dir die Hand auf die Schulter zu legen. Oder gar nach deiner Hand zu greifen, um sie mit meinen beiden Händen zu umfassen. Schließlich sagte ich nur: »Du wolltest es mit diesem Lied wieder mal probieren.«

Jetzt könnte sie sich aber wenigstens mal zu mir umdrehen, dachte ich, und tatsächlich tatest du das. Du warfst mir ein flüchtiges Lächeln zu. Wir setzten uns nebeneinander aufs Sofa, um den Tee zu trinken. Olivier kam, kippte schnell seine Limonade runter und spielte dann gleich wieder, den Rücken zu uns, weiter mit der Katze.

»Schau«, sagtest du.

Ich dachte, du meintest das kleine Papierknäuel an dem Gummiband, mit dem dein Enkel die alte Katze wieder dazu brachte, tüchtig zu lauern und zu springen. Katzen sind so was Schönes. In Wirklichkeit schautest du auf etwas anderes.

Dennoch waren wir in Gedanken ganz nah beieinander.

»Weißt du noch«, sagte ich, »dieses junge Kätzchen, das uns damals zugelaufen war?«

Oh, du erkanntest meine Worte. Du erkanntest augenblicklich das »Damals«, von dem ich sprach.

»Tom«, sagtest du prompt, aber gleichgültig.

Dein Desinteresse an dem Tierchen, das doch nur dich geliebt hatte, provozierte mich.

Ich will wissen, wohin sie schaut, summte es in mir. Was sieht sie. Ja, das will ich jetzt wirklich wissen. Die Teetasse an den Lippen, vorsichtig pustend, sah ich dich von der Seite an. Du saßest leicht vorgebeugt da. Du warst sehr, sehr allein. In diesem Kleid, ja. Dass du dir die Lippen geschminkt hattest, ganz leicht, sah ich erst jetzt. Ich hätte dich am liebsten in die

Arme genommen. Ich tat es nicht. Auf gar keine Weise und schon überhaupt nicht mit etwas Liebem, Zärtlichem durfte ich deinen Blick unterbrechen, weil ich, im bitterharten Jetzt oder Nie, wissen musste, wohin du schautest.

»Woran erinnerst du dich gerade, Mama?« Ich wagte einen Versuch. »Schau genau hin. Sieh jedes Detail. Woran erinnerst du dich?«

Du standst auf. Ich erstarrte. Jetzt hab ich's vermasselt, dachte ich. Du gingst zur Spüle. Du nahmst einen der Äpfel, die dort lagen, und begannst ihn zu schälen. Ich sah zu. Ich schaute dir genau zu, weil ich wusste, dass du mir schrecklich dringend etwas vermitteln wolltest, aber ich wusste nicht, was es war. Du gabst Olivier die Hälfte des Apfels, setztest dich wieder neben mich und gabst mir die andere Hälfte. Während ich kaute und schluckte, hast du gesagt, du könntest »es nicht begreifen«.

Ich fasste an deine Schulter, aß weiter, schaute vor mich hin, ließ dich in Ruhe und hörte, wie du sagtest: »… ich kann es einfach nicht begreifen … versunkene Dinge, völlig vergessen, fast nicht wahrgenommen, dabei sind sie doch so schrecklich nahe gewesen.«

Jetzt legte ich den Apfelbutzen weg, auf den Tisch mit den Teetassen vor uns, was einen Entschluss bedeutete. Ich wandte mich dir zu und fragte, was du damit meintest.

»Schau«, sagtest du.

Ich sagte »ja« und wartete.

»Stell dir die Eingangshalle der Seniorenwohnanlage vor«, sagtest du dann. »Es ist November. Gegen Ende des Tages. Jeder ist benommen und zerstreut. Ich bin fertig mit meiner Arbeit und nehme den Lift. Während ich hinunterfahre, sehe ich sehr deutlich, dass die Halle voll von alten Leuten ist, denn der Aufzugsschacht ist durchsichtig. Aber warum sollte ich zu den Leuten schauen? Was sollten sie mich interessieren? Ich nehme sie eher automatisch aus den Augenwinkeln wahr. Wohin ich schaue, was ich denke, das ist: Jetzt aber schnell nach Hause! Worauf ich schaue, ist die Lifttür, sind die aufleuchtenden Stockwerkszahlen. Als ich unten ankomme, drängen sich die wartenden Senioren in der typischen Art alter Leute an mir vorbei in den Lift, zerbrechlich, aber unglaublich willensstark. Die Tür nach draußen steht offen, die Bewohner, die einen Ausflug gemacht haben, tröpfeln nach und nach herein. An einem Reisebus der Firma Beuk vorbei gehe ich zu meiner Berini und fahre nach Hause. Seither habe ich mich immer an die Weiden entlang der Sandtlaan erinnert. An ihre ausgebreiteten gestutzten Arme, die mir wie Wegweiser alle sagten: dorthin! Ich habe sie noch besser und authentischer vor Augen als damals, als sie in der frischen Kälte in Wirklichkeit an mir vorüberglitten.«

Du schwiegst wieder. Was mir gar nichts mehr ausmachte. Wie ein Spürhund nagelte ich dich mit meinem Blick und meiner ganzen Haltung fest. Du würdest mir nicht entkommen.

»Also warum«, sagtest du plötzlich entgegenkommend, »hat dieses Weib, das an dem Tag ebenfalls durch die Halle ging, sich in meinem Kopf so lange totstellen können? Warum ist sie erst jetzt zum Leben erwacht, wo es überhaupt keine Rolle mehr spielt? Und im Übrigen vielleicht auch gar nichts damit zu tun hat? Wer kann das schon sagen?«

Du sahst mich verwundert an.

Ich dachte: niemand. Kein Mensch kann das sagen. Die ganze Sache ist verjährt.

»Aber es stimmt«, fuhrst du fort. »Ich habe gegenüber von den Aufzügen, dicht an der Wand jemanden entlanggehen sehen, *sie*, sehr schlecht zu erkennen wegen der vielen alten Leute, aber die Person war eben doch einen ganzen Kopf größer als sie. Warum lehrt mich mein Hirn erst jetzt, was ich die ganze Zeit gewusst habe? Ich habe sie bemerkt, ohne mich auch nur im Mindesten für diese Beobachtung zu interessieren, wie du verstehen wirst, warum sollte ich auch? Ich kannte sie zwar, aber nicht gut, eigentlich mehr vom Hörensagen. Also …«

Also – nichts. Mich schauderte, aber ich blieb still. Etwas schwindlig langte ich nach meiner Teetasse, aber sie war leer. Ich trank die letzten Tropfen. Durch meinen spielenden Sohn und die Katze hindurch starrte ich auf einen Schemen, eine Dämonin, von der ich noch nicht einmal wissen konnte, ob sie wirklich eine Dämonin war, so eine richtig böse, der ich aber sehnlichst, mit einem erschreckend köstlichen Verlangen physische Gewalt antun wollte, genau gesagt: sie töten.

»Wer, Mama?«, fragte ich.

Du hast die Stirn gerunzelt, als müsstest du nachdenken. Dann hast du mir den Namen genannt, den ich damals zum ersten Mal hörte.

KLAZIEN WROUDE

Sie hatte die junge Frau schon mal am Haus vorbeigehen sehen. Mehrmals sogar, mit hochmütig geradem Rücken, immer auf der gegenüberliegenden Straßenseite. Komisch vielleicht, aber gleich beim ersten Mal, Anfang September, hatte bei ihr instinktiv ein rotes Warnlicht geleuchtet. Rot auf einem der letzten Striche der Skala. Die Frau war langsam vorbeispaziert, hatte die Häuser angeschaut und sich ein Stück weiter entfernt umgedreht, als wollte sie sehen, ob der Hund ihr auch folgte. Aber hinter ihr kam kein Hund. Die hochmütige junge Frau war wieder zurückgegangen und hatte sich von allen Häusern ihr Haus ausgesucht, Nummer 60, um ins Fenster zu starren.

Sie war nicht von hier. Unbekannt, aber trotzdem irgendwie bekannt. Das Unerwartete, aber dennoch, eigentlich, *nicht* unerwartet. Eines Tages kommt es einfach vorbei und schaut zum Fenster herein. Versucht es zumindest. Jetzt war Februar. Das Dorf lag unter einer dicken Schneeschicht begraben. Damals, beim ersten Mal, Anfang September, hatte die junge Frau im Sommerkleid auf ihr Haus gestarrt, das üppige rötliche Haar hing ihr locker über die Schultern.

»Weißt du vielleicht, wer das ist?«, hatte sie Jannert gefragt.

»Keine Ahnung«, hatte ihr Bruder, ohne den Blick vom Fernseher zu lösen, geantwortet.

Heute trug sie einen wattierten dunkelblauen Mantel und hatte die Haare zum größten Teil unter einer weißen Pudelmütze mit Bommel versteckt. Unsichtbar durch das Käseleinen, das als Scheibengardine diente, aber in ganzer Breite, als wolle sie, wie auch immer, zeigen, dass sie hier in ihrem eigenen Haus wohnte, beobachtete Klazien Wroude die Frau. Wäre die Abschirmung nicht gewesen, sie hätten einander direkt in die Augen geblickt. Sie seit einem Jahr in Rente, die andere in der Blüte ihres Lebens. Was hatten sie miteinander zu tun? Viel, vielleicht.

Es war Tag, aber nicht hell, wie das im Februar vorkommt, wenn die Schneewolken tief hängen. Die junge Frau musste an diesem Tag offenbar nicht arbeiten. Sie war in ein Paar Gummistiefel geschlüpft, hierher gefahren und hatte ihren grauen Kombi neben der Passage zum Kulturzentrum in der Secretaris Varkevisserstraat geparkt. Den konnte man von der Ecke neben dem Fenster gerade noch sehen.

Was wollte sie hier?

Hier stehen, als habe sie das vollste Recht dazu.

Angespannt bei ihr ins Fenster starren. Die Zwergpalme sehen, die auf der Fliese stand, die zwischen den beiden Käseleinendraperien in der Mitte der Fensterbank frei geblieben war. Den Hof sehen, über den sie und ihr Bruder, die Glückspilze von Nummer 60, wie die Nachbarschaft sie nannte, verfügen konnten, ohne einen Cent Miete zusätzlich zu zahlen: ein kleiner Hof mit einem ziemlich hohen, spitzgiebligen Schuppen, der sogar einen Stromanschluss hatte. Die frischen Fußspuren im Schnee sehen. Zwei Paar. Zum Schuppen und wieder zurück zum Haus. Beide von ihr.

»Jannert!«

Hatte sie gegen halb fünf an diesem Morgen gerufen.

Als ihr Herz einen Moment lang aussetzte, weil sie dachte, er sei erfroren. Die Temperatur lag nur ein paar Grad unter null, aber Betrunkene sterben schnell bei Frost. Wie so ein

Dickwanst auf einem dieser alten Bilder hatte er rücklings auf dem Boden gelegen, mit offenem Hosenschlitz.

Sie hatte die ganze Nacht wach gelegen und gehorcht.

Und ihn doch nicht nach Hause kommen hören.

Dann plötzlich – dazwischen schien es nichts gegeben zu haben – hockte sie in dem hell erleuchteten Schuppen und brüllte in sein Ohr. Dass er aufstehen solle, Schlappsack! Saufbold! Blödmann! los! mitkommen! Sie hatte etwas von schönem, warmem Bett geschrien. Von wegen. War ihr schon klar. Die Fäuste zum zweiten Mal in der gewaltigen Kotzelache des Riesen, drückte sie sich hoch, verließ rasch den Schuppen und kam bald wieder zurückgetrabt. Tempo jetzt deutlich gemäßigter, Laune auch. Klazien Wroude, Expertin im Umgang mit ihrem unmöglichen Bruder, balancierte in einem wattierten Morgenmantel durch den Schnee, nackte Füße in Männerschuhen, Schultern gekrümmt durch die Ladung, die sie diesmal mitschleppte. Und ging wieder in den Schuppen.

»Jetzt komm schon, mein Junge.«

Ohne auf die nass gepisste Hose und die übrige Sauerei zu achten, gegen die sie im Moment nichts ausrichten konnte, schob sie ihm ein Kissen unter den Kopf, breitete eine Bettdecke aus Entendaunen über ihn und steckte zwei mit heißem Wasser gefüllte Gummiwärmflaschen darunter. Eine seitlich an den Rücken, die andere halb unter das Gesäß. Sie strich ihm sanft mit dem Finger über die Lippen.

Danach blieb sie einen Augenblick stehen, um sich das Ganze anzusehen, ohne Grund. Jannert lag fast genau unter dem Punkt, an dem die Dachsparren zusammenstießen, in einem Lichtviereck, wo Neonröhren die verstaubten Tische mit den Schraubstöcken beschienen, daneben den Sägetisch, die Böcke, die Holzvorräte auf dem Boden oder in breiten Planken aufrecht an der Wand. Unnützes Zeug. Missachtet von dem starken Händepaar, das hier einen lebensfähigen kleinen Betrieb hatte gründen sollen, mit der Perspektive, dass er wuchs und gedieh.

Wie ein monströses Baby, warm eingepackt, lag er mittendrin.

»Hier bist du richtig, Jannert, genau in dieser Drecksbude«, murmelte sie, als sie an der Tür das Licht ausknipste. »Du unterscheidest dich wirklich um kein Haar von alledem.«

In plötzlicher blinder Wut war sie durch den Schnee wieder ins Haus gestapft.

Die Gafferin stand noch da, und sie selbst ebenfalls. Ein paar Schneeflocken rieselten schon wieder vom Himmel, grau, als würde ein paar Etagen höher ein alter, staubiger Teppich ausgeklopft. Sie fielen dicht vor dem Fenster herab. Es schlug zwei Uhr. Wegen der Windstille klangen die Schläge der altreformierten Kirche dröhnender als sonst. Als habe sie darauf gewartet, drehte die Frau sich um und ging in Richtung ihres Autos. Klazien Wroude sah ihr nicht nach, rührte sich aber auch nicht vom Fleck. Reglos, überklar im Kopf durch den Schlafmangel, begann sie, sich das Gegenteil dessen einzureden, was sie bereits seit einer Weile immer wieder für möglich gehalten hatte, für sehr gut möglich.

Es gibt keine Verbindung zwischen dieser Gafferin und mir.

Dass sie den ganzen Dezember über weggeblieben ist, hat nichts mit dem Bericht in *De Zeekrant* zu tun, gleich nach Neujahr, demzufolge Louise Bergman nach kurzer Krankheit gestorben war.

Es gibt keine Verbindung zwischen dieser Gafferin und der verstorbenen Louise B.

Spinnst du.

Erquickt wie ein Teufel, der einen schweren, aber wirkungs-
losen Fluch von sich abgeschüttelt hat, begab sie sich in die Küche, um eine Krümeltorte mit einer Füllung aus Sahnepudding
zu fabrizieren. Jannert hatte sich da schon in sein Bett verkrü-
melt.

DIE SEHNSUCHT TRITT AN DIE STELLE DES ERSEHNTEN

An diesem Morgen stellt Marie Lina sich vor den Spiegel, der im Flur gegenüber der Garderobe hängt. Sie mustert sich und findet sich seelenlos. Seelenlosigkeit, überlegt sie, um ihrem Ebenbild eine Haltung zu geben, entsteht aus Kummer und vielleicht aus Müdigkeit. Aber in erster Linie aus Kummer, ja, das vor allem. Ich empfinde einen schrecklich großen Kummer.

In dem Monat nach dem Tod ihrer Mutter hat sie viel zu tun gehabt. Zusammen mit Rinus musste sie die Wohnung in Oegstgeest räumen, auch Olivier half manchmal mit. Bett, Stühle, Tische, Monstersofa, alles konnte weg. In der gesamten Wohnung war fast nichts Persönliches gewesen, das man davon hätte ausnehmen mögen. Um darüber nachzudenken und es vielleicht zu behalten. Das hatte sie nicht befremdet. Nichts hatte sie befremdet. Auch über das Verschwinden des elfenbeinfarbenen Kleids mit den Pailletten hatte sie sich nicht gewundert und genauso wenig über den gähnenden Wandschrank – ja, leer –, in dem ihre Mutter all die Jahre die Massen von Papier zu den diversen Prozessen, betreffend *Louise Bergman,* in Ordnern aufbewahrt hatte. Das Allerpersönlichste aus ihrem Leben. Ihr Halt. Mit dem Überrest ihrer einstigen Kräfte in Müllsäcke gestopft und zur Straße geschleppt, Letzteres wahrscheinlich von der Haushaltshilfe, die sie schon eine Weile hatte.

Sie dreht dem Spiegel den Rücken zu. Unter der Garderobe stehen ihre Stiefel. Das frühe Frühjahr ist kalt. Sie ist nahe daran, sie jetzt gleich anzuziehen und nach Katwijk zu fahren, um dort ein gewisses Weibsbild als Wesen zu identifizieren, das existiert und lebt. Sonst nichts. Scheint ihr für heute ausreichend. Verdammt! denkt sie, und ihr Ärger trifft sie wie ein gesunder Schlag gegen ihre Seelenlosigkeit, ich muss unbedingt wieder da hin. Ist seit dem letzten Mal sicher schon über einen Monat her. Mal überlegen. Rinus hat das Auto. Ich nehme den Bus. Ich steige zweimal um. Erst in Haarlem. Dann in Leiden. In Katwijk steige ich an der Haltestelle am Seeboulevard aus. Ja, ich fahre.

Aus dem Wohnzimmer erklingt leichte Morgenmusik. Sie geht hinein, noch in flachen Schuhen, und steuert geradewegs auf das Telefon zu. Okay, das ist gut. Die Dinge treffen ihre Entscheidung, bevor man es selbst tun kann. Ziemlich überzeugend. Der Apparat steht in einer Ecke des Büfetts. Marie Lina stellt erst das Radio aus, wählt die 008.

»Auskunft! …«

Den Bleistift hält sie schon in der Hand.

»Ich hätte gern die Nummer der Familie Wroude in Katwijk.«

Sie bekommt sie und schreibt sie auf. Lächelt.

»Vielen Dank.«

Sie wählt die Nummer und starrt, während sie das Telefon am anderen Ende läuten hört, aus dem Fenster. Es liegt noch lange kein Frühling in der Luft. Nur aufgeklartes Winterwetter nach einer hoffnungslosen Woche tristen Regens.

Jemand nimmt ab. Sie hört ein Atmen, eigentlich eher Keuchen, dann eine Männerstimme.

»Wroude.«

Hingeschnauzt. Den Namen muss man kennen, um ihn zu verstehen.

»Ich möchte Frau Wroude sprechen.«

»Ist nicht da.«

Nur um den Raum hinter der Stimme zu erfassen und gefühlsmäßig sogar ein bisschen hineinzugehen, wartet sie einen Moment. Aber nicht zu lange. Diese Stimme ist eine, die keine Silbe vergeudet, die einfach auflegt und wegrennt.

»Wann kommt sie nach Hause?«

Prompt: »In einer Stunde.«

Und klick. Zieh Leine.

Sie wartet eine halbe Stunde. Bleibt, wo sie steht, um nichts von dem zu vermasseln, auf das sie wartet. Aber worauf eigentlich? fragt sie sich plötzlich. Auf meine Ohnmacht? Meinen Krampf? Mein Gekreisch wie ein mageres Spanferkel? Ich, die Tochter, von Wutarmut befallen?

Sie schweift in Gedanken ab zur letzten Woche ihrer Mutter. Es war unerwartet schnell gegangen. Die Krankheit steckte bereits in ihr und schüttelte sich wie ein Hund, der findet, es sei Zeit, hinausgelassen zu werden, zu rennen und alles zu tun, was Hunde tun. Danach, wieder zu Hause: futtern, so schnell wie möglich. Ihre Mutter tat, was das Tier wollte. Sie entschied sich für den Hund und starb, ohne der Tochter an ihrem Bett Bescheid zu geben, in der Nacht vom neunundzwanzigsten auf den dreißigsten Dezember. Wolltest du keinen Abschied, Mama? Es muss gegen vier Uhr morgens gewesen sein. Die Augen hattest du fast die ganze Woche über fest geschlossen, aber in jener Nacht schliefst du einfach ein, dein Atem ging friedlich. Worauf auch ich eingenickt bin, auf dem niedrigen kleinen Stuhl an deinem Bett, den Kopf auf den Armen an deine mageren Beine unter der Decke geschmiegt. Als ich aufwachte, schliefst du noch immer, noch immer, noch immer. Ich sah, dass du irgendwo anders warst. Unter der Nachtlampe lag dein rötliches Haar wie ein Fächer auf dem Kissen. Wolltest du keinen Abschied, Mama? Ich halte dich fest, deinen Körper an mich gedrückt. Ich falte meine Hände so, dass ich deine hohlen Wangen darunter fühlen kann. Ich küsse deine Stirn. Ich küsse deinen Mund. Meine Augen sind trocken, hoffnungslos trocken. Wenn ich blinzle, schmerzen sie sogar.

Ein Müllauto biegt in die Straße. Zwei Männer greifen nach den hinausgestellten Säcken und werfen sie hinten in die Drehtrommel, während der Fahrer im Schritttempo weiterfährt. Einer von ihnen winkt Marie Lina, denn er denkt, dass sie ihnen zuschaut. Aber es kommt keine Reaktion, sie ist in Gedanken – auch eine Form des Schauens.

Sie greift wieder zum Telefon. Sie wählt die Nummer. Starrt auf das Display. Jemand nimmt ab.

»Hallo?«

Ah! Sie ist es. Frauenstimme. Jawohl. Sie ist zu Hause.

Marie Lina horcht kurz ins Leere, bevor sie fragt: »Mit wem spreche ich?«

Dumm und gegen jede Regel, was für ein Gespräch wie dieses absolut keine Rolle spielt.

Sie hört, wie die andere den Atem anhält. Hört Wachsamkeit.

Dann: »Mit wem spreche *ich*?«

Sie hatte ihren Namen sagen wollen. Wer anruft, meldet sich als Erster. Marie Lina Bergman hier, hatte sie vorgehabt zu sagen, was dasselbe war wie: die Tochter. Sie sprechen mit der Tochter, was dasselbe war wie: Ich klage Sie an.

Aber sie tut es nicht, nein. Sie hält den Mund. Die zersetzende Erkenntnis ist schneller als ihre Stimme. Zwischen ihrem Mädchennamen und dem Namen der anderen verläuft eine Grenze. Eine undeutliche kurvige Linie, aber doch eine Grenze.

Ich weiß, und ich weiß es nicht sicher.

Die Frau am anderen Ende der Leitung hat wie die übrigen Bekannten des ermordeten alten Mannes damals ein Alibi beigebracht. Es wurde von der Justiz akzeptiert. Dass sie die Schriftprobe nicht hat abgeben wollen, erregte keinen Verdacht, und das war logisch. Die Probe war freiwillig. Auch andere hatten keine Lust dazu gehabt.

Marie Lina starrt stumm geradeaus.

Sieht Fragezeichen.

Sie hört das Klicken, dann den Summton.

Nicht oft, gelegentlich. Es geht eine ruhige Befriedigung davon aus, die beinahe an Pflichterfüllung erinnert. Einfach, um es zu tun. Am Haus vorbeigehen, eine Weile stehen bleiben und so tun, als schaue man hinein. Anrufen? Ja, das macht sie auch noch manchmal. Sie sagt dann einfach ihren Namen. Die Fragezeichen stören sie nicht mehr. Einmal, irgendwann zu Beginn eines neuen Sommers, wird am anderen Ende nicht sofort aufgelegt. Ohne zu zögern, sagt sie daher noch einmal ihren Namen, worauf ungeniert, wie die normalste Sache der Welt, auch ein Name genannt wird.

»Mevrouw Wroude.«

Oh. Aha.

Marie Lina, Tochter von Louise B., reagiert nicht, nicht einmal emotional. Eigentlich kann sie nichts Besonderes daran finden. Als ginge es sie nichts an, hört sie, wie die beiden Namen einander einen Moment lang entgegenatmen und dann, wie in gegenseitigem Einverständnis, die Verbindung unterbrechen.

Zu Hause läuft alles gut. In der lichten Wohnung in Schalkwijk wohnen drei Menschen von glücklichem Naturell, der Vater, der Sohn und die trauernde Mutter. Auch der Hund Sjaak ist ein glückliches Tier. Ruhig lebt die Familie auf den Tag der tätlichen Auseinandersetzung hin.

Seit dem Anruf, bei dem sie Klazien Wroude ihren Namen nannte, hat Marie Lina besonders viel an ihre Mutter denken müssen. Eine Frage ließ sie nicht los. Mama, warum? Wie konntest du diesen Leuten nur die Geschichte erzählen, die sie bereits im Kopf hatten, aber aus deinem Mund noch einmal hören wollten? So will ein Kind, dass man ihm vor dem Einschlafen vorliest. Das Kind kennt seine Lieblingsgeschichte bereits, will sie aber trotzdem laut hören. Nur dann ist sie wahr.

In dieser Zeit ist ihr nicht viel anzumerken. Marie Lina umsorgt ihren Mann, ihren Sohn, den Hund und ihre Patienten auf der Intensivstation des Diakonissenhauses in Haarlem. Äußerlich traurig oder fröhlich, das ist egal, weint sie innerlich um ihre Mutter und vor allem um sich selbst. Wo, im Labyrinth ihres Herzens, ist ihre Wut von der Spur abgekommen?

Zweimal ist sie Klazien Wroude in deren Wohnort Katwijk auf der Straße nachgegangen. Einfach, um sich die Erscheinung einzuprägen und sich vor ihr zu grausen. Sonst nichts. Beide Male waren viele Leute auf der Straße. Marie Lina folgte einer ganz gewöhnlichen, kräftig gebauten älteren Frau mit Einkaufstasche bis zum Supermarkt an der Visserijkade und sah sie hineingehen. Bei den Hunden neben dem Fahrradständer wartend sah sie, wie sie mit einer vollen Tasche wieder herauskam. Wenig, wovor man sich hätte grausen müssen. Beim zweiten Mal, an einem grauen, feuchten Tag, ging sie noch einen Schritt weiter und folgte ihr in ein Bekleidungsgeschäft, in dem ein Räumungsausverkauf stattfand.

Die Regale und Kleiderstangen waren proppenvoll. Inmitten der anderen Kunden verborgen folgte sie der Frau – die, nicht zu vergessen, Klazien Wroude hieß – auf dem Fuß. Wollte man einen der Pullover mit Zopfmuster und Norwegermuster herausziehen, so musste man die anderen Pullover mit recht viel Kraft beiseitedrücken. Marie Lina sah, wie die starke Frau einen Pullover erbeutete. Sie drückte ihn an ihre Brust, während sie sich umdrehte und nach einem Spiegel Ausschau hielt. Der hing an einem Pfeiler ganz in der Nähe. Marie Lina huschte zusammen mit ihr hinter einen Kleiderständer. Aus wenigen Metern Entfernung sah sie, wie die andere sich den Pullover mitsamt Kleiderbügel an die Schultern hielt, über dem Mantel, um zu prüfen, wie er ihr stand. Würde sie die heimliche Betrachterin im Spiegel nicht bemerken?

Wie wenn man durch die Ritze in einem Fensterladen späht, du siehst alles, die andere sieht nichts. Marie Lina schaute direkt in zwei kleine missbilligende Augen. Erst waren sie rund, aufgerissen, dann zugekniffen wie bei jemandem, der etwas schonungslos taxiert. Selbstporträt. Das wie jedes Selbstporträt nicht den Betrachter ansieht, sondern nur das Modell. Zielgerichtet, ohne Psychologie. Bleistift oder Pinsel in der ausgestreckten Hand. Was drückte es in diesem Fall aus? Marie Lina sah eine aus tiefstem Herzen kommende Abscheu, Feindseligkeit und Verachtung: Größe falsch, Farbe falsch, sechzig Prozent Lambswool falsch, made in China falsch.

Sie sah, wie die Frau den Pullover über die Kleiderstange warf und resolut in die Herrenabteilung stapfte.

Der frische Seewind ließ sie frösteln, als sie ins Freie trat. Sie sog ihn tief ein. Über Noordwijkerhout und Heemstede fuhr sie nach Schalkwijk zurück und war rechtzeitig zu Hause, als Olivier aus der Schule kam. Auch Rinus tauchte wenig später auf. Nach dem Essen fuhren sie und Rinus zur Arbeit, sie hatten beide Nachtdienst. Rinus nahm das Auto, Sjaak durfte mit. Marie Lina fuhr mit dem Bus. Hortense, die Ex-Schwägerin von Rinus, war bereits gekommen, um auf Olivier aufzupassen.

SIE NIEDERZUSCHLAGEN WAR WUNDERBAR

Der Tag, an dem sie zur Tat schreitet, hätte nicht strahlender sein können. Die Sonne steht an einem wolkenlosen Himmel, eine Brise weht vom Meer her, höchstens Windstärke zwei, alles blüht. Rosen, Geißblatt, Weißdorn, Kastanien, Klee, Gras, für jedes Geschöpf ein Duft nach seinem Geschmack. Am frühen Nachmittag stellt Marie Lina das schmutzige Geschirr ins Spülbecken. Sie nimmt den Bus nach Schiphol und steigt dort in den Zug nach Amsterdam Hauptbahnhof. Ihr gegenüber sitzt ein magerer Halbwüchsiger, der beim Lesen eines Buches in der Nase bohrt. Als er aufschaut und ihren Blick trifft, lächelt er ihr spöttisch-freundlich zu, ohne vom Nasebohren abzulassen oder es auch nur ein wenig zu tarnen, im Gegenteil. Sie lächelt verständnisvoll zurück und schaut wieder hinaus. Hätte die Sonne nicht geschienen, wäre am Himmel ein riesiger Regenbogen zu sehen gewesen.

Im Amsterdamer Hauptbahnhof laufen jede Menge junger Leute mit riesigen Rucksäcken herum. Marie Lina, die vorhat, in den Negen Straatjes ein paar Verlegenheitseinkäufe zu tätigen, trägt über ihrem weißen T-Shirt nur eine Umhängetasche. Im Strom der Reisenden schwimmt sie in dem labyrinthischen Bahnhof zum östlichen Ausgang mit.

Dann ist sie draußen. Sieht Staub, hört schweres mechanisches Bohrgerät, spürt eine gewaltige Erschütterung – danach nichts mehr. Auf der anderen Seite der Baugrube sieht sie Klazien Wroude auf sich zukommen. Alles Geräusch verstummt. Überzeugt, auch selbst verstummt und wie festgenagelt zu sein, geht Marie Lina schnurstracks auf die Frau zu, die ihr ebenfalls schnurstracks entgegengeht. Die Frauen treffen neben der Spundwand aufeinander. Kniehoch und armbreit trennt sie der Splitt des Arbeitswegs vom Schlammwasser, das tief und schwer dahinter wartet. Noch einen Moment, und die Ältere der beiden wird darin liegen, während die Jüngere sich in einem Rettungsreflex über die Abzäunung beugt und die Ältere deren Hand wütend wegschlägt.

Wer fängt an? Marie Lina saugt ihre Lunge voll. Sie schreit und holt reflexartig aus. Sofort bekommt sie ihren Schlag doppelt und dreifach zurück und beginnt, jetzt ganz bewusst, drauflos zu kratzen und zu dreschen. Tätliche Auseinandersetzungen sind harte Gespräche, die man mit einem Gegner führt. Klazien Wroude tritt Marie Lina ein paarmal kräftig an die Knie, lässt es aber zu, dass diese sie mit beiden Händen an den Haaren packt. Zwei blindwütige Teufelinnengesichter, die einander im Abstand einer Faustlänge anschauen. Weißglühend vor Wut keucht Marie Lina der anderen direkt ins Gesicht, was sie schon fast ein Leben lang gegen sie auf dem Herzen hat. (In Wahrheit: pervertierte Liebkosungen, verschlüsselte Anagramme, für jemand anderen gedacht. Wie konntest du nur, Mama?)

Da! Da! Da!

Es kommt keine Antwort, zumindest nicht in Worten, doch Mienen können viel schneller sprechen als Zungen. Marie Lina glaubt ihren Augen. Geständnis. Ende jeden Zweifels. *Verrecken soll sie!*

Auf dem Baugelände vor dem Hauptbahnhof schlagen zwei Frauen wie Furien aufeinander ein. Zwei Zebrastreifen weiter beginnt es dem amorph dahintrottenden Strom der Reisenden endlich aufzufallen. Die Ältere der beiden umklammert die Jüngere mit aller Kraft. Die Jüngere stößt die Ältere von sich. Irgendwann sinken sie wie *eine* Gestalt direkt auf den Baugrubenrand. Aus der Entfernung sieht es nach einer Umarmung aus. Oder als wären sie sich einig geworden. Als hätten sie gemeinsam beschlossen, diese bestimmte Fracht, ein scheußliches, von dicken Stricken umschnürtes Ding, *jetzt* rückwärts in die stinkende Tiefe zu stürzen. So! Fort damit!

Auf der Rückfahrt nach Haarlem ist es ruhig. Kein Rucksack weit und breit. Erstaunlich, findet Marie Lina, denn es ist ein Schnellzug mit dem Endziel Zandvoort aan Zee, und es ist ein schöner Tag. Auf dem Bahnhof Sloterdijk steigt ein drahtiger alter Mann mit Strohhut ein und nimmt ihr gegenüber Platz. Er nickt ihr zu, wartet einen Moment, bis er durch einen Blick nach draußen feststellt, dass der Zug wieder fährt, und sagt: »Was für ein schöner Tag.«

Als habe das eine etwas mit dem anderen zu tun.

Um Interesse zu bekunden, wirft auch sie einen Blick auf das, was draußen vorbeizieht.

»Ja, genau! Ein sehr schöner Tag.«

Der Mann lässt seine neugierigen Blicke von ihr zu den Feldern und dann wieder zu ihr gleiten.

»Alles sehr trocken dieses Jahr«, meint er ergeben wie ein alter Bauer.

Darüber denkt sie schweigend nach.

Als er sich am Bahnhof Halfweg wieder erhebt, laut Fahrplan der Niederländischen Bahn nur vier Minuten später, hat sie das Gefühl, eine ganze Zeit mit ihm gereist zu sein. Sie blickt ihn freundlich an.

»Kommen Sie gut nach Hause«, wünschen sie sich gegenseitig.

Jetzt lehnt sie den Kopf an das Polster zurück. Der Kind-Teufel, zu den schrecklichsten Dingen imstande, fühlt sich nach den Anstrengungen des Tages leer. Sie sieht das Land ganz gemächlich vorbeigleiten. Leere Zeit ist träge Zeit. Als an der Grenze von Haarlem die Felder erscheinen, auf denen man früher die Wäsche bleichte, denkt sie schon die ganze Zeit an das gerahmte Foto daheim auf dem Geschirrschrank. Sie hat es erst vor Kurzem dort hingestellt. Louise. Ihre Mutter, bevor sie ihre Mutter war. Die lächelnd auf etwas blickt, das sich seitlich vom Objektiv befinden muss. Jung, nicht fügsam, aber doch kooperativ, denn sie will auf dem Foto hübsch aussehen. Hübsch *ist* sie, die Louise. Die klaren hellgrünen Augen, mit denen sie etwas sieht, das ihr sichtlich gut gefällt, sagen: Mein Leben, und ob! Oh, was wird noch alles geschehen?

Der Zug fährt langsamer und hält an. Marie Lina steigt aus, geht die Bahnhofstreppe hinunter, überquert den Platz zur Haltestelle, wo der Bus nach Hoofddorp mit Zwischenstopp in Schalkwijk bereits wartet. Sie setzt sich im hinteren Teil des halbvollen Busses auf einen Fensterplatz. Die Tür schließt sich zischend, der Bus fährt los. Sie lässt sich zurücksinken. Der Tag ist vorbei. Sie spürt, wie eine vollkommene Mattigkeit über sie kriecht, eine Schwere, die alles umfasst, was heute geschehen ist, und dazu alles, was dem heutigen Tag vorangegangen ist. Sie streckt die Beine bis unter den Vordersitz aus. Alles in ihr lässt los, zieht sich zurück, bis auf das Gesicht der jungen Louise, das sie jetzt ansieht, die Augenbrauen hochzieht und fragt: »Wie ich das nur konnte? Warum ich gestand?«

ES WAR DIE NACHT.
DIE NACHT?

Sie hatten die Tür hinter mir geschlossen. Ich blieb stehen, wie lange, weiß ich nicht, stocksteif, versunken in dem Bewusstsein, dass ich mich in einer Polizeizelle befand, ohne die geringste Ahnung, warum. Es war totenstill. Dann begann ich mich umzusehen, auf der Suche nach Geräuschen. Nichts zu hören ist offenbar eigenartiger, als nichts zu sehen. Der Raum, in dem ich stand, war klein. Auf einem Betonpodest lag eine Matratze, im rechten Winkel dazu war eine weitere Betonfläche mit etwas bedeckt, das wie ein Stuhlkissen aussah, direkt neben der Tür stand eine Metalltoilette, und an der Decke, in einer Ecke, hing eine schwarze viereckige Armatur mit weißen Glühfäden. Von dort kam das Licht in der Zelle.

Stille, Anhalten der Zeit und eine schreckliche Traurigkeit. Ich hatte keine Ahnung, wie lange das dauerte, aber irgendwann ging die Tür auf.

»Wer sind Sie?«, fragte ich.

Die uniformierte und bewaffnete Frau, die jetzt eintrat, schien mir irgendwie bekannt, aber woher? Einmal war ich auf meiner Berini bei Rot über die Ampel gefahren und angehalten worden.

Die Frau hatte einen blonden Pferdeschwanz, breite Schultern und antwortete nicht.

»Sie haben an die Tür gehämmert«, sagte sie.

»Können Sie mir sagen, warum ich hier bin«, antwortete ich.

Sie reagierte nicht, ließ nur ihre Blicke umherwandern, wie

um zu kontrollieren, ob sich alles in vorschriftsmäßiger Ordnung befand. Mir ging auf, dass sie meine Bewacherin sein musste. Ihrem Blick folgend entdeckte ich in einer Vertiefung im Beton, auf dem die Matratze lag, ein Kissen und eine zusammengefaltete braune Decke. Die Außenluft kam, wie ich jetzt sah, durch die Öffnung herein, die einen knappen Meter seitlich von der Lichtarmatur angebracht war, davor war ein zur Hälfte aufgeschobenes Gitter.

Die Wärterin deutete auf einen Knopf neben der Tür. Sie hatte die Tür ein Stück offen gelassen.

»Ich zeige es Ihnen noch einmal«, sagte sie. »Wir möchten hier kein Getrommel. Sie können klingeln, wenn etwas ist.«

Durch den Türspalt sah ich eine Gestalt vorbeigehen und roch sofort, dass sie rauchte. »Bringen Sie mir bitte meine Zigaretten!«, rief ich ihr nach und sagte dann, wieder zu der Wärterin: »Ich hätte gern meine Uhr zurück.«

»Das ist nicht erlaubt.«

»Ich möchte wissen, wie spät es ist.«

Sie streckte den Arm aus und blickte auf die Innenseite ihres Handgelenks.

Zehn vor zehn.

Sie ging wieder und zog die Metalltür hinter sich zu. Ihr Gesicht erschien noch einmal kurz in der Türluke.

Die Zeit blieb völlig unbestimmt. Als die Tür wieder aufging und ein Mann hereinkam, hätte das genauso gut eine Sekunde nach dem Weggang der Wärterin sein können wie nach Ablauf einiger Tage. Der riesenhafte Mann, hochrot im Gesicht mit grauem Schnäuzer, gab mir ein Zeichen, mitzukommen. Es war nicht weit. Nur ein paar Schritte hinter ihm her.

In dem kleinen Raum, ich wusste sofort, dass es ein Verhörraum war, direkt gegenüber der Zelle, wartete ein zweiter

Mann, wie der andere in Zivil. Jackett aufgeknöpft, leicht vorgebeugt an einem Schreibtisch, zog er meinen Blick mit seinem sofort an sich und hielt ihn fest. Augen hart, blau, voller Vorkenntnisse. Er wusste, wer ich war.

»Nehmen Sie Platz.«

Ich fragte mich, wo, und sah mich um. Der große Mann kam bereits mit einem Stuhl, den er mir auf meiner Seite des Schreibtischs hinschob, das heißt mit dem Rücken zur Tür. Danach ging er um den Schreibtisch herum und setzte sich neben seinen Kollegen. Die beiden musterten mich jetzt gemeinsam. Der mit den blauen Augen sagte nochmals: »Nehmen Sie Platz«, wartete, bis ich es getan hatte, und sagte dann, er sei der Kriminalbeamte van Altijd, sein Kollege sei der Kriminalbeamte Rood, und ich sei die Mörderin Louise Bergman. Sie seien hier, sagte er, um mein Verbrechen zu rekonstruieren, sich mein Geständnis anzuhören und zu Protokoll zu nehmen beziehungsweise maschinenschriftlich festzuhalten.

Ich sah die kleine Schreibmaschine, die vor dem Kriminalbeamten Rood auf dem Schreibtisch stand. Grau, bescheiden und eifrig. Zwischen mir und van Altijd lagen vollgetippte Papiere, flankiert von den Armen des Ermittlers, die wie um einen Teller mit Essen ausgestreckt waren, die Fäuste mit der offenen Seite nach oben, als wartete er darauf, dass jemand ein Messer und eine Gabel hineinstecke.

Van Altijd begann, mir Fragen zu stellen – ich wusste nicht, was ich sagen sollte –, Fragen, so sinnlos, dass er die naheliegenden Antworten selbst gab.

»Um wie viel Uhr?«

Ich starrte ihn an.

Kurz nach achtzehn Uhr.

»Wann?«

Ich sagte nichts.

Am fünften November dieses Jahres.

»Warum?«

Ich schlug die Augen nieder.

Habsucht und Panik.

Van Altijd schlug mit der Hand auf den Schreibtisch. Mein Herz machte einen Satz. Was geht hier vor sich, in Gottes Namen?

»Hallo, hallo, denk mal nach! Hat Mijnheer Mesdag die Tür selbst geöffnet oder hattest du einen Schlüssel?«

Noch immer sagte ich kein einziges Wort. Mein Herz beruhigte sich wieder. Mein Gesicht erschlaffte. Ich begann mich zu fühlen, als säße ich da ganz allein. Als ballte der Mann auf der anderen Seite des Schreibtischs vergeblich die Fäuste, hämmerte mir vergeblich ein, dass wir über eine Wahrheit sprachen, die nicht allein die seine war, sondern auch und vor allem die meine, die meine! Die er, koste es, was es wolle, ans Licht zu bringen und, wie das Gesetz es verlange, in einem Protokoll festzuhalten hatte.

So ging das eine Weile weiter, anonym, wie auf einen Anrufbeantworter gesprochen. Dann seufzte van Altijd hörbar. Er rutschte etwas tiefer auf seinem Stuhl und sagte fast verträumt: »Lassen Sie sich ruhig Zeit. Wir haben den ganzen Tag und die ganze Nacht zur Verfügung.«

»Ja«, antwortete ich leise und bestätigend.

Ohne mich mit dem Blick loszulassen, angelte er seine Zigaretten aus der Jacketttasche und zündete sich sorgfältig eine an. Er inhalierte tief, fixierte mich weiterhin, auch als er den Aschenbecher zu sich heranzog und die Zigarette bereits nach der Hälfte wieder ausdrückte. Dann schoss er hoch und begann, mich tief zu beleidigen.

Ich sah auf seinen sich bewegenden fleischigen Mund. Dieser Mund war ein wilder Mann. Er befand sich eine Handbreit von meinem Gesicht entfernt und faszinierte mich restlos. Es war unmöglich, ihn nicht anzusehen. Er brüllte, gellte, schrie, packte meine Gedanken, untersuchte sie, knetete sie und packte sie wieder, allesamt, alle meine Gedanken, die so schrecklich wahr waren, so hundertprozentig wahr, er packte auch meine Augen, meine Ohren und meine beiden Arme, um sie hinter meinem Rücken zusammenzubinden.

Meine Tochter, ich sage dir: Es war die reine Magie. Ich gehörte ihm. Festgeheftet an die kreisende, feucht glänzende Zunge in der Höhle seiner Lippen trank ich in mich hinein, was van Altijd mir über mich selbst beibrachte.

»Ja, ja, ja ...!«, unterbrach ich ihn, als der Punkt des Unhaltbaren erreicht war. Worauf alles verstummte.

Stille, schwer von optimistischer Erwartung. Jetzt denken zwei Kriminalbeamte von der Polizeidienststelle Haaglanden, sie seien so weit, und sogar ein ganzes Stück früher als erwartet. Da verbirgt die Tatverdächtige das Gesicht in den Händen und jammert los: nein, nein! Was für ein Theater. Ärgerliches Weiberspektakel eines Geschöpfs, dem man mühsam klargemacht hat, dass es ein dummes, hinterhältiges, beschränktes, dickes, schwitzendes, schwachköpfiges, von Geburt an einfältiges, von Geburt an hässliches, von Geburt an verlogenes und nochmals: ein dickes, viel zu dickes Miststück ist.

Die Wärterin brachte mich in die Zelle zurück.

Und holte mich wieder heraus, für mein Gefühl nur einen Augenblick später, um von van Altijd und Rood im Dienstwagen nach Katwijk gebracht zu werden und dort die Wohnung meines ermordeten Arbeitgebers in Augenschein zu nehmen.

Als wir ausstiegen, roch ich die Kiefern, das Meer, es ging eine sanfte Brise, und ich sah spielende Spatzen auf dem Bürgersteig. Abscheulicher Tag. Im dritten Stock gaben sie mir den Schlüssel und bestanden darauf, dass ich ihnen Mijnheers Tür aufschloss. Ich gehorchte ihnen in allem. Nur: Was wollten sie denn nun genau, was sollte ich in Mijnheers Wohnung sehen und ihnen erzählen?

Schon bald wieder im Auto auf dem Rückweg zur Polizeidienststelle konnte ich ganz aus der Nähe, dicht an meiner Haut, spüren, wie sauer sie auf mich waren. Nicht nur van Altijd, auch der dicke Nacken von Rood dünstete das heftige Verlangen aus, mir eine Tracht Prügel zu verpassen. Sie schwiegen die ganze Strecke, sprachen auch miteinander kein Wort. Wieder im Verhörraum, ging es jedoch von Neuem los, und ich bekam von zwei Seiten zu hören, wie und womit und in welcher Raserei ich mich an Mijnheer Mesdag vergriffen hatte. Stetig tröpfelte das alles, schwer und grauenhaft, in meine Augen, Hände und mein Gehirn. Wie war das nur möglich? Hatte ich das, wie sie mit Sicherheit zu wissen angaben, wirklich alles getan?

Die ganze Zeit über hatten eine Thermoskanne Kaffee, ein Schälchen Zuckerwürfel, ein Kännchen Sahne, Tassen, Löffel und ein Aschenbecher auf dem Tisch gestanden. Van Altijd und Rood gossen sich Kaffee ein, zündeten sich Zigaretten an, ließen den Rauch in meine Richtung treiben und begannen mich, weil mir wieder nichts Besseres einfiel als loszuheulen, genau wie beim letzten Mal fertigzumachen. Als sie damit durch waren und mich in die Zelle zurückbringen ließen, schien es mir alles in allem tatsächlich sehr wahrscheinlich, dass mein Mann nie mehr etwas von einer Frau wie mir, einem Lügenmaul, würde wissen wollen und bereits ein Auge auf eine andere geworfen hatte. Und weil es nichts Unwahres gibt, das sich nicht in etwas Wahres verwandeln kann, glaubte ich auch, dass du, Marie Lina, gerade neun geworden, mit einer Mutter aufwachsen würdest, die unter ihrem Hals, an einer kurzen Kette, ein kleines Schild trug, auf dem stand: lebenslänglich.

Dem endlosen Tag folgten weitere endlose Tage, aus denen wie in einem Film alles, was nicht unmittelbar mit den Vernehmungen durch van Altijd und Rood in Zusammenhang stand, herausgeschnitten schien. Eine irrsinnige Leichtigkeit erfasste mich. Mein Schlafbedürfnis beherrschte alles, aber ich schlief nicht. Dass es Nacht war, merkte ich, wenn die Wärterin mich anwies, das Bettzeug aus dem Spalt im Beton herauszuholen und über die Matratze auszubreiten, wonach das Licht in der Zelle sehr schnell erlosch. Ich fummelte noch an der Decke herum und legte mich rasch hin. In der tiefen Finsternis kehrte der Tag zu mir zurück. Umschlich mich im Dunkeln, packte meinen Kopf und drehte ihn in Richtung der ewig schlecht gelaunten Herren van Altijd und Rood, die mir in einem fort mit der Behauptung in den Ohren lagen, dass ich bereits ein paar Schecks zur Bank getragen und eingelöst hätte. Die beiden waren mir noch immer böse, ich kannte sie nicht anders. Doch jetzt hatte ihre Verärgerung eine kalte, gleichgültige Form angenommen. In scharfem Ton setzten sie mich davon in Kenntnis, dass die Fälschung von Mijnheers Unterschrift auf den Schecks dem Schriftsachverständigen unwiderlegbar meine Linkshänderschrift verraten habe. Nächtliche Träume waren es, körperlos, die mich wie einen Hund keuchen ließen.

JA, DIE NACHT BRACHTE MICH
GANZ DURCHEINANDER

Einmal – draußen toste ein starker Sturm – sah ich, als ich bei Tage in den Vernehmungsraum kam, einen jungen Mann auf dem Stuhl neben meinem am Schreibtisch sitzen. Seitlich, mit übergeschlagenen Beinen. Er erhob sich. Gab mir, groß, schlank und in einem eleganten Anzug, die Hand, was mir kurz den Atem raubte. Als wir beide saßen, bot er mir eine Zigarette an. Er gab mir Feuer. Nie zuvor hatte ich die Verwirklichung eines Wunsches so intensiv gespürt. Ich inhalierte fassungslos, in Trance vor lauter Glück, und kippte um.

Meine Ohnmacht hatte wohl nur einen kurzen Moment gedauert, denn als ich wieder zu mir kam, fand ich mich in den Armen des jungen Mannes wieder, der dabei war, mich auf meinen Stuhl vor dem Schreibtisch zu hieven. Er fragte, ob ich vielleicht eine Tasse Kaffee wolle.

»Ja, bitte«, sagte ich, schwindlig.

Auch jetzt stand alles wieder bereit, für zwei Personen, und außerdem gab es ein Schälchen mit Minisirupwaffeln. Ich nahm den Kaffee entgegen, schüttelte aber den Kopf, als er mir die Waffeln anbot, denn ich konnte sie noch nicht einmal anschauen, ohne dass mir übel wurde. Der junge Mann, der sich als mein Anwalt vorstellte, nahm wieder Platz. Er legte die Fingerspitzen aneinander und begann, mir meine Chancen im bevorstehenden Prozess zu erläutern.

Ich hörte, so gut ich konnte, zu und sah mich dort sitzen. Die Welt war durchsichtig und sehr stürmisch. Ich saß in einem kleinen Raum mit einem Fenster, dessen Scheiben klapperten wie das Gebiss eines Kranken, der täglich magerer wird und dem ich, seine Pflegerin, nur noch etwas flüssige Nahrung verabreichen kann. Alles in diesem Raum war von einem Mangel an Festigkeit geprägt, nicht jedoch an Schwingungen, Illusionen, Stimmen. Haben Sie etwas gesagt, Mijnheer?

Nachdem meine Ohren jede Menge Obgleichs, Soferns und Abers aufgefangen hatten, merkte ich, dass der junge Mann, verärgert, wie es schien, meinen Blick suchte.

Er hüstelte.

Ja?

»Meine Erfahrung aus dem letzten fast hoffnungslosen Prozess, in dem ich die Verteidigung übernommen hatte, Mevrouw, wird Ihnen sicher zugutekommen«, sagte er.

Ich schenkte ihm ein Lächeln, denn er endete mit einem Seufzer, der mir ein wenig kläglich vorkam.

Dann bat er mich, meine Geschichte zu erzählen. Meine Geschichte? Sehnsüchtig warf ich einen kurzen Blick auf meine ausgedrückte Zigarette im Aschenbecher, die mir wegen meiner Ohnmacht abgenommen worden war und die ich nicht zurückbekommen würde. Daraufhin erzählte ich sie, meine Geschichte. Stammelnd und ohne auch nur ein Wort zu glauben. Denn die Wirklichkeit, die hier im schönen Anzug vor mir saß, entging mir nicht, keinen Moment lang.

Auch er weiß, dass ich es getan habe.

Als ich schwieg, begann der junge Mann, mit den Fingern auf dem Schreibtisch zu trommeln. Nach einigem Nachdenken (deutlich erkennbar) sagte er: »Ich muss Sie leider darauf aufmerksam machen …«

Oh nein! Bitte nicht! Es kam ganz plötzlich. Blitzschnell drückte ich die Hand auf meinen Mund.

»… dass Sie in polizeilichem Gewahrsam bleiben müssen, bis Ihr Fall vor den Richter kommt.«

Aber das Erbrochene steckte schon zu hoch. Es wieder hinunterzuschlucken ging nicht mehr, es ergoss sich bereits in meine Mundhöhle. Ich beugte mich weit vor, machte den Hals lang.

Ein gefangener Mensch begreift die Logik bestimmter Regeln sehr viel schneller als ein freier Mensch. Man muss das erlebt haben, um es zu verstehen. Jeden Tag stand ich, ohne Einwände zu erheben, in einem Kabuff neben dem Korridor unter der Dusche. Dass die Klapptüren freie Sicht auf meine Beine ermöglichten, machte mir nichts aus, eingepasst wie ich war in das Arbeitsschema, das ich hier mal »die Wahrheit« nennen möchte. In meiner Zelle bekam ich Wasser, Tee, an Kaffee traute ich mich nicht ran, und dreimal am Tag einen Teller Essen – zweimal kalt, einmal warm –, von dem ich ein paar Bissen nahm, die ich, hoffte ich, vertragen würde. Trotzdem musste die Wärterin mir einmal einen Eimer Seifenlauge und einen Putzlappen bringen. Ich hatte zwei Türen zur Welt. Die eine war die Zellentür, die führte zu van Altijd und Rood, die andere war die Nacht.

Du willst wissen, meine Tochter, was denn um Himmels willen in mich gefahren war, dass ich eines Morgens, kaum ging das Licht an, unverzüglich eine Erklärung abgeben wollte?

Es war die Nacht. Die Nacht, die diesem Morgen voranging. Die so gewitzt war und nicht nur die Gabe besaß, den Tag zurückzuholen, das hatten sie alle, damals, in der Zelle, sondern auch, eine Folge von Bildern daraus zu machen. Alle Antworten, auf die ich während der Vernehmungen nicht gekommen war, wusste ich in dieser Nacht. Alles, was ich von dem Mord, den ich begangen hatte, vergessen hatte, förderte diese Nacht wieder zutage, während ich auf meiner Matratze auf dem Betonpodest lag. Wie eine Kröte setzte sie sich auf meinen Bauch. Wie eine Schlange wand sie sich abwärts und bot mir ihre gespaltene Zunge dar. Kooperiere, Louise. So langsam wirst du deinen Mann doch wohl wiedersehen wollen?

Oh bitte! und *wie* ich das wollte.

»Und mich, Mama?«, fragst du jetzt natürlich.

»Dich nicht – nein. Dich nicht.«

»Wäre das zu schlimm gewesen?«

»Ja, Marie Lina. Das musst du verstehen.«

Ich rollte mich auf die Seite, schlang die Arme um meine Knie und sah aus der Finsternis heraus zu, wie und wo alles geschah. Dunkelheit mit ihrer typischen Kraft der Klarheit. Wie in einem Film konnte ich meinen eigenen Auftritt betrachten. Aufnahme für Aufnahme sah ich, wie ich es machte, ich, ein Gespenst von einer Frau, Erinnerungen winkten wie Blinklichter am Ende eines Tunnels, wo ein paar Männer im Schichtdienst noch arbeiten, unter einem schweren Berg. Sie war dabei, durch diesen Tunnel zu rennen, mit langen Schritten, besessen von dem Wunsch nach Aufklärung und dem Wunsch, davon zu berichten. Oh bitte, berichten, alles genau erzählen! Ich platzte vor Worten. Worte in meinem Herzen, in meinen Ohren. Meine Brustwarzen wurden hart. Heftige Ungeduld. Wo blieb der Morgen? Irgendwann, vor langer Zeit, ging hier doch das Licht an?

Ich schirmte meine Augen mit dem Arm ab.

»Sie haben geklingelt.«

»Ja.«

»Was wollen Sie?«

SIE HÄTTEN MICH KÜSSEN MÖGEN.
SIE HÄTTEN MICH UMBRINGEN MÖGEN

Gestehen. Ja. Ich gestand an jenem Morgen. Ich hatte mein Bettzeug in die Spalte geschoben, ich hatte geduscht, mich reingewaschen, fand das an einem Morgen wie diesem vielleicht ganz angebracht, wollte aber keine Zeit mit Essen und Trinken vergeuden. Danke für das Tablett mit den Broten, ich passe. Ich konnte es kaum erwarten. Wo blieben van Altijd und Rood? Die Wärterin war damit einverstanden, dass ich für dieses eine Mal im Vernehmungsraum auf sie wartete. Sie trug mir meinen Tee hinterher. Bald schon traten die beiden Beamten ein, ziemlich eilig, wie ich fand. Sie hauchten ihre Fingerspitzen an, als wären sie halb erfroren, und nahmen mir gegenüber Platz. Van Altijds Gesicht war leicht blaurot gefärbt von der frischen Luft. Ich beugte mich ein wenig zu ihm vor und begann sofort mit meinem Geständnis, aber er sagte: »Warte.«

Gemeinsam sahen wir zu, wie Rood ein Blatt in die Schreibmaschine spannte.

Also fing ich noch einmal von vorn an. Chronologisch von den ersten Details an erklärte ich, dass ich am Freitag, dem fünften November, nach der Arbeit wieder zu Mijnheer Mesdags Wohnung zurückgekehrt sei. Ich sagte, ich hätte die Wohnung schätzungsweise eine Viertelstunde zuvor, nach getaner Arbeit, verlassen. Es sprach sich ganz leicht, merkte ich, was vielleicht gar nicht so abwegig war, denn ich sah die Wirkung meiner Worte, schon bevor ich sie aussprach, vor Augen. Alles stand fest, einfach weil alles so geschehen war. Die beiden Treppen, die ich zur dritten Etage der Wohnanlage hinaufging. Die Tür mit dem altmodisch kleinen Briefschlitz. Auch hatte ich natürlich meinen Plan, mein heimliches Vorhaben, das mir im Kopf steckte. Als ich klingelte, so erklärte ich, war es ungefähr halb sieben am frühen Abend. Ja ja, ich klingelte, ich benutzte keinen Schlüssel. Mijnheer öffnete und bat mich herein.

Ich weiß noch, dass van Altijd mir so aufmerksam in die Augen schaute, dass er fast entsetzt wirkte. Rood tippte nur. Mit einer Präzision, als befände ich mich noch in dem seltsamen Tunnel, in dem in der zurückliegenden Nacht ein Licht nach dem anderen angesprungen war, erzählte ich weiter, bis zwei Paar Ohren die ganze Geschichte gehört und zwei Hände sie in die Maschine getippt hatten. Noch bevor sich mein Bericht zu den Gräueln des Mordes bewegte, spürte ich schon, wie sanft und liebevoll die Atmosphäre geworden war.

»Ja?«, sagte van Altijd beschwörend, sanft, als meine Erinnerung plötzlich abbrach und ich kurzzeitig ziellos im Nichts trieb.

»Er fand es nicht schlimm, dass ich es tat«, sagte ich kurzerhand. »Er lächelte.«

»Also Mädel, jetzt erzähl mal keinen Unsinn. Jemand, der, ähm, stirbt, lächelt nicht.«

»Er schon.«

Wie hatte ich das gleich noch mal hingekriegt? Das große Problem war, dass ich es wirklich nicht wusste und mir auch nicht vorstellen konnte, wie das nun genau ging, jemanden zu erwürgen.

Gequält sah ich van Altijd an.

»Oh, um Gottes willen …«

Aber der blieb so ruhig wie ein weiser Onkel. Er überließ

mir die Sache mit dem vollsten Vertrauen. Alles lief doch gut jetzt? Seine ganze Gegenwart versicherte es mir. So fand ich den Faden wieder. Wurde eine der keineswegs imaginären Frauen, die die Welt der groben Gewalt betreten hatten. Ich bot ein paar Dinge auf. Sprach von meinen Händen, die tatsächlich stark und muskulös sind, redete von Mijnheers Ledergürtel – keine schlechte Idee, merkte ich an der Miene meines Vernehmers, aber auch nicht ganz richtig –, woraufhin mir der Einfall logisch und akzeptabel erschien, dass ich an jenem kalten Tag auf meiner Berini einen warmen Schal getragen hatte.

Wir seufzten alle drei, als ich fertig war – ich hatte den Schal bereits von Mijnheers Hals gelöst und wieder um meinen eigenen gelegt. Ich hatte die Wohnanlage verlassen, ohne von jemandem gesehen worden zu sein.

Sie legten die vollbeschriebenen Seiten wie Kostbarkeiten vor mich hin, drei an der Zahl. Trunken von all den Worten, die aus meinem Mund gekommen waren, sah ich mich um, auf der Suche nach einem Stift.

»Ich muss doch unterschreiben, oder?«, sagte ich zu van Altijd.

Er schenkte mir ein breites Lächeln, senkte dabei kurz den Blick.

»Erst lesen.«

Gut. Der Form halber ließ ich meinen Blick angelegentlich über die Zeilen wandern und wusste genau: Die Worte, die da standen, würden mir guttun. Ja, Lineke, auch wenn es dich schockiert – *guttun*. Ich bekam einen Stift, ich unterschrieb und zog bald danach an einer köstlichen Zigarette, die van Altijd für mich angezündet und mir liebevoll gereicht hatte, vor mir eine Tasse Kaffee und ein Luxusbrötchen mit Himbeermarmelade, das prima runterging und dort auch blieb. Ich spreche von einer unbändigen Erleichterung. Ich spreche von der kreativen Kraft von Worten.

»Darf ich jetzt meinen Mann sehen?«

Auch van Altijd und Rood rauchten gemütlich.

»Vielleicht am späten Nachmittag«, versprach van Altijd. »Wenn du beim Untersuchungsrichter warst, um deine Aussage zu bestätigen.«

Dies alles geschah am Freitag. Es war vormittags, höchstens elf Uhr, als ich erschöpft in meine Zelle zurückkehrte und lediglich an eines denken konnte.

Schlafen … Nur schlafen …

Ich hörte es wie ein Lied in meinem Kopf.

Ich ließ mich auf die Matratze fallen. Ausnahmsweise war man bereit, entgegen den Vorschriften das Licht aus- und die tiefe Dunkelheit für mich wieder einzuschalten. Die Wange irgendwo auf dem Beton, sank ich in einen blinden Schlaf.

Kein Erwachen … kein einziger Traum …

Die Welt bestand aus vollkommener Bettruhe.

Doch irgendwann meldete sich dann natürlich der Tag. Man musste mich an den Armen hineinziehen. Man tätschelte meine Wangen. Ich hatte mich nicht ausgezogen, das machte es leichter. Man schob meine Füße in die Schuhe und half mir in den Mantel. Da war ich wieder ganz bei mir.

Im Auto auf dem Weg zum Justizpalast wurde mir klar, es war Freitag, der sechsundzwanzigste November. Der Wärter sagte es mir. Ich sah die Häuser, die Bäume, die Radfahrer im kalten Wetter und begriff auf einmal, dass ich erst fünf Tage in Haft war. Wir kamen beim Justizpalast an. Ich wurde vorgeführt. Nachdem der Untersuchungsrichter hinter seinem Schreibtisch mit klarer Stimme meine Anwesenheit festgestellt hatte, begann er, mir aus den Papieren vorzulesen, die man ihm vorgelegt hatte. Er war klein und mager, mit leicht indonesischem Einschlag, ich unterbrach ihn schon bald.

»Ich nehme alles zurück.«

Er schwieg und sah interessiert auf, erst durch seine Brille, dann über ihren oberen Rand hinweg.

»Ich widerrufe meine Aussage, weil ich … ja, also weil ich unschuldig bin.«

Am Nachmittag war ich wieder im Verhörraum der Dienststelle Haaglanden. Van Altijd und Rood, gerade eben noch nicht ins Wochenende gestartet, waren bereits telefonisch informiert worden. Wütend kamen sie herein. Die Hölle ging von vorn los, wirklich bis zum Verrücktwerden. An diesem Tag bis neun Uhr abends, bis beide Beamte wegen des Wochenendes dringend zu ihren Familien mussten, danach für mich allein: Freitagabend und -nacht, Samstag und Sonntag Tag und Nacht, bis ich am Montagmorgen wieder gegenüber den beiden Platz nahm, um meinen Widerruf zu widerrufen.

Mich gab es nicht mehr.

Bis auf eine einzige, ekelhaft schmutzige, dreckige Sache.

Meine Geschichte.

III

ICH HABE DIE TAT BEGANGEN

Die Festnahme in der Mozartstraat in Schalkwijk verläuft reibungslos. Den beiden Polizisten, in Zivil, aber bewaffnet (Pfefferspray, durchgeladener Revolver im Halfter), wird von einem Hund und einem Jungen (in niedlichem Schlafanzug) geöffnet. Dürfen wir kurz reinkommen? Ja, bitte sehr. Der Junge will den Mann und die ihn lieb anlachende Frau ins Wohnzimmer führen, aber als sie sagen, sie würden lieber nach oben gehen, hat er auch nichts dagegen. Den Hund und den Jungen auf den Fersen steigen die beiden die Treppe hinauf. Die Festzunehmende, Marie Lina Caspers, geborene Bergman, liegt noch, die Arme fest um ihren Mann geschlungen, im Bett. Sie versteht sofort. Auch dem Mann, Rinus Caspers, scheint der Grund für die Morgenvisite auf Anhieb klar zu sein. Rasch aus den Federn, packen sie gemeinsam ein paar Sachen in eine Tasche und gehen hinter dem Festnahmeteam die Treppe hinunter. Hinter ihnen wieder der Hund und der Junge.

Unten beraten sich Rinus und Marie Lina kurz. Soll er sie begleiten? Marie Lina denkt nach und schüttelt den Kopf. Es erscheint ihr doch besser, dass er als Vater an einem Tag wie diesem zusammen mit seinem Sohn frühstückt und ihn verabschiedet, wenn Olivier um acht Uhr in die Schule radelt. Rinus nickt. Er versteht das. Hätten sie es früher gewusst, dann hätten sie seine Schwägerin, Hortense, gebeten, sich um das Kind zu kümmern. Das tut sie öfter. Sie übernachtet dann im kleinen Vorderzimmer.

Die beiden Polizisten stehen auf der Kokosmatte an der

Haustür. Bevor Marie Lina sich ihnen ausliefert, kämmt sie sich vor dem Spiegel die Haare.

Sie lässt sich Zeit dabei.

Fragt vielleicht den Spiegel, ob er weiß, wer sie ist oder bisher war.

Rinus umarmt sie von hinten. Sie drückt ihre Wange an ihn.

»Ich habe es getan«, sagt sie leise.

»Ja«, bestätigt er.

Sie sind glücklich miteinander.

Zwölf Jahre lang sind sie nie, keinen einzigen Tag, voneinander getrennt gewesen.

Gut, auch einen Monat später, vor Gericht, gibt Marie Lina ohne Zögern zu, dass sie es getan hat. Am Ende der Sitzung erhebt sie allerdings Einspruch gegen die Formulierung des Urteils, das nicht allzu hart ausfällt. Es lautet auf Totschlag. Drei Jahre Gefängnis ohne Bewährung unter Anrechnung der Untersuchungshaft. Außer der Sache mit der Mutter, so das Gericht, müsse noch ein weiterer mildernder Umstand berücksichtigt werden. Die Tatsache, dass in der tätlichen Auseinandersetzung zwischen ihr und der anderen Frau ein gewisses Maß an Selbsterhaltungstrieb mitgespielt habe.

Marie Lina ist damit nicht einverstanden.

Ohne Rücksprache mit ihrem Anwalt, der sich gewaltig für sie ins Zeug gelegt hat, führt sie an: »Es war Mord. Vorsätzlicher Mord.«

Und hält gegenüber der Justiz auf ärgerliche Weise daran fest.

»Ich habe mein ganzes Leben lang an nichts anderes gedacht.«

Sie ist nicht mehr zu Hause. Rinus weiß es, wenn er selbst zu Hause ist, und er weiß es bei der Arbeit. Er weiß es auch, und zwar in besonderem Maße, wenn er sie unter wachsamen Blicken im Gefängnis besucht. Marie Lina sitzt nicht wie ihre Mutter in der Justizvollzugsanstalt Bijlmer. Abgesehen von einer Gruppe trauriger Wracks, die täglich psychologische Unterstützung brauchen, ist das Frauenhochhaus nicht mehr als solches in Betrieb. Rinus fährt einmal die Woche in die Strafanstalt für gemeinschaftstaugliche Frauen in Zwolle.

Was soll er ihr sagen? Er kommt nicht gleich auf die Idee, wie im Bett, wenn er sich an ihre Wärme schmiegt, eine Bemerkung über die Vögel zu machen. Im Übrigen fragt sie in dieser Situation auch nicht nach den Bussarden und Gänsen. Jedenfalls nicht zu Beginn. Miteinander zu sprechen geht für beide besser, wenn sie allein sind.

»Marie Lina!«, murmelt er, als er bei Sonnenaufgang auf dem Drie Merenweg von Schiphol nach Hause fährt. Frag mich nicht, warum, aber ich muss gerade an den riesigen Ochsen denken, der mit dem Hinterteil zu uns auf der Wiese lag. Während eines langen Spaziergangs waren wir beim Naturgebiet rund um das Epilepsiezentrum De Cruquiushoeve gelandet. Es war Sommer. Ungefähr zehn Meter von dem Ochsen entfernt standen drei Kühe mit ihrem Nachwuchs. Sie waren jung, schön, stolz und aufmerksam. Wegen ihrer Kälber kamen sie nicht zu uns. Schauten sie her? Und ob sie zu uns schauten. Der Ochse konnte ihnen gestohlen bleiben. Weißt du noch, wir stellten uns vor, wie das schwere Viech angetrottet gekommen war, kurz gewartet hatte, gedacht hatte: *hier*, und sich mit seiner Fleischmasse ins Gras hatte plumpsen lassen. Die gekrümmten weißen Hörner unversehrt auf dem Kopf. Das Maul in den Brombeerranken. Von dort starrte es vor sich hin und gelegentlich auch zur Seite, wo wir standen, so dachten wir, obwohl man das an dem einen verschleierten Auge auf unserer Seite nicht zweifelsfrei erkennen konnte. Das Wetter war warm und schwül. Fliegen. Weißt du noch, wie über dem gigantischen Hinterteil voller Matsch und Lehm ein ziemlich kleiner Schwanz herumschlug, um die Fliegen zu verjagen?

Nur ich weiß, wie du aussahst, als du dich entlang dem Stacheldraht zu der Stelle mit den Brombeersträuchern gezwängt hast. Wie du dein Sommerkleid aus den Dornen gezupft, den Stacheldraht leicht niedergedrückt und dich zu dem Ochsen vorgebeugt hast, um irgendetwas Liebes zu ihm zu sagen.

Marie Lina! Ich weiß auch noch, was du leise zu ihm gesagt hast: »Guter Junge. Der Normalzustand des Lebens ist Glück. Letzte Woche habe ich in einer Zeitschrift gelesen, ein Geschöpf, gemeint war ein Mensch, kann nicht glücklich sein, außer es ist ihm bewusst. Scheint mir ziemlicher Unsinn zu sein, lieber Ochse. Und wo ich dich hier so liegen sehe, fällt mir dazu noch etwas ein. Ich glaube, man kann auch, sehr wohl sogar, *nicht* besonders glücklich sein, ohne es zu wissen.«

Wir gingen zurück, nach Hause. Die roten Backsteinwände des Epilepsiezentrums brieten in der Sonne. Ich schaute zu einem am Himmel segelnden Habicht, der seinerseits auf eine Maus am Boden schaute. Deine Augen folgten meinen Augen. Wie könnten sie für sich existieren? Obwohl dich meiner Meinung nach eher die Frage beschäftigte, was wir am Abend essen sollten. Lamm, Schaf, Kuh. Oder lieber einen frischen Salat mit sauren Gurken und Thunfisch? Unter unserem kümmerlichen Bäumchen, das seine schweren Birnen trotzdem jedes Jahr wieder festzuhalten versteht, bis sie ausgereift sind, würde ich den Tisch decken.

Rinus biegt jetzt langsam in die Mozartstraat. Zeit genug,

schnell noch zu denken: dein Morgenmantel mit den roten Blumen, dein im Wind hochfliegender Rock, deine Jungmädchenlippen, Dankbarkeit, Fröhlichkeit, deine Schritte auf der Treppe, dein Abscheu vor Regenwürmern, die sich morgens auf der Terrasse winden und auf die du lieber nicht treten möchtest.

Er parkt und steigt aus. Sieht sein Haus schräg gegenüber. Meine Litanei an dich. Nicht nötig, meine ferne Marie Lina, das alles in deinem und meinem Gedächtnis aufzufrischen, aber man kann es streicheln und Freude daran haben.

Es ist still, aber keineswegs leblos im Haus. Und eigentlich auch nicht wirklich still. Rinus streichelt Sjaak und lässt ihn erst mal gewähren. Der Hund versucht, alles zu erschnüffeln, was er in dieser Nacht wieder verpasst hat. Öfter als früher lässt Rinus den Bordercollie jetzt daheim. Grund: Marie Linas Abwesenheit. Zweck: Gesellschaft für den schlafenden Olivier. Je mehr pochende Herzen im Haus, umso besser, sagt ihm sein Vatergefühl.

Selbstverständlich wird der Junge keine einzige Nacht allein gelassen. Als Rinus auf Socken die Treppe hinaufgeht, um sich im Badezimmer die Zähne zu putzen und dann durch die Zwischentür ins eheliche Bett zu schlüpfen, kommt er an dem kleinen Vorderzimmer vorbei, in dem Hortense schläft. Sie lässt die Tür immer angelehnt. Das mag übertrieben sein, aber Hortense nimmt ihre Aufgabe, auf ein Kind aufzupassen, sehr ernst. Obwohl sie normalerweise tief und fest schläft (wie viele alleinstehende Menschen), ist das anders, wenn sie Olivier hütet. Sicherheitshalber möchte sie einen möglichst direkten akustischen Kontakt zur Dachgeschosstreppe haben und zu allem, was im Haus vor sich geht. Sie hört Rinus nach Hause kommen. In Ordnung, Hortense dreht sich auf die Seite, *ein* Ohr ist jetzt genug für eine weitere Dreiviertelstunde besonders köstlichen Schlafs. Dann wird sie aufstehen, um den Sohn, den der liebe Gott ihr zu guter Letzt doch noch anvertraut hat, sanft wach zu stupsen.

Hortense Caspers, geborene Buenternera, ist eine mittlerweile in die Breite gegangene, aber immer noch schöne Karibin, die den bemerkenswerten Lebensumstand ertragen hat, nacheinander jeden der drei Söhne ein und derselben Familie als Geliebten und Ehemann zu verlieren. Der einzige Mann dieser Familie, der sie nie und nimmer verlassen wird, ist der Vater.

MEIN LIEBLING, MEINE TOCHTER

Es war zwischen zehn und elf Uhr abends.

Über der dunklen N 44 zuckten Schneeblitze am Taxi vorbei, in dem der alte Caspers seine Tochter Hortense (seine von seinem Sohn Willem verlassene, aber nicht offiziell geschiedene Schwiegertochter) nach Hause brachte. Sie hatten im Vergoldeten Schwan, in den er sie häufiger einlud, sehr gut gespeist und blickten nun von der Rückbank aus still ins nächtliche Dämmerlicht.

Auf der Straße war nur wenig Verkehr. Und der Fahrer ließ es ruhig angehen, ohne eine Geste, geschweige denn ein Wort zu viel. Welch ein Genuss für die beiden, Papachen und Hortense, wie aus einem kleinen Salon heraus die Felder zu betrachten, die sich kahl und über wie unter der Erde von allem entblößt vor ihnen erstreckten. Die Blumenzwiebelflächen sahen aus wie sorgsam ausgebreitete Decken. Vielleicht weil sie im Mantel waren, der alte Mann hatte sogar den Kragen aufgestellt, schien es, als hätten sie den ganzen Abend noch hautnah bei sich und hielten ihn warm.

»Findest du es nicht etwas zu kühl?«, fragte der alte Herr und hob schon die Hand, um der Gestalt auf dem Vordersitz auf die Schulter zu klopfen. »Möchtest du es vielleicht ein bisschen wärmer haben?«

Ach nein. Für sie war es so gerade richtig. Als Hortense ihm ihr Gesicht zuwandte, er saß links von ihr, wurde es von einem gerade entgegenkommenden Fahrzeug hell wie von einem Blitzlicht beschienen. Einen Augenblick lang sah er sie genau so, wie er sie zu Beginn des Abends gesehen hatte. Völlig überrascht war er gewesen, überfallen von ihrer lebendigen Wirklichkeit, als sie auf einmal vor ihm stand.

Ah, Hortense, Hortense!

»Papachen!«

Wie immer hatte er überpünktlich im Restaurant auf sie gewartet und sie in Gedanken bereits erscheinen sehen, bevor sie erschien. Wie sie in ihrem weiten Mantel aus dem Bus stieg, die Kreuzung überquerte und dann eilig, federleicht, wie man es bei stärkeren Frauen häufiger sieht, die Treppe zur Restauranttür heraufstieg, die von selbst aufschwang. Als sie dann aber plötzlich leibhaftig vor ihm stand, war er fast erschrocken aufgesprungen. Er hatte sie bei den Schultern gefasst, um sie eingehend zu betrachten. Ihr rundes Gesicht zwischen dem vollen blauschwarzen Haar, das ihr bis über die Schultern fiel. Der Schneegeruch, den sie ausströmte. Die paar schmelzenden Flocken auf ihrem Mantel mit dem nach außen getragenen Lammfell. Sie knöpfte ihn zwar auf, ließ den einige Meter hinter ihr stehenden Restaurantleiter jedoch noch einen Augenblick warten.

Umgeben von leichter Musik hatten sie Platz genommen.

Während des Essens kam das Gespräch auf Willem. Er war ihr vor nunmehr fast zwei Jahren abhandengekommen, ja, im wahrsten Sinne des Wortes, an dem Tag, an dem sie ihn bis zum Zoll in Schiphol begleitet hatte. Danach hatte sie noch dreimal einen Anruf von ihm erhalten, so im Stil von: Alles gehe gut, sie solle sich keine Sorgen machen, bis eines Tages eine großzügige Regelung für ihren Lebensunterhalt sie über seinen Vater erreichte.

»Ah?!«, rief Hortense aus. Sie griff nach ihrem Glas. »Sie haben einen Brief von ihm bekommen?«

Gleichzeitig mit einem großen Schluck versuchte sie sich blitzschnell eine Vorstellung von ihrem entschwundenen Mann zu machen.

»Und ein Foto«, sagte ihr Schwiegervater.

Sie streckte den Arm bereits aus, die Hand geöffnet. Er tastete in seiner Innentasche.

»Sieht aus wie von einem Straßenfotografen aufgenommen«, sagte er und reichte ihr das Foto.

Hortense betrachtete den langen, mageren Mann, über den Ohren hochrasiertes Haar, in Schlabberhose und einem zu großen offenen Jackett, mit dem sie, falls er es wirklich war, sechs Jahre zusammengelebt hatte. Er stand halb abgewandt auf einem Gehweg voller Tauben, Hände in den Hosentaschen, und sah sie gedankenverloren etwas schüchtern, aber nicht unfreundlich an.

Kann das wahr sein?

Das? Diese Tauben? Dieser Mann?

»Wo um Himmels willen ist das?«, fragte sie mit einer Traurigkeit, durch die dennoch die Leichtigkeit des Augenblicks, die Leichtigkeit des schönen Abends mit Papachen, schimmerte.

»Das kann ich dir sagen.«

Es war die Stadt Mercedes in Argentinien. Willem, längst weitergereist, wie er schrieb, durchstreifte zur Zeit die Gegend, in der der Rio Negro etwa zweieinhalbtausend Meter hoch durch die Anden fließt. Er sei mit dem Zug dort gelandet. Allein und ohne Plan, schrieb er. Die Gleise folgten dem Flusslauf in umgekehrter Richtung und stiegen zu den blauschimmernden Bergketten in der Ferne hinauf. Er schreibe dies aus einem kleinen Ort namens Villanueva. Die Luft dort sei dünn und ewig kalt. Wohltuend, schrieb er. Ich habe es hier gut. Die

Menschen lebten von einer unzähmbaren Rasse wilder Schafe, die sie einmal im Jahr zusammentrieben, um sie zu scheren. Die Wolle würde verkauft. Sie sei die teuerste der Welt. Herzliche Grüße an alle. Ich komme vorläufig nicht zurück. Hortense, liebste Frau der Welt, du bist doch nicht böse auf mich, oder?

Hortense beugte sich wie in Trance vor. Sie blickte von ihrem Papachen, der den Brief nicht dabeihatte, sondern lediglich, so gut er konnte, für sie zusammenfasste und möglicherweise ein wenig ausschmückte, auf das Foto. Sie hatte es neben ihren Teller auf die blütenweiße Tischdecke gelegt. Er war es. Willem, ganz sicher.

Einen Augenblick lang bekam sie fast zu viel. Eine zufällige Erinnerung – ein Abend, an dem er spät nach Hause gekommen war – stieg in ihr auf. Es war in ihrem Haus in der Breestraat in Leiden gewesen. Sie am Fenster. Sie sah ihn einparken, aussteigen, sie hörte ihn die Haustür aufschließen und ruhigen Schrittes wie immer die Treppe heraufkommen. Die Praxis war unten, ihre Mietwohnung oben.

»Wie war's?«, fragte sie, nachdem sie sich mit einem Kuss begrüßt hatten. Er kam von einem Zahnheilkundekongress in der Messehalle in Utrecht.

Er lächelte zerstreut. Sie standen im Wohnzimmer, die Tür zum Flur noch offen. Während er sagte, dass es »enorm interessant« gewesen sei, sah er sich im Raum um. Dann, in der Zeit der Erinnerung, hatte sie den Eindruck gehabt, dass er auf die Bücher in der Fensterbank und in Stapeln auf dem Fußboden, den übervollen Zeitungsständer, die Schreibtischlampe, die Obstschale, den Teppich und den bequemen Sessel geblickt hatte, als käme er von einer langen Reise nach Hause zurück und sei froh, dass alles noch so war wie immer. Heute wusste

sie es besser. Der Blick des Heimkehrenden und des Abschied-
nehmenden kann sich in nahezu identischen Nuancen äußern.

»Weißt du«, hatte sie, gerade als er sich wieder zur Tür wenden wollte, gesagt.

»Ja?«

Geduldig wartete er. Schob wie ein gehorsames Kind seine Dusche, seinen Schlafanzug, sein Bett und seinen reglosen
Schlaf neben ihrer Wärme noch für einen Moment auf.

»Wollen wir morgen ins Los Gholos gehen?«

Sie hatte das Erste, was ihr einfiel, gesagt und gleichzeitig
mit einer Kopfbewegung zu einem Prospekt auf einem Stapel
alter Post auf dem Schreibtisch gedeutet.

Er hatte das Blatt genommen und den Staub weggepustet.
Er hatte es sorgfältig gelesen und einen Augenblick darüber
nachgedacht. Eine gute Idee, befand er dann. Ja, warum sollen
wir das nicht mal machen?

Es wurde ein sehr gelungener Ausflug. Ein denkwürdiger
auch, letztlich. Los Gholos war ein Lokal im Pieterskerkkoor-
steeg, in dem jede Woche eine karibische Band auftrat, jedes
Mal in anderer Besetzung. Diesmal waren es ein Banjospieler
und ein Klarinettist. Willem und sie tranken Rum, sie blieben,
bis das letzte Stück gespielt war, und gingen Arm in Arm nach
Hause zurück. Sie in einem roten Kleid unter dem Mantel.
Arm in Arm gingen sie oft, doch diesmal war es anders. Sagte
oder fragte sie etwas, so drückte er ihren Arm fest an sich, und
das war's. Den ganzen weiteren Weg kein Ton. Auch danach,
in jener Nacht, erkannte sie ihn nicht wieder. Im Schlafzimmer zog er sie sofort ins Bett und schob ihr das rote Kleid bis
über die Knie hoch. Er atmete schwer, schwitzte. Es war das
letzte Mal. Heiß und stark vögelte er sie durch. Bis zum Mor-

gen wälzte er sich unruhig neben ihr. Als er im Schlaf schrie und sie sich über ihn beugte, um ihn aus seinem schlechten Traum zu wecken, bekam sie versehentlich einen Schlag ins Gesicht.

Hortense gab das Foto zurück.

»Bitte schön, Papa«, sagte sie aus ziemlicher Ferne.

Ihre Unterlippe bebte, aber nur ganz kurz. Denn es war warm und angenehm in dem Restaurant, und auf der Karte hatte sie unter den Desserts bereits *Îles flottantes* entdeckt. Der Ober näherte sich genau zur rechten Zeit. Er schenkte ihnen nach. Sie prosteten sich zu.

»Aber wovon lebt er jetzt eigentlich?«, meldete sich Hortense noch mal zu Wort.

Auf diese Frage war der alte Paul Caspers längst vorbereitet. Er sagte, ein Kieferorthopäde mit Willems Papieren finde in jeder Praxis der Welt, vor allem aber in einem Land mit einem Haufen reicher Leute immer Arbeit. So lange er wollte, so kurz er wollte, und bestens bezahlt. Selbstverständlich.

Als das Taxi die Geschwindigkeit drosselt und in die Landstraße entlang den Blumenzwiebelhallen biegt, hat es gerade angefangen, stärker zu schneien. Paul Caspers sitzt hellwach neben Hortense. Er findet den Schnee großartig und verliert keinen Gedanken mehr an seinen Sohn, der zwischen wilden Schafen lebt und in Wirklichkeit keinen Cent verdient.

An der Kreuzung De Ruige Hoek kriecht ein Streuwagen auf die Straße und verstreut fächerartig sein Salz.

Wie in einer Kutsche mit einem klapprigen Gaul schaukelt das Taxi in ungefähr zehn Meter Abstand hinterher.

Hortense nickt ein, den Kopf halb an die Rückenlehne, halb an Papachens Schulter geschmiegt. Ob sie vielleicht noch ein bisschen an Willem denkt? Träumen ist kein Denken. Aber was dann?

Wie sie den späten Zug genommen hatten …

Wie sie in Schiphol ausgestiegen waren …

Ihr armer Mann, fast ohne Gepäck …

»Komm, Willem, wir trinken noch einen Kaffee.«

»Nein, nein, ich bin schon eingecheckt.«

»Es ist noch genug Zeit. Komm.«

Sie waren quer durch die Halle gegangen, hatten sich auf diese glatt bezogenen hohen Hocker an einer Bar gesetzt und etwas bestellt. Es war bereits Nacht. An der Bar saßen noch mehr Passagiere für die Billigflüge, die um diese Zeit gingen. Im Spiegel zwischen den Flaschen sah sie, wie schwer es ihm, Willem, fiel, so mit ihr zusammen zu sein. Sie blickte zur Seite. Er spürte das und schaute zurück. Sie entdeckte einen Pickel in seinem Nacken. So etwas hatte er öfter. Um ein Haar hätte sie ihr Taschentuch hervorgezogen, etwas Eau de Toilette darauf gesprüht und den Pickel noch schnell ausgedrückt, jetzt, da es noch möglich war. Doch was er sagte, mit seinem Blick, entging ihr nicht. Geh jetzt, bitte. Beide unterdrückten ein Gähnen. Ein Gähnen aus Nervosität. Sie folgte ihm zur Passkontrolle. Lass bald von dir hören, sagte sie. Er versprach es. Unter den Augen des Grenzbeamten drückte sie ihre Lippen auf seinen starren Mund. Geh nur, mein Lieber. Wegen mir musst du dir keine Gedanken machen. Ich bin unkompliziert.

Worauf er ihr mit einem Winken entschlüpfte.

Es war Viertel nach ein Uhr nachts. Taxis genug, die draußen vor Terminal 1 warteten.

Kurz bevor sie nach Lisse kamen, gab es einen Aufenthalt. Der Streuwagen bremste und hielt. Auch das Taxi hielt an. Der Fahrer drehte sich ein Stück weit zu ihnen.

»Da ist einer in den Graben gerutscht«, sagte er.

Darauf beugte er sich zum Armaturenbrett vor und schaltete, als wäre das in so einem Fall vorgeschrieben, die Stereoanlage ein. Und sofort in voller Lautstärke. Eine prachtvolle Männerstimme füllte den Wagen. Hortense nahm Papachens Hand und tätschelte sie liebevoll. Mit reichlichem Tremolo, wie seit jeher im Amsterdamer Viertel Jordaan, sang die Stimme:

»Jenseits der Biegung liegt ein Weg,
mir noch bestens vertraut.
Ich weiß alles über gestern und auch über morgen.
Ich weiß die Bäume, die Vögel, die treu wiederkehrenden
   Blumen.
All die Schönheit, ich weiß sie auch.
Ich weiß alles über jetzt und auch über morgen.
Komm doch, Liebste, zu mir zurück.«

Gerührt von dem Lied blickten Paul Caspers und Hortense auf das schemenhafte Treiben im Schnee. Der Streuwagen war ein Stück vorgefahren. Fahrer und Beifahrer waren ausgestiegen und befestigten jetzt zusammen mit dem Fahrer des Unglücksautos ein Abschleppseil. Das Fahrzeug ragte mit dem Heck ein gutes Stück aus dem Schilf des Wassergrabens, das müsste also klappen. Schon bald fuhren sie in einer kleinen Dreierkolonne ins Dorf Lisse. Das Taxi am Schluss. Während der Jordaansänger immer noch sang, man hatte ihn nur etwas leiser gestellt, bog das Taxi in die Straße, in der Hortense ein komfortables Appartement bewohnte.

Fußbodenheizung, ein Balkon mit Blick auf die Felder und den weiten Himmel. Eine reizende Wohnung für eine reizende Bewohnerin, die um keinen ihrer Ex-Männer zu trauern schien. Im Gegenteil, konnte man meinen. Auf dem Büfett stand eine Prachtsammlung gerahmter Fotos. Die Familie. Doppelt und dreifach angeheiratet, mit Gottes Segen. Darunter an erster Stelle Olivier, vergrößert und eingefasst in einen Silberrahmen mit kleinen Korallensteinen, die aus dem Riff bei Curaçao stammten. Feuerrot. Als würden sie brennen. Nicht die pfannkuchenblassen, die man bei Sint Eustatius heraufholt.

Paul Caspers ließ das Taxi warten. Er begleitete Hortense bis zur Tür und wartete, bis sie aufgeschlossen hatte. Sie traten nicht in den kleinen Vorraum, sondern verabschiedeten sich draußen. Die Straße war völlig verlassen. Der Schnee fiel dicht. Welche Sanftheit davon ausging! Sie legte ihre Arme um Papachens Körper. Er drückte sie an sich.

»Gute Nacht.«

»Gute Nacht. Grüße an Mama.«

»Mach ich.«

Paul Caspers wartete, bis er oben das Licht angehen sah. Dann ließ er sich, auf seine Bitte hin jetzt ohne Musik, nach Hause fahren.

Dort war alles still und dunkel. Das heißt, nicht ganz. Paul Caspers und seine Frau ließen nachts die Vorhänge offen, sodass der Polder durch die großen Fenster im Haus präsent blieb. Oben, im Schlafzimmer, setzte er sich kurz auf die Kante des Bettes, in dem seine Frau schlief. Obgleich viel jünger als er, war sie hier diejenige, die schnarchte. Aber sie spürte, dass er da war, und stellte das Schnarchen ein.

»Wie war's?«, murmelte sie.

»Gut, gut«, sagte er, mit seinen Gedanken bei etwas Wichtigem, das er noch erledigen wollte.

Auch im Nebenzimmer waren die Vorhänge nicht zugezogen. Der Schreibtisch, vor dem Fenster, stand sozusagen mitten im Schnee. Paul Caspers knipste die Lampe an, setzte sich, zog eine Schublade auf, nahm sein Scheckbuch heraus, schraubte die Kappe von seinem Füller und trug im Namen seines Sohnes ein paar hübsche Beträge ein. Er unterschrieb und schob die Schecks in einen vorgedruckten Umschlag, in dessen rechter oberer Ecke stand, das Porto sei bezahlt. Er lehnte den Umschlag an die Briefwaage. Blieb sitzen und schaute vor sich hin. In der Fensterscheibe schneite es an seinem Schreibtisch und an ihm selbst herab. Mit einem Gefühl des Glücks in der Seele dachte er sicher noch zwanzig Minuten lang nicht daran, sich auszuziehen und ins Bett zu gehen.

UNSCHULD

Er war ihr Kind. Er wurde ihr, als sie fünfzehn war, in den Schoß geworfen, als ihre Mutter mit einer schweren postnatalen Depression in die Sint-Bavo-Klinik in Noordwijkerhout kam. So fing es an. Denn als die Mutter nach fast drei Jahren Hin und Her – mal ein Wochenende zu Hause, mal eine Woche oder mehrere – für immer zurückkehrte, war der kleine Bursche endgültig von der Mutter auf sie übergegangen.

Liebe gab es nicht zwischen ihnen.

Als das Mädchen Klazien sich an dem Morgen, an dem die Mutter abgeholt worden war, über die Wiege gebeugt hatte, traf sie wie ein Pfeil die Erkenntnis, dass etwas Schreckliches in ihr Leben getreten war.

Vier Wochen alt.

Ein Kerlchen, das sich genau diesen Moment ausgesucht hatte, um endlich Blickkontakt zu einem anderen Wesen herzustellen. Große blaue Augen schwenkten misstrauisch in ihre Richtung.

In dem Moment war ihr Vater noch kurz ins Schlafzimmer gekommen.

»Also, Mädel, ich geh.«

Der Erzeuger des Würmchens, das sie jetzt fixierte, als müssten sie beide etwas besprechen, steckte in einem Overall, einer Joppe und lief noch auf Socken. Er war Vorarbeiter bei der Gartenbaufirma Slats in Wassenaar.

»Ja. Geh nur.«

Ohne den Blick vom Blick des Babys zu lösen.

»Die werden in der Schule schon merken, dass du heute nicht kommst.«

»Ja. Das werden sie schon merken.«

Kurz darauf fiel unten die Tür ins Schloss. Stille in und neben der Wiege, allerdings keine angenehme. Das Mädchen blickte auf sein Brüderchen, schauderte und fragte sich, was sie mit ihm anfangen sollte. Eine Frage, bei der sie bereits meinte und wusste: Oh nein, verdammter Mist, was für ein Leben liegt da vor mir!

Das Baby war weniger leidenschaftlich aufgelegt. Es beobachtete. Es studierte das Gesicht seiner Schwester und konnte nichts, aber auch gar nichts darin entdecken, was auch nur im winzigsten Detail mit seinen ursprünglichen Träumen übereinstimmte. Wärme, Pochen, Klopfen, roter Schein hinter den Augenlidern, Tanzen und Wiegen, *das war einmal …* Damit ließ sich nichts mehr anstellen, man konnte es nur noch wie einen toten Lieblingshund in sich begraben.

Das junge Mädchen war wie hypnotisiert durch den Blick seines Brüderchens. Fühlte sich festgenagelt, und vor allem: Abscheu. War bereit, das Kind durchzuschütteln. Stand auf, um sich lieber zu verziehen. Ging mit angehaltenem Atem zur Tür, in der Lunge Sauerstoff sammelnd, ohne zu wissen, dass das Baby, das gerade beschlossen hatte, sich für immer an seiner Schwester festzusaugen, dasselbe tat.

Das Gebrüll ging in dem Moment los, als sie mit den Fingerspitzen den Türknauf berührte.

Sie rannte zur Wiege zurück und begann zu schreien, begann, Versprechungen zu machen.

»Wa! Wa! Wa! Ist jetzt Schluss? Ruhe! Bist du wohl still! Waaaaa! Ich mach dir ein Fläschchen!«

Und das tat sie. Das hatte sie schon hin und wieder getan, es war an sich nichts Besonderes. In der Küche kippte sie einen Messlöffel Pulver in das Fläschchen. Füllte es mit 180 ml abgekochtem Wasser auf. Drehte den Sauger darauf. Sie hielt das Fläschchen unter den Kaltwasserhahn und spritzte zur Kontrolle ein paar Tropfen auf die Innenseite ihres Handgelenks. Sie leckte sie auf. Dann dachte sie nach und schraubte den Sauger wieder ab. Warum? Um zwei verbotene Löffel Zucker hineinzutun.

Oben gellte die Heulsirene unvermindert weiter.

Als am frühen Nachmittag die Haushaltshilfe kam – sie hatte die Tür selbst aufgeschlossen, nachdem sie vergeblich geklingelt hatte –, war es ruhig und still im Haus. Sie fand die Tochter, verkrochen in einer Sofaecke, den Kopf unter einem Kissen begraben. Das Baby, so stellte sich heraus, lag eine Treppe höher mit satten Schweißperlen auf dem Näschen und schlief. Dieses Näschen war so dick, dass es nicht nahtlos in die Stirn überging, sondern mit einer Querfalte.

Das Kind wuchs heran, und seine Schwester wuchs heran, jeder im Tempo seines jeweiligen Alters. Jannert, wie das Kerlchen, das offiziell als Jan Wroude eingetragen war, schon bald genannt wurde, besuchte den Kindergarten, die Grundschule und kam von dort auf die damals noch so genannte Gewerbeschule. Zu einem Abschluss brachte er es nicht. Stattdessen, mit vierzehn, zu einer Vorstrafe. Der unschöne Fall hatte es bis in *De Katwijker* geschafft.

Zwei Jungen überfallen betagten Valkenburger

Ein 73-jähriger Bewohner aus dem Katwijkerweg wurde am Samstagabend gegen 23 Uhr auf dem Fußweg hinter der Marinebasis von zwei Jungen im Alter von 14 und 18 Jahren überfallen. Während der Ältere den Mann festhielt, raubte ihm der Jüngere mit kühler Präzision die Brieftasche. Darin befanden sich vierzig Gulden. Einem auf dem Rad vorbeikommenden Marinesoldaten gelang es, die beiden zu überwältigen. Der Ältere konnte festgenommen werden. Der Jüngere, der zunächst entkam, wurde noch am selben Abend von der Polizei gefasst.

Jannert wohnte zu der Zeit bei seiner Schwester. Die auf ihre Art gutaussehende Frau, der es gerade gelungen war, zum zweiten Mal einen die Brötchen verdienenden Mann für sich zu gewinnen, meldete sich noch vor Tagesanbruch auf der Polizeiwache.

Der diensttuende Beamte, die Nase gestrichen voll vom Nachtdienst, stand ihr Rede und Antwort. Er war so fix und fertig, dass er sich hinsetzte, sie aber stehen ließ.

Klazien lauschte mit der Miene der verlegenen, schockierten Schwester.

»Die gan-ze Nacht …?«, wiederholte sie und beugte sich in ihrem roten Mantel vor, als traute sie ihren Ohren nicht.

»In einer Tour.«

Der Polizeibeamte blickte von seinem Rattanstuhl zu ihr auf. Ein wenig hilfesuchend, so kam es ihr vor. Sie sah, wie er schluckte. Dann erzählte er, dass das Geschrei ihm schließlich zu viel geworden sei.

Aufflackern in ihren Augen.

Er sei in die Arrestzelle gestürmt, um den Jungen zur Ruhe zu bringen.

»Zur *Ruhe* zu bringen!«, sagte er noch einmal. Er sah sie an, als müsse er sie überzeugen.

Sie nickte, neugierig.

Es sei darauf hinausgelaufen, dass der Junge noch viel lauter brüllte und sich so aufregte, dass der Polizist ihm, mit einiger Kraft, wie er zugab, die Arme auf den Rücken gedreht und ihn mit dem Gesicht an die Wand gedrückt hatte.

»Und?«, fragte sie. »War er dann still?«

»Darauf hatte der Rotzbengel anscheinend nur gewartet.«

Ungetrübtes Einvernehmen herrschte zwischen ihnen. Wäre er nicht zu müde gewesen, dann hätte der Polizist ihr wahrscheinlich einen Kaffee aus dem Automaten angeboten. So aber stand er auf und sagte: »Kommen Sie.«

In dem langsam heraufziehenden Morgen waren Klazien und der Bengel, der ihr das Leben vermasselte, nach Hause zurückgegangen.

Sie, in ihrem roten Mantel, dachte: Der Teufel soll dich holen, bitte, der Teufel soll dich holen!

Er, bockig ein Stück vor ihr, dachte: Verpiss dich, Weib.

Man mag es als Wunder bezeichnen, aber nach diesem Vorfall gelang es dem heranwachsenden Jannert ganz gut, nicht wieder in die Fänge der Justiz oder verwandter Behörden zu geraten. Keine Jugendfürsorge, kein Schulpsychologe für den Kleinkriminellen, aber bereits einen Monat nach seinem achtzehnten Geburtstag, das Prachtdokument eines Führerscheins auf rosa Leinenpapier. Sie, Klazien, war zu der Zeit schon wieder an die drei Jahre ohne Mann, logisch. Wer konnte sich gegen eine Bruder-Schwester-Umklammerung dieses Ausmaßes behaupten? Der etwas lahmarschige Bursche, der es schaffte, jeden Liebesgefährten seiner Schwester wegzuekeln, und die Schwester, die das unbegreiflicherweise (unbegreiflich vor allem für sie selbst) hinnahm?

Herzeleid oder – eigentlich – nicht?

Mit der Zeit verlor sie das Interesse an Männern. Sie hielt elegante Kleidung für Quatsch und suchte sich, als sie eine Brille brauchte, zielstrebig die hässlichste Fassung aus und nicht die hübscheste.

Eines Tages sah es wahrhaftig so aus, als hätte Jannert sich liiert. Als große Schwester konnte sie das natürlich glauben, eine Frau zu finden war normal in seinem Alter, aber andererseits, nein, konnte sie es *nicht* glauben und wollte es auch nicht. Der Einundzwanzigjährige ging zu jener Zeit Gelegenheitsjobs nach, mischte im Gebrauchtwagenhandel mit und kam plötzlich mit einem langen, knochigen Mädchen an, das anscheinend wahnsinnig tierlieb war. Jannert und sie wohnten damals im ersten Stock über einem Möbellager, die Wohnung war über eine schmale metallene Außentreppe zu erreichen.

Nie würde sie den Einzug vergessen.

»Reina«, tat Jannert beim Eintreten kund. Und wies, weil er die Arme voller Sachen hatte, mit dem Hinterkopf zu dem Mädchen, das mit zwei angeleinten Hunden und einer großen flauschigen Katze in einem Korb die Treppe heraufbalancierte. Sie alle zogen in Jannerts Zimmer, das klein war, aber einen Balkon ohne Geländer hatte. Dort konnte das Katzenklo mit der in Fetzen gerissenen *Zeekrant* stehen. Klazien setzte Wasser für Tee oder Kaffee auf.

In jener Nacht lauschte sie den Wutausbrüchen, mit denen Jannert und seine Freundin das Jaulen und Bellen der Hunde und die Schreie der Katze zu dämpfen versuchten. Noch vor dem Morgengrauen hörte sie, wie die ganze Bagage das Haus wieder verließ. Sie hörte Jannerts Auto starten und im Regen wegfahren.

Das Paar blieb drei Tage weg und kehrte mit einem großen Karton zurück, in den Luftlöcher gestochen waren.

Nie sollte Klazien erfahren, was sich darin, still, ohne die geringste Lärmbelästigung, befunden hatte. Das bekam einen Tag später nicht einmal der Antwerpener Polizeiobermeister heraus, als er den verbotenen Handel auf dem Tiermarkt in Mol auf Video festhalten wollte. Die Reichspolizei musste ihm zu Hilfe eilen, als er, einen zehnköpfigen Schlägertrupp auf den Fersen, über den Platz rannte.

Wie macht man schwarze Hunde weiß, titelte die Tageszeitung *Trouw* in derselben Woche, in der Klazien ihren Bruder aufforderte: »Jetzt erzähl mal.«

Beim Kaffeetrinken, daheim, am späten Vormittag.

Er sah sie unglücklich an, was schon mal was heißen wollte. Er hustete und klopfte seine Taschen ab.

»Da.«

Sie warf ihm ihre Zigaretten zu.

Er zündete sich eine an.

Es war kalt in der Wohnung. Der Heizkessel machte mal wieder Sperenzchen. Wahrscheinlich musste nur das Wasser bis zur Marke eins nachgefüllt werden, aber Jannert hatte an diesem Morgen noch zu nichts Lust gehabt.

»Wir hatten von ein paar Wasserschildkröten gehört«, sagte er, und nach einer Pause: »Aussterbende Tiere.«

»Aussterbende?«, fuhr Klazien auf. »Was soll das jetzt wieder heißen?«

»Seltene. Teure. Fast nicht zu kriegen. Die wirste in no time fürs Dreifache los.«

Er seufzte, halb betrübt, halb berechnend.

»Wir hatten auch von einer schönen Partie Welpen gehört. Ohne Rechnung natürlich. Brauchste bloß hier in den Niederlanden impfen lassen, ins Register eintragen und fertig.«

Sie starrte ihn böse an.

»Du hast sie nicht mehr alle, Mensch. Wo ist Reina?«

»Die hat 'nen anderen. Mit 'nem Lieferwagen.«

Sie sah auf ihre Uhr und stand auf.

»Jetzt hör mal gut zu, Jannert.«

Sie lächelte unfreundlich.

»Ich geh jetzt zur Arbeit. Wenn ich zurückkomme, läuft die Heizung.«

Klazien arbeitete zu jener Zeit als Fußpflegerin bei einem Podologen in der Tramstraat, der eine Koryphäe in der Anfertigung von Einlegesohlen für Senkfüße war. Einziger Nachteil: Weil der Fuß auf so einer Sohle höher liegt, ein paar Millimeter reichten schon, bildeten sich häufig Hühneraugen auf den Zehen, vor allem auf den mittleren. Im Entfernen dieser Dinger war nun wieder Klazien eine Koryphäe. Ungerührt wie ein Chirurg steuerte sie ihre Hände. Mit sterilen Instrumenten pulte sie die harte Oberhaut ab und arbeitete sich Schicht um Schicht durch das oft reichlich fließende Blut, das ihr nichts ausmachte, zum Kern vor.

Im darauffolgenden Sommer geschahen ein paar erfreuliche Dinge. Bruder und Schwester Wroude wurde von der Gemeinde eine Sozialwohnung zugewiesen. Noch in der Woche der guten Nachricht bezogen sie das Haus, Zoutmanstraat 60, zu dem als einzigem in der ganzen Reihe ein Schuppen in ziemlich gutem Zustand gehörte. Das andere Erfreuliche war, dass Jannert angesichts dieses Schuppens nachzudenken begann. Sein eigentlich noch junges, vom Alkohol allerdings bereits schwammiges Gesicht bekam gerade durch diese Schwammigkeit etwas Philosophisches.

Sie, Klazien, merkte das. Sah, wie er in den Schuppen ging und sich an der Nase zupfend wieder herauskam, hörte ihm zu, als er sagte, er wolle die oberirdische Stromleitung neu verlegen, finanzierte das Vorhaben, stellte ihm aber keine Fragen. Zum Teil einfach so. Warum sollte man seine Gründe immer so genau kennen müssen? Zum Teil, weil noch etwas Erfreuliches im Gange war. Ihre eigene kleine Praxis wuchs. Inzwischen gab es in den Seniorenappartements hinter dem Zeeboulevard noch drei weitere neue Kunden mit alten Füßen.

So kam es, dass im Schuppen unter einem ausgebesserten Dachfenster vor dem Herbst eine Werkbank mit einem Schraubstock stand und, als es Winter wurde, ein gebrauchter Ölofen, der noch ganz ordentlich funktionierte. Jannert war dabei, zusammen mit einem ehemaligen Klassenkameraden von der Gewerbeschule eine Schreinerei plus Reparaturbetrieb zu gründen.

Einmal wollte er spätabends etwas Ernstes mit seiner Schwester besprechen.

Klazien war müde, meinte, sie bekäme schon Hitzewallungen, wollte ins Bett, schenkte sich aber doch ein Glas Wein ein. Jannert war bereits mit größeren Mengen zugange.

»Was denn?«, fragte sie, ihm gegenüber in der Sitzecke, den Sofatisch zwischen sich.

Er starrte aus dem Fenster. Die großen Käseleinentücher hingen damals noch nicht davor.

»'ne Partie gutes Holz ... Teak, Eiche ...«, brummelte er.

Sie folgte seinem Blick. Straße, Häuser, ein Radfahrer. Alles unter einem nassen Novemberhimmel.

»Und 'ne gute Kreissäge, 'ne günstige Gelegenheit, wir haben eine Dewalt TS 20 im Auge ...«

Sie trank und nickte.

»Ein Sägetisch, so einer mit einer breiten Arbeitsplatte ... ein Trockensauger ...«

Ohne sie auch nur einen Moment anzusehen, betete er seine Liste weiter herunter, inklusive solchen Kleinkrams wie Schaber, Hobel, Klemmen, Zapfenbohrer, Schieblehren … Klazien, ungläubig aufgewachsen, begann fast, eine Vorstellung davon zu gewinnen, was ein Gebet war.

Als er sie dann endlich ansah, hatte er sie um keinen einzigen Cent gebeten. Genauso wenig hatte er ihr, an seinen Fingern, auch nur das Geringste vorgerechnet.

Sie sah sein besorgtes dickes Gesicht, voller Sehnsucht nach Geld.

Und hörte aus ihrer Kehle eine Stimme, die sie nicht kannte, sagen: »Ich denke, ich kann noch was auftreiben, irgendwo.«

WAS MUSSTEN SIE AUCH PLÖTZLICH AUFTAUCHEN, MIJNHEER?

Zehn nach sechs. Sie betrat die Eingangshalle, in der es beruhigend trubelig war. Sie trug ihren grauen Wintermantel, ihren Kaschmirschal und hatte die hässliche Brille auf der Nase. Dicht an der Wand entlang, rechts von den Leuten, begab sie sich zum Treppenhaus. Die letzten Tage hatte sie über ihren Plan kaum nachdenken müssen, und das tat sie auch jetzt nicht. Dieser Raub war vollkommen in Ordnung. Am Dienstag war sie auf die Idee gekommen, einfach so, vielleicht aus einer Erkenntnis heraus, vielleicht aus dem tiefsten Inneren ihrer Schwesterrolle. Auch so etwas, was man nicht unbedingt wissen muss. Doch am Morgen darauf, nach dem Gärungsprozess der Nacht, fand sie ihre glorreiche Eingebung noch besser als am Abend zuvor, und das war so geblieben. Heute stand die kleine Expedition fest, als habe sie sie schon hinter sich und als sei sie ganz nach Drehbuch verlaufen. Ein Dummejungenstreich. Mit dem sie niemandem schadete und schon gar keinem alleinstehenden alten Herrn mit einem Haufen Geld auf der Bank.

Sie erreichte den dritten Stock. Klingelte. Mijnheer Mesdag öffnete die Tür.

»Ah?«

Der alte Herr zog natürlich eine verwunderte Miene, denn was wollte sie heute hier. Höflich, wie er war, trat er jedoch beiseite, ließ sie herein und schloss die Tür, schloss sie beide ein. Vom Flur sind es nur ein paar Schritte bis ins Wohnzimmer. Bruno Mesdag folgte ihr zum Ort des Geschehens, wo Klazien ihm erzählte, weshalb sie schnell mal vorbeigekommen war.

Er hörte auf eine Weise zu, die zu ihm passte und kennzeichnend für ihn war. Oberkörper leicht vorgebeugt. Das gute Ohr, das linke, ihr zugewandt. Alte klarblaue Augen, geneigt, das Freundliche der Dinge zu sehen. Sein kariertes Jackett hing ihm locker um die Schultern, doch weil seine Füße keine Pantoffeln mochten, trug er Lederschuhe. Sein vorletztes Porträt.

»Na, die werde ich aber erst mal suchen müssen«, sagte er.

»Lassen Sie sich Zeit«, antwortete Klazien, während sie sich den Mantel aufknöpfte, denn in Alteleutewohnungen ist es immer sehr warm. »Ich genieße inzwischen den Blick, den Sie hier auf diesen wunderschönen Abendhimmel haben!«

Bruno ging mit ihr zum Westfenster und schaute ebenfalls hinaus. Mondlicht im November. Zart und kalt.

Dann kehrte er ihr den Rücken und ging durch die Zwischentür ins Schlafzimmer, um in dem beengten, dunklen Schuhabteil des Schranks die längst ausrangierten Einlegesohlen auszugraben, die sie mit etwas merkwürdiger Eile, wie er fand, für ihn so anpassen lassen wollte, dass sie sich für seine empfindlichen Füße wieder eigneten. Seien wir ehrlich. Warum diese kurzen, läppischen Spaziergänge? hatte sie argumentiert. Mühelos und bequem ein tüchtiges Stück zu gehen, war das nicht in jedem Alter schön?

Er öffnete die Schranktür und zog einen niedrigen Hocker heran.

In Gottes Namen.

Klazien hatte sich währenddessen dem kleinen Sekretär zugewandt, der im rechten Winkel zum Fenster direkt neben ihr stand. Die Klappe war im Gegensatz zu sonst geschlossen. Sie öffnete sie geräuschlos. Da war die Rolltür, hinter der sich die Schubladen befanden, zwei Stück, derentwegen sie gekommen war. Sie zögerte keinen Moment. Sie war allein, ganz für sich und keinem Menschen Rechenschaft schuldig. Sie schob die Tür hoch und zog eine der Laden heraus. Und zwar, ohne dass ihr Herz heftiger schlug. Als wüsste sie, dass Stehlen bedeutet: wissen, was man tut. Dann sitzt das Herz nicht in der Brust, sondern in den Händen.

Mit einem unerschütterlichen Gefühl von Richtigkeit und sogar von Ehrlichkeit nahm sie das Scheckbuch und trennte sorgfältig drei Schecks mitsamt der Quittungen heraus. Drei, nicht mehr. Sie entfernte sogar die Papierfitzelchen aus der Spirale. Keine Spur mehr zu sehen von den Schecks, die sich hier mal befunden hatten. Sie legte das Scheckbuch wieder dorthin zurück, wohin es gehörte.

Jetzt warf sie einen Blick auf die Zwischentür. So einen waschechten Diebesblick, rasch über die Schulter, in diesem Fall jedoch rein der Form halber, denn sie machte sich nicht die geringsten Sorgen. Dennoch hatten ihr die paar Sekunden ihrer bisherigen Aktion eine feurige Röte in die Wangen getrieben.

Sie hörte nicht das leiseste Geräusch. Das war auch nicht verwunderlich. Vor dem Schlafzimmer kam erst noch das Bad. Um sie herum war Stille und Alteleutewärme und sonst nichts.

Klazien schob die Brille auf ihrer Nase in eine etwas komfortablere Position und zog die andere Schublade heraus, diesmal unter leichtem Anheben, weil sie wusste, so ging es besser. Schubladen, die man ein wenig anhebt, quietschen beim Herausziehen weniger leicht. Während sie die drei Schecks weiter in der linken Hand hielt, vielleicht aus einer fetischistischen

Genugtuung heraus, griff sie nach der Brieftasche. Ein lumpiges Ding. Ein ganz gewöhnliches Ding, in dem Mijnheer Mesdag seine Hunderter bündelweise aufbewahrte, wie sie zufällig einmal gesehen hatte, als er sie im Voraus bezahlte, weil er es nicht kleiner hatte. Es war auch jetzt wieder ein ganzer Stapel. Das sah sie sofort. Aber sie nahm sich nur fünf.

Der Augenblick, der nun folgte, war eigenartig – eigenartig, unlogisch und fatal. War nicht alles gutgegangen? Als Diebin hätte Klazien ihre Beute jetzt nur noch wegstecken, Schubladen und Rolltür schließen, die Klappe des Sekretärs hochklappen, die Ellbogen aufs Fensterbrett stützen und in den Herbstabend spähen müssen, bis Mijnheer sich wieder meldete. Aber sie trödelte. Ließ sich Zeit, die sie sich nicht hätte nehmen dürfen. Sie drehte sich zum Fenster und streckte die Hände ins Abendlicht, um mit dem größten Ernst und höchster Konzentration die Hunderter und die Schecks zu betrachten. Die Zahlen, die vaterländischen Konterfeis, die Vordrucke aus festem Papier mit den punktierten Linien, die der Kontoinhaber nach Belieben ausfüllen durfte. Geld besitzen. Spielraum haben. Spielraum war ein phantastisches Fest, und das Abendlicht half ein himmlisches bisschen dabei. Klazien Wroude sah sich das Werk ihrer Hände und ihres Herzens an und sah, dass es gut war.

Warum dann doch mit einem Mal dieses sehr tiefe Ein- und wieder Ausatmen? Dieses »Still jetzt!«-Sagen zu ihrem Herzen? Dieses »Hämmer nicht so!«? Dieses »Gib jetzt Ruhe!«?

Plötzlich, blitzschnell wie eine Schlange, drehte sie sich zur Zwischentür um.

Die hörbare Außenwelt war mit rückwirkender Kraft eingeschritten.

Da waren Schritte gewesen.

Tödlich aufgeschreckt blickte sie in die eisigen Augen eines Gespensts. Weißes Haar stand ihm wie elektrisch aufgeladen fächerartig um den Kopf.

Mit letzter Kraft ihres gesunden Menschenverstands ermahnte sie sich: Aufpassen! Denk an das Geld! Und schob Scheine und Schecks in ihre Manteltasche.

Verärgert sah das Gesicht sich das an.

Sekunden verstrichen. Sie sah, wie die Augen, fast nur schwarze Pupillen, sich weiteten und nochmals weiteten. Sie lösten sich und trieben aus dem Gesicht auf sie zu.

ZARTES ABENDLICHT. SCHEIN AUS VIOLETTROSA WOLKEN, SANFT AUSGELEUCHTET VOM MOND

»Nein«, flüstert sie.

Aber es ist ja.

Natürlich ist es ja. Eine Tat zurücknehmen, das gibt es nun mal nicht. Die Tat ist geschehen. Die Täterin hatte dem alten Herrn in einer Anwandlung von Abscheu einen wütenden Stoß versetzen wollen, wieder zurück mit ihm ins Badezimmer. Weg mit diesen Hyänenaugen, marsch, baah!, rein in den Käfig!

Das hatte sie im Bruchteil einer Höllensekunde beschlossen, aber die Tat beschloss es anders. Mijnheer machte einen Schlenker, sein Schädel knallte erst gegen die eine Wand im Durchgang, dann gegen die andere und kam nach dem Aufschlag auf der Badezimmerschwelle zur Ruhe.

Oh …!

Tot?

Das lässt sich nicht so schnell feststellen. Sie hört kein Wimmern oder Jammern. In dem engen Zwischenraum zwischen Wohn- und Badezimmer ist das Gesicht nicht zu erkennen. Zartes Abendlicht bescheint eine Gestalt, die rücklings, die verdrehten Füße zu ihr, den Durchgang versperrt. Sie kann keinen Schritt dorthin setzen, um nachzusehen, was da Fürchterliches geschehen ist. Schrecksekunden lähmen sie. Dann packt sie Mijnheer, den sie schon nicht mehr als solchen betrachtet, bei den Fußknöcheln und schleift seinen Körper, der ihr tiefen Abscheu einflößt, ins Wohnzimmer. Ihr Mantel hängt offen, die beiden Schalenden baumeln neben ihrem Gesicht herab.

Jetzt also: Wie geht es ihm?

Sie weiß es nicht, sie weiß es wirklich nicht, sie hat noch immer nicht nachgeschaut. Nicht schauen heißt nicht wissen heißt nichts ist geschehen. Nicht in ihrem Beisein zumindest, und nur das zählt. Nicht schauen heißt mit dem Rücken schauen. Der hat keine Augen. Sie macht ein paar Schritte, von seinen Füßen zum Kopf, und bückt sich tief, sie schiebt ihre Hände unter seine Achseln in dem hochgerutschten Jackett und beginnt, ihre Last, die sich nicht bewegt und nicht reagiert, wegzuschaffen. Sie schleift den Körper am Sekretär vorbei, dessen Klappe offen geblieben ist, Rolltür und Schubladen desgleichen, am Kamin vorbei mit der Uhr, an der ein frankierter Umschlag mit einer New Yorker Adresse lehnt – *Liebe Tochter, alles geht gut* –, bis zum frisch gesaugten Perserteppich unter dem Esstisch mit den vier Stühlen, von denen zwei einander innig zugewandt sind. Es gibt keinerlei Sinn oder Grund für diese ziemlich schwere Schlepperei. Sie tut es einfach. Unbeschwert von jeglichem Nachdenken entledigt sie sich der Aufgabe, als folge sie einem Befehl, logisch wie in einem Traum. So einem, in dem strikter Gehorsam verlangt und geleistet wird. Zwischen den eingewobenen roten und blauen Vögeln auf einem Grund aus schneeweißer, fleckabstoßender Wolle lässt sie den Körper sinken und starrt ihn an. Sie erkennt Mijnheer. Frisches rotes Blut hebt sich vom weißen Altmännerhaar ab. Der hindurchschimmernde Schädel ist rosa wie bei einem Baby. Die Augen sind geschlossen.

Nur verletzt oder –?

Es ist sehr warm und sehr still um sie herum. In der Stille spürt sie, wie der Abend von außen durch die Fensterscheiben in den Raum drängt. Der Abend draußen vermischt sich mit dem Abend hier drinnen. Der Lichtkreis der Schirmlampe fällt auf die Zimmerdecke und auch auf den Lehnsessel darunter mit der Kuhle im Sitzkissen und den kleinen Tisch daneben, wo ein großes, dickes Buch liegt, aufgeschlagen, Brille auf den Seiten – aber er fällt nicht auf die kleine Welt, in der sie sich befindet. Breitbeinig kniend neben einem unbeschreiblichen Problem, für das sie so schnell keine Lösung weiß.

Was soll sie *tun*?

Die Zeit in die Länge ziehen? Die Zeit, die von allein entscheidet? Der eisige Gott der guten wie bösen Lösungen, die sich unweigerlich anbieten? Die sie bereits wartend umringen?

Wie ein Hund, dem man gesagt hat: such!, hebt sie das Gesicht und saugt den Geruch in sich ein, den sie schon die ganze Zeit wahrgenommen hat. Kartoffeln, Fleisch mit Zwiebeln. Sie steht auf und geht ohne eine bestimmte Absicht in die Küche. Dreist, da sie nach allem, was sie hier erlebt hat, das vollste Recht dazu fühlt, hebt sie einen Deckel hoch, danach noch einen. Sie untersucht den Inhalt einer Schüssel und schnuppert den Geruch des Mahls, das Altenpflegerin Louise Bergman (oder Dienstmädchen Louise, wie Mijnheer sie in seiner Verliebtheit nennt) vor noch nicht einmal einer Dreiviertelstunde vorbereitet, gekocht, geschmort hat.

Hat sie eine Ahnung von dem Rollentausch, der hinter ihrem Rücken in Gang gekommen ist?

Nein. Jetzt nicht und, abgesehen von ihren letzten Atemzügen, niemals.

Stumpfsinnig öffnet sie den Kühlschrank. Hinterlässt Fingerabdrücke auf Fingerabdrücken, die man nie untersuchen wird, weil das nicht nötig ist, können die Herren von der

Polizeidienststelle Haaglanden diesen simplen Mordfall doch so rasch lösen. Klazien sieht die Sodawasserfläschchen, den Whisky in der Tür und die Eier in der dafür vorgesehenen Ablage. Was will sie hier?

Nichts.

Sie drückt die Kühlschranktür wieder zu. Tippt sich mit dem Nagel ihres Mittelfingers an die Zähne. Nimmt sich dabei die Zeit, das Stillleben auf dem Küchentisch zu betrachten. Äpfel und Birnen in einer Zinnschale, die auf den Blautönen einer frisch gebügelten Baumwolldecke steht.

Als sie zu dem Ort zurückkommt, an den sie gehört (das spürt sie in aller Schärfe), sind lediglich ein paar Minuten verstrichen, doch für sie ist es eine Lebensphase gewesen.

Wieder auf den Knien untersucht sie nun, keine dreißig Zentimeter entfernt, das Gesicht mit den geschlossenen Augen. In ihrem Kopf kein einziger Gedanke. Alles darin ist wie weggeblasen und verstummt. Nicht so ihr Blick, der die Zeit misst – du musst weg! –, aber auch genau weiß, dass es noch eine kleine Pflicht zu erfüllen gibt.

Da liegt er, der Kronzeuge, hier vor dir, auf dem Teppich.

Wohin schauen Sie, Mijnheer, tot oder doch noch lebendig? Woher rührt es, verrückterweise, dieses scheinbare heimliche Schmunzeln?

Jetzt muss aber wirklich Schluss sein. Sie hat das Geld, dessentwegen sie kam, kassiert. Sie sehnt das Ende von all dem herbei. Trotzdem schaut sie weiter hin und beginnt zu glauben, dass sie es weiß. Es ist wirklich so, versichert ihr ihr Blick, Mijnheer ist lächelnd gegangen. Das ist mit höchster Wahrscheinlichkeit so.

Tief einatmend will sie schon aufstehen und gehen. Sie murmelt etwas. Es ist wirklich sehr warm hier. Die Wärme nimmt ihr den Atem: Mit beiden Händen lockert sie den Schal ein wenig und schiebt ihn sich dann über den Kopf.

In dem Moment sickert die Zauberformel ein, die ihren Blick noch ein wenig mehr öffnet und ihr vorschreibt, jetzt besser auf Nummer sicher zu gehen.

Sie kneift ihr ganzes Gesicht zu, als verspüre sie irgendwo einen schrecklichen Schmerz, danach entspannt es sich.

Den ersten Schritt, sich von der ganzen Sache zu befreien, machte sie sofort. Ärger. Ärger ist so ungefähr die wirksamste Methode, die es gibt, um aus der Luft mit beiden Füßen auf der Erde zu landen. Und dafür bot sich das Schuhabteil unten im Schlafzimmerschrank spontan an.

»Das muss mir jetzt wieder passieren«, murrte sie.

Aufgebracht stopfte sie die hässlichen abgetretenen Schuhe, zwischen denen der alte Mann nach seinen Einlegesohlen gesucht hatte, dorthin zurück, wohin sie gehörten. Sie schloss den Schrank und war so akkurat, dass sie auch noch den Hocker an den ihrer Meinung nach üblichen Platz stellte.

Gleich darauf verließ sie die Wohnung, ohne auch nur einen letzten Blick auf das Interieur-mit-totem-Mann zu werfen. Wer einen Moment löschen will, einschließlich der damit verbundenen Tragweite, verschleiert seinen Blick. Die Kunst des Vergessens braucht keine Abschiedsblicke.

Ohne Aufsehen zu erregen, verließ Klazien Wroude, die Mörderin, das Gebäude.

Etwa sechs, sieben Minuten später kämpfte sie gegen den mäßigen Südwestwind am Meer an.

Zunächst noch deutlich verstimmt. Doch die dunkle Novembernordsee tat das Ihrige. Die Flut stand hoch, die Brandung toste, und der schmale Strandstreifen gehörte eigentlich schon zur Düne. Die Sandanhäufungen, die sie durchqueren musste, und der Flügelschlag der Möwen, ewig miteinander im Streit, weckten eine Energie der guten Art in ihr. Die schweren Biester flogen dicht über ihren Kopf hinweg. Sie zog die Schultern hoch und kniff die Augen zusammen. Jetzt zankten sie sich noch heftiger. »Bah! Weg mit diesem Mist«, kreischten sie ihr ins Ohr. »Was du nicht spürst, geschieht nicht.«

Sehr wahr, fand sie. Sie stellte den Mantelkragen auf, klappte ihn dann aber wieder hinunter, um sich den Schal besser um den Hals zu legen. Sie tat das so achtsam, als wollten ihre Finger den Stoff streicheln und beruhigen und sagen, alles sei gut. Kein Problem. Du weiches, behagliches Ding, du weißt nichts von Bösartigkeit und Tod. Du bist einfach ein schönes Ding aus Kaschmir.

Danach knöpfte sie den Mantel bis zum Hals zu und schritt wieder tüchtig aus. Als sie die Hände in die Taschen steckte, spürte sie das erbeutete papierne Kapital. Schlagartig war sie wieder bei Verstand. Morgen früh gleich mal zwei der drei Schecks auf der Bank einlösen. Besser in Leiden, wo mich keiner kennt, oder ich kann auch mit dem Bus nach Den Haag fahren. Drei-, dreihundertfünfzig Gulden pro Stück? Das ist doch nicht zu viel?

Als sie in die Zoutmanstraat einbog, schon ganz in der Nähe ihres Hauses, waren ihre Gedanken noch immer sehr vernünftige Gedanken.

Erst nächste Woche, beschloss sie, während sie zur Haustür ging, sag ich Jannert, dass er seine Partie Holz und seine Dewalt kaufen kann. Sie steckte den Schlüssel ins Schloss, drückte die Tür auf und wunderte sich, dass nirgends im Haus Licht brannte. Sie spürte, wie sie es immer spürte, dass ihr Bruder daheim war, und, ja, richtig, jetzt hörte sie ihn auch.

Die anderen Sachen bekommst du auch alle noch, führte sie ihren Gedanken zu Ende, aber für die werde ich, das wirst du wohl verstehen, noch eine Weile sparen müssen.

Sie blieb einen Moment in der dunklen Diele stehen. Knipste dann nicht die Lampe unten an, sondern betätigte nur den Schalter für die beiden Lichter im ersten Stock. Eine Laterne im Treppenhaus und eine runde Rauchglaslampe in der Mitte des oberen Flurs. Ein unbestimmtes, warmes Licht erleuchtete das Innere des Hauses.

Ohne den Mantel oder auch nur die sand- und teerbeschmutzten Schuhe auszuziehen, ging sie die Treppe hinauf zu Jannerts Zimmer, am Ende des Flurs gegenüber dem WC. Beide Türen standen offen, die zu seinem Zimmer nur einen Spaltbreit. Sie legte die Finger kuppelförmig über die Klinke und lauschte einen Moment dem kräftigen Sägen des Saufbolds, der immerhin ungefähr drei Wochen lang die Finger vom Alkohol gelassen hatte.

Ach! dachte sie, musstest du dich doch wieder mal richtig volllaufen lassen? Musstest du dir doch unbedingt mal wieder die Hucke vollsaufen?

Plötzlich brach das Gesäge ab. Es verstummte nicht, das war klar, sondern blieb in erstickender Atemnot, im Kehlkopf blockiert, unter einer dicken Zunge stecken. Es dauerte lange, sehr lange sogar. Aber sie machte sich keine Sorgen. Sie wartete. Und ja, da war das Röcheln aus einer Kehle, die verdammt zornig nach Luft schnappt.

Lächelnd drückte sie die Tür auf, trat ein, ging zu dem großen Bett und sah den Bruder im vom Flur einfallenden Licht in Pullover, heruntergerutschter Hose und Unterhose und mit Schuhen an den Füßen auf den Decken liegen. Sie beugte sich über ihn, blickte ihm ins Gesicht, erst dreiundzwanzig war er, aber verfallen, als hätte er ein Leben schweren Leidens hinter sich. Sie beugte sich noch etwas tiefer über ihn und gab ihm einen langen, nassen Kuss auf den geöffneten Mund. Als sie ihn auf die Wangen zu küssen begann, fauchte er und versuchte, sie mit der Hand wegzustoßen, aber sie kümmerte sich nicht darum und drückte ihm noch einen wollüstigen Kuss auf den Mund, der stank und mit einer trockenen Kruste überzogen war.

»He, mein Junge«, sagte sie, während beide wieder zu Atem zu kommen versuchten, »morgen Nachmittag gehst du gleich die Dewalt kaufen, bevor jemand anders sie nimmt, und du kannst auch das Holz bestellen und anzahlen. Na, wie findest du das?«

Seine Lippen verzogen sich, die Mundwinkel zitterten. Gleich fängt er an zu heulen, dachte sie. Sie richtete sich geschäftig auf, ging zur Tür, schloss sie, ging, während sie ihren Mantel aufknöpfte, im Dunkeln zum Bett zurück und legte sich neben ihn, auch sie noch in Schuhen und Kleidern. Den Mantel mit dem Geld in der Tasche breitete sie über sie beide aus.

»Und dann warten wir eine Weile«, flüsterte sie, während sie seinen Bauch streichelte, seine Leisten und sein weiches, seitlich in der Unterhose verkrochenes Geschlecht ein wenig knetete. »Das ist sicher vernünftiger. Aber die kleinen Sachen, die Zapfenbohrer, die Beschläge, die kannst du dir gleich kaufen, denke ich …«

Sie flüsterte auch noch: »Du bist ein lieber Junge, Jannert. Mach dir keine Sorgen, ich bin bei dir.«

Ihre Füße wurden schwer, im Gegensatz zu ihrem Kopf, aus dem ein paar kürzlich geschehene unangenehme Dinge total verschwunden waren. Noch nie in ihrem Leben war sie friedlicher eingeschlummert. Dass aus der Kehle des Mannes neben ihr die irrsten Geräusche hervorbrodelten und in erstickender Atemnot manchmal aussetzten, merkte sie nicht einmal.

WER FÄLLT, LEBT AM HEFTIGSTEN, HEISST ES

Der Tag ist nach wie vor wunderschön. Dem tut die schwere Kanonade der Rammen vor dem Hauptbahnhof und das giftige Stakkato der Pressluftbohrer keinen Abbruch, diese Stadt ist es nicht anders gewöhnt. Wir können es einfach bei Sonne und mäßigem Westwind belassen. Und bei zwei Frauen, die Haare auf den Zähnen haben. Schlagen, treten, den Arm verdrehen und, sie sind schließlich Frauen, kratzen und Haare ausreißen, alles ist erlaubt. Sie sagen einander die Meinung. Wer genau hinschaute, aber das tut in diesem Moment noch niemand, würde bemerken, dass die Ältere der beiden (deutlich älter sogar) lieber einsteckt als austeilt. Dass sie austeilt, um zu empfangen. Egoismus lässt sich nie verleugnen. Klazien Wroude will es wissen. Will alles wissen, was sie ein halbes Menschenleben lang vergessen hat. Und das diesem Mädchen ihr gegenüber auch zugeben.

Und dann?

Reue? Scham? Schwere Buße?

Dafür ist es nicht die richtige Gelegenheit. Kein Heulen und Zähneklappern, sondern harte Schläge. Gleich als Klazien Wroude die junge Frau (für sie ein Mädchen) aus dem Bahnhof treten sah, sie selbst kam von der Prins Hendrikkade, durchschoss sie eine Flamme der Zustimmung. Da ist sie. Ja! Ja! Ja! Sie und das Mädchen, das sie bei sich längst *die Gafferin* nennt, haben vereinbart, sich exakt zu dieser Stunde und an diesem Ort zu treffen. Die Waffen sind bekannt. Ich werde da sein. Gut, ich auch. Klazien hatte sie inzwischen doch schon ein Weilchen vermisst. Sie und die kleinen Stromstöße, die sie austeilte.

Kleine Fragen, große Fragen. Die an dem Septembermorgen anfingen, als sie sich zum ersten Mal, hochmütig in einem weiß-blau gestreiften Kleid, auf der gegenüberliegenden Straßenseite zeigte. Bei ihr und Jannert ins Fenster zu schauen versuchte. Wegen der Käseleinengardinen vergeblich. Aber versucht hat sie es.

Warum? fragt man sich dann bald.

Und: Wer oder was hat ihr das Recht dazu gegeben?

Das Interesse des hereinschauenden Mädchens begann ihr eigenes Interesse anzuregen, spätestens als das am Haus Vorbeispazieren häufiger vorkam. Was will sie von mir? war Klaziens Reflex, die zu jenem Menschenschlag gehört, der nicht gern ins eigene Innere kriecht, geschweige denn in Vergangenem herumstochert. Wozu auch? Sich vierundzwanzig Stunden pro Tag in der eigenen Gesellschaft aufzuhalten, war das nicht genug? Musste man darüber auch noch Buch führen? Der Schlamassel in Mijnheer Mesdags Wohnung war geschehen. Wollte geschehen, und das ließ sich nicht mehr ändern. Was sollte sie noch damit? Die Details in den Zeitungen nachlesen? In Gruppenarbeit mit dem Personal der Seniorenwohnanlage aufrühren und zu einer Geschichte voller Schlechtigkeit ausmalen? Klazien, die sich wie jeder Mensch der Schlechtigkeit in sich selbst nicht unbedingt bewusst war, was normalerweise auch gar nicht nötig war, griff den Faden der Anständigkeit wieder auf. Weg mit diesen wenigen schwarzen Momenten, die doch sehr merkwürdig waren und ganz sicherlich kein Teil ihrer selbst. Weg mit einem Bild, das gegen diejenige verstieß, die man das ganze Leben lang gewesen war. Sie, die Fußpflegerin, tat ihre Arbeit und ertrug ihren nicht allzu gescheiten Bruder. Rechtschaffene Taten und humane Gefühle genug in ihrem Leben. Diese Person sein und keine andere. Lange, lange Jahre. Bis dieses junge Ding an ihrem Haus vorbeizugehen begann.

Tätliche Auseinandersetzung. Raserei nach dem ersten Erkennensblick. In Sommerkleidung gehen die beiden aufeinander zu. Sie, Klazien, in einer Bluse mit lila Blumen, die andere, die sie durch das Pressluftgehämmer hindurch bereits mit hohen Kopftönen beschimpft und auch als Erste zuschlägt, in Jeans und weißem T-Shirt. Als Klazien wie der Blitz zurückschlägt, geschieht dies sofort mit wissender Hand. Der Schlag, geladen mit dem Sprengstoff der Erinnerung, trifft Marie Lina Bergman, Tochter von Louise Bergman, mitten ins Gesicht und bläut ihr ein: Weiter so, tu dir keinen Zwang an, bloß keine Hemmungen! Ich kann dich nicht ausstehen!

Beide geraten sehr schnell in einen Rausch. Die schwerleibige Klazien schlägt sich nicht weniger gut als die Nymphe Marie Lina, die, baumelndes Täschchen am Bauch, sie auf Espadrilles umtanzt. Klazien schaut durch das Mädchen hindurch. Ihr Verstand ist leer, doch ihr Geist strömt voll. Beiden Teufelinnen ist vollkommen klar, worum es geht. Das Wort »Mord« schießt wie eine Fledermaus im Zickzack zwischen ihnen hin und her. Es wird von der einen mit einem wütenden Tritt eingestanden, wird als Teil ihrer selbst erkannt und gepackt wie ein Ball, mit dem sie umherzurennen beginnt. Der Rand der Baugrube kommt näher. Das Match geht weiter. Wird zu Gefahr und nichts anderem als Gefahr, von der primitivsten Art, die einem Menschen zur Verfügung steht. Mein Gott, was gibt das!? Eine der Spielerinnen fällt genau in die richtige Ecke.

Jetzt ist es Nacht. Draußen in der Sonne werfen zwei Männer von den Städtischen Verkehrsbetrieben ihre Schuhe von sich. Hier aber, im Chloroform des Schlamms, wird die Nacht dichter und heller. Die gefallene oder gestoßene Frau lässt jeden Widerstand fahren. Sie wiegt nichts mehr. Wie abgeschüttelte Blütenblätter trudeln allerlei Bilder vor ihren Augen herab. Tatsachen aus einem langen Traum. Ohne einen Hauch von Paradoxie sind sie grauenhaft, aber auch erhaben und sogar schön.

Ein Bild, das sie schon nicht mehr auf sich bezieht, kommt in ihrem Herzen zum Stillstand.

Mijnheer, was gab es da, verdammt noch mal, zu lachen?

PIETÀ

Dachte ich mir doch, dass er tot ist! Nach aller Mühe, die ich seinetwegen auf mich genommen hatte, lag er nun da, halb auf meinem Schoß – tot! Sein klatschnasser Kopf in meinem klatschnassen Arm. Seine Wimpern festgeklebt. Weil ich so um ihn gekämpft hatte, sah ich erst jetzt den dünnen Schnurrbart auf seiner Oberlippe. Zwei ernste, an diesem Morgen noch nachrasierte pechschwarze Streifen.

Ich selbst saß mit klappernden Zähnen und am ganzen Leib zitternd da, aber der Bursche rührte sich nicht, er befand sich in denkbar tiefster Ruhe. Klapperdürr, was ich vorhin schon gemerkt hatte, als ich mit den Ballen meiner gekreuzten Hände sein Brustbein in Richtung Herz drückte, rhythmisch im ursprünglichen Takt dieses Herzens, und auf seinem Gesicht ein Ausdruck tiefer Traurigkeit. Hellbraun und leichenblass. Ein Nordafrikaner, ungefähr siebzehn Jahre alt? Der Sohn einer palästinensischen Mutter? Er trug Jeans und eine Joppe, die die jungen Leute hier, glaube ich, Bomberjacke nennen. Bevor ich auf sein Herz zu drücken begann, musste ich den Reißverschluss öffnen. Ich hatte auch in sein Ohr geschrien, denn mit Schreien scheint man das Bewusstsein und sogar das Unterbewusstsein manchmal wecken zu können.

»Los, Junge, Rippen blähen! Die Lungen gehen dann von allein mit, bitte sehr, da hast du deinen Sauerstoff! Wie heißt du? Na? Sag schon! Falls du es noch nicht kapiert hast: Du bist gerettet, hörst du!«

Dies alles mit letzter Kraft.

Jetzt befanden wir uns am Ufer.

»Es tut mir so leid«, flüsterte ich leise.

Der Nachmittag war noch nicht zu Ende, aber es wurde bereits grauer und kälter. Ein leichter Wind ging. Es machte mir nichts aus. Klingt verrückt, aber die Kälte, die durch meine nassen Kleider hindurch bis in meine Knochen gedrungen war, hatte sich wie eine Decke um mich gelegt.

Erstarrt und betäubt hielt ich den toten Jungen an mich gedrückt und stierte vor mich hin, zuerst halb blind, doch schon bald wie durch das Objektiv eines Fernglases, mit dem man in der Ferne Formen und Farben erkennt. Links, nur wenige Meter von uns beiden entfernt, konnte ich den Rhein dahinströmen sehen, den ganz schön abgewirtschafteten Rhein, der mitten durch den alten Kern von Leiden und entlang den Feldern von Rijnsburg Richtung Endstation in Katwijk aan Zee floss. Als Nächstes sah ich, dass am anderen Ufer alle möglichen Gestalten herumrannten, die auf mich und den toten Jungen zeigten. Die schlugen bestimmt Alarm. Der tote Junge und ich befanden uns im Gras am Fuße des Deichs. Ich saß, er lag auf meinem Schoß. Sodass wir auf unserer Seite des Deichs vermutlich nicht gut zu sehen waren.

Wo kam, irgendwo seitlich, dieses Geräusch her?

Ah, ein Hund.

Ein großes, schmutziges Viech schoss so schnell die Grasböschung hinunter, dass es sich, dicht bei uns, beinahe überschlug und scharf abbremsen musste. Mit konzentriertem Blick sah es mich kurz an, wandte sich dann aber sofort dem toten Jungen zu und begann, ihn intensiv zu beschnüffeln.

War das vielleicht sein Herrchen?

Instinktiv dachte ich nein, und damit sollte ich recht behalten. Der Hund schnüffelte rein aus Interesse am Hals, zwischen den Beinen, an den Haaren, den Händen und Schuhen des toten Jungen, die meiner Meinung nach alle nach nichts anderem als dem Modderwasser des Rhein-Schie-Kanals riechen konnten. Das Tier aber dachte möglicherweise anders darüber. Als es erneut den Blick auf mich richtete, überkam mich der Impuls, ihm etwas mehr über den toten Jungen mitzuteilen. Leise sagte ich zu dem Hund: »Dieses Modderwasser, das du überall riechst, das war auch in seinem Magen und sogar in der Lunge. Das hat vielleicht Kraft gekostet, kann ich dir sagen, das wieder aus ihm rauszukriegen. Erst als ich ihn auf den Bauch gedreht hatte …«

Doch der Hund hörte nicht zu, im Gegenteil. In den glänzenden Augen, die er nachdrücklich auf mich gerichtet hielt, blitzte ein Schimmer dessen auf, was er wusste, ich aber nicht.

Willst du mir etwas sagen, guter Hund?

So sahen wir einander kurz an.

Plötzlich erstarrte er. Er spitzte die Ohren, drehte sie und machte einen Buckel wie eine Katze. Und bevor ich wusste, wie mir geschah, fegte er davon. Was ihn so erschreckte, war mir in dem Moment ein völliges Rätsel, weil es für mich noch außer Hörweite war. Ein Rettungswagen näherte sich. War er von so einem heulenden Kometen mal angefahren worden? Hatte man vielleicht sein Herrchen in erbärmlichem Zustand hineingeschoben und für immer mitgenommen? Fragen, auf die ich keine Antwort erhalten würde.

Jetzt aber, erst einmal, nichts. Nichts als Ruhe und Schicksalsergebung. Während ich gedankenlos auf das stille Wasser blickte, legte ich eine Hand an den mageren Kopf des toten Jungen, an seine Schläfen, seine Wangen und nahm eine Haarsträhne. Es fühlte sich an, als hielte ich nicht nur sein Haar zwischen meinen Fingern, sondern alles, was er in seinem ganzen, wenn auch leider nur kurzen Leben erlebt hatte. Ich hörte ihn seufzen. Tja, mein Junge … dachte ich zerstreut und richtete dann den Blick auf ihn.

Ich sah in ein dunkles Augenpaar mit smaragdgrünen Sprenkeln in der Iris.

Augen, die mich zu erkennen schienen, was ja doch sonderbar war. Der Junge lächelte verblüfft.

Zauberhafter Moment! Ah, Junge, Junge!

Aus der Ferne erreichte mich jetzt der ununterbrochene Zweiklang des herannahenden Rettungswagens. Wo kommt dieses singende Geräusch her? dachte ich noch. Aber ehe ich mich's versah, rannten sie schon den Deich herunter, die Sanitäter mit ihren Tragen, ihren Thermosflaschen mit heißen Getränken, mit Decken.

Klappernd wie ein Skelett in der würzigen, saftigen Luft dachte ich: wie wunderbar! Diesen Augenblick werde ich bis ans Ende meiner Tage nicht vergessen.

IV

BOA

Es ist ein herrlicher Herbsttag. Rinus, seit der guten Nachricht schon die ganze Woche über fast verrückt vor Begierde, ist sicherheitshalber um elf Uhr vormittags in Schalkwijk aufgebrochen. Er wählt den Weg durch die Zuiderzeepolder. Ziemlich schnell saust er über die in beiden Richtungen fast verlassene Straße und denkt an nichts anderes als an Marie Lina, die mit ihren runden weichen Beinen seinen Bauch und seine Hüften umfängt. Sie liegt auf dem Rücken, er auf ihr. Er fühlt ihren Bauch. Er starrt vor sich hin. Ihre runden weichen Beine, ihre runden weichen Beine und die geflüsterten Worte, die er eines wie das andere kennt, die ihn aber trotzdem jedes Mal wieder erregen … Wo dürfen wir gleich zusammensein? fragt er sich. Gibt es irgendwo ein schönes Zimmer für uns?

»Wir werden sehen«, murmelt er und biegt, weil er noch ziemlich viel Zeit hat, auf einen Parkplatz mit Picknickausstattung und sehr gepflegtem Rasen. Wegen des Risikos von Polderhalluzinationen gibt es die in regelmäßigen Abständen entlang diesen nagelneuen Straßen. Das Meer ist abgepumpt, bleibt aber unter dem Land eine unbestreitbare Realität, die sich nicht hat wegasphaltieren lassen. Eben fährt man noch arglos über den Asphalt, schon treibt man davon und sieht nichts als Himmel über einer leichten Dünung.

Oktober, wie der Oktober sein muss, sonnig und frisch. Rinus steht in Cordhose und hochgeschlossenem blauem Hemd unter dem Jackett neben dem Picknicktisch. Ein erwachsener, viriler Mann. Muskulöser Bauch, vorgebeugte Schultern, die ihm etwas Störrisches und zugleich Schüchternes verleihen. Aufgefordert, heute seiner Frau beizuschlafen. Mit leicht zusammengekniffenen Augen starrt er in die rötlich-neblige Ferne von Wolken, Windmühlen und Äckern und sieht sich wie ein Tier über sie kriechen, Schnauze an ihrem Hals, Pfoten unter ihrem Gesäß. Marie Lina ist mittlerweile drei Monate in Haft. Bisher haben sie sich nur im Besuchsraum sehen dürfen. Einmal pro Woche. Oberkörper gegenüber Oberkörper an einem quadratischen Tisch, klein, aber nicht so klein, dass ihre Knie sich berühren könnten. Ihre Füße natürlich schon. In einer Reihe mit den anderen Frauen und von beiden Seiten von Wärtern beobachtet.

Wo bleibt da das Private?

Für sie, sehr oft, bei den Vögeln. Nachdem Marie Lina im Chor der tuschelnden Stimmen alles über zu Hause gefragt, gehört und noch einmal nachgefragt hatte, kamen sie immer wieder auf die Gänse, Stockenten und Knäkenten bei den Start- und Landebahnen des Flughafens Schiphol zurück.

Sie, verwundert: »Krickenten? Knäkenten?«

Er: »Ja, du, endlich waren sie mal wieder da. Geschäftiger als je zuvor sind sie über die Rollbahn G hin und her geflitzt.«

Sie, verträumt: »Kleine Enten mit solchen glänzenden grünen Augen.«

Er: »Ganz schön lästige Viecher, Lineke. Dann doch lieber Trauerelstern. Mordsbrocken von Vögeln mit einer Flügelspannweite von einem halben Meter und immer böse. Aber die hüten sich wenigstens, in eine Flugzeugturbine zu fliegen.«

Hinter der Abzweigung weiß er schon bald, dass er jetzt am Gefängnis entlangfährt, aber noch ist nichts davon zu sehen. Das Gebäude liegt hinter dicken alten Bäumen, dahinter ein

Bahndamm, versteckt. Erst jenseits des Kreisels taucht der Komplex mit seinen warmen mediterranen Farben allmählich auf. Sehr hoch ist er nicht. Nach einer Gracht mit Seerosen und einem Blumengarten kommt erst eine Mauer aus großen ockerfarbenen Quadern. Dahinter, ziemlich weit entfernt wegen der Größe des Gefängnishofs, liegt dann die terracottafarbene Haftanstalt, zwei, drei Stockwerke hoch, mit viergeteilten Fenstern. Keine Gitter.

Rinus ist noch immer zu früh. Er fährt auf das Gelände und parkt möglichst weit von den Autos entfernt, die da schon stehen. Er schaut auf seine Uhr. Kurbelt eine Scheibe hinunter. Steckt sich eine Zigarette an. Löscht sie, halb geraucht, und wirft sie hinaus. Hinter dem Lenkrad wartet er auf Marie Lina, wie auch sie, das spürt er ganz fest, in diesem Moment auf ihn wartet. Wie heftig sie sich wohl nach ihm sehnt? Um die Zeit hinter sich zu bringen, beginnt er eben wieder, stumm, wie so oft, seit sie im Gefängnis ist, mit ihr zu reden. Worüber, ist egal, alles ist recht. Ich liebe dich auf richtig altmodische Art und Weise, Marie Lina. Keine andere, zu keiner Zeit, nur dich. Das weißt du.

Genauso automatisch folgt sein Blick derweil einem gerade aufgeflogenen Säbelschnäbler, dessen langer, schmaler Schnabel aufwärts gebogen ist, was dem Vogel einen jovial lachenden Ausdruck verleiht.

»Ich denke immerzu an dich, sofern man das denken nennen kann. Ich schließe die Augen, und die Zeit zerfällt in zwei Teile. Nur der zweite, der mit dir, zählt.«

Wie ein Pfeil vom Bogen schießt der Säbelschnäbler nach Westen davon.

Der könnte wunderbar schlemmen auf unserer Polderbahn, Marie Lina. Die Felder daneben sind sumpfig, voll von

Biowürmern, Gift kennt man da ja nicht. So was findet er doch nirgends sonst, oder?

Wieder blickt er auf seine Uhr.

Weißt du noch, unser Pförtnerhäuschen auf Seewout?

Das Zinkwaschbecken.

Der grün angelaufene Wasserhahn.

Das Wassergeprassel und das gewaltige Gespritze durch die halbe Küche.

Ich schick dir das alles per Gedanken durch die Luft. Damit du es bei dir hast, dort, wo du bist.

Den brüllenden Südwestwind vom Meer.

Die Kiefern, die ihn als pfeifende Gespenster rund um das Dach erscheinen ließen, unter dem wir schliefen. Gruselig und gemütlich zugleich, hast du gesagt.

Was? Ja, natürlich, das Meer. Per Luftlinie nah genug, aber wegen dieses blöden übrig gebliebenen Stücks Atlantikwall wie durch eine Haarnadelkurve von uns entfernt. Weißt du noch, dass wir an einem sehr frühen Frühlingsmorgen warm eingepackt dorthin gegangen sind, du mit einer Art Braunbärmantel über dem Bikini? Es war Ebbe. Wir mussten ein ganzes Stück über den Strand rennen, um uns ins Wasser fallen zu lassen. Platsch! Von der Kälte überrascht machten wir hastige Schwimmbewegungen. Unglaublich leichtgewichtig paddelten wir wie Hunde durch die Brandung, die eher wogte als rollte, wie es bei Ebbe sein kann. Wieder am Strand, tratst du am ganzen Leib zitternd vor mich hin. Ich habe dir den Bärenmantel übergeworfen, nach deinem Bikinihöschen getastet und es heruntergezogen. Erinnerst du dich, dass wir auf dem Rückweg eine Möwe fanden, die völlig verteert war? Wir sahen uns an. Sollten wir sie von ihrem Leiden erlösen? Ich habe mich gebückt, die Hände unter ihren Leib geschoben und sie hochgehoben. Du bist vorausgegangen, weil du das nicht sehen wolltest.

Seine Geduld ist zu Ende. Seine Ungeduld komischerweise auch. Es ist jetzt Zeit, also geht er. Rinus schließt das Auto ab und marschiert zum Besuchereingang. In der Halle riecht es nach Spanplatten und Farbe. Er reicht dem Mann hinter dem Schalter seinen Pass. Erhält von ihm eine kleine Plastiktüte und einen Schlüssel mit einer Nummer. Er geht zu der Wand mit den Schließfächern, verwahrt in einem davon die Tüte mit seinen Schlüsseln und der Brieftasche, kehrt zum Schalter zurück, gibt den Schlüssel ab und geht weiter zum Metalldetektor. Mechanisch, das Traumbild von Marie Lina, die ihn mit ihren langen weichen Beinen umschlingt und ihm ins Ohr flüstert, in den Hintergrund gerückt, läuft er weiter zu der Schleuse, die sofort zu piepen beginnt. Er geht zurück. Zieht die Schuhe mit den Metallösen aus. Reicht sie einem auf ihn zu eilenden Mann mit sehr kurzen Beinen, der für die Kontrolle zuständig ist. Geht wieder durch die sich jetzt ruhig verhaltende Schleuse. Bekommt seine Schuhe zurück. Zieht sie wieder an und sucht mit dem Blick einen Vollzugsbeamten, der ihn zu Marie Lina führen kann. In niederländischen Gefängnissen tragen die Wärter aus humanistischen Gründen eine helle Leinenuniform, die nicht leicht als Uniform zu erkennen ist. Rinus, der das weiß, sieht einen Mann mit kurzem lockigem Haar auf sich zukommen. Er trägt eine anthrazitfarbene Leinenhose und ein weites hellgraues Hemd mit himmelblauen Paspeln, das in der Taille von einem Koppel mit Schlüsselbund zusammengehalten wird. Links und rechts ein Holster, in dem auf beiden Seiten keine Waffe steckt, sie könnte sich ja immer auch gegen den Waffenträger richten.

Der Mann mustert ihn mit einem raschen Blick aus hell-
braunen Augen, nickt und tritt vor ihn hin. Zum ersten Mal
wird er jetzt durchsucht. Arme zur Seite. Beine spreizen. Mund
öffnen.

»Weiter, bitte.«

Eine Hand fährt durch sein Haar.

Im Lift nach oben starrt er am Wärter vorbei unverwandt
auf die Wand. Marie Lina … denkt er, und die Art, wie er es tut,
hat etwas Einfältiges.

Als sie beide, er und der Wärter, vor einer der Türen an einem langen Gang haltmachen, kann er sich schon nicht mehr
vorstellen, jemals intim mit ihr zusammen gewesen zu sein.
Dass sie sich hinter dieser Tür befindet, von all den Türen ausgerechnet dieser, glaubt er auch nicht. Er sieht, wie der Wärter
den Vorhang vor dem Guckloch wegschiebt. Sieht, wie er einen Blick hineinwirft und den Vorhang wieder schließt.

Er hört das gewaltige Rasseln des Schlüsselbunds. Dann
dreimal ein entschlossenes Ticken von Metall auf Metall.

WIE

In der Zelle herrscht Stille. Eine Stille, die keine ist, denn die sich schließende Tür steht gerade noch ein Stück offen, und hinter einer offenen Tür, und sei es auch nur einen Spaltbreit, ist es nie still. Rinus ist einen halben Schritt hineingetreten. Groß, unbeholfen, Arme am Körper. Er tut nichts und sagt nichts. Auch Marie Lina – ist sie das wirklich? – schweigt. Versteinert schaut er, wie sie plötzlich vor ihm steht, wenige Meter entfernt, aber unglaublich weit weg im Gegenlicht der Mittagssonne, die durch die Lamellen am Fenster in rotkupfernen, unnatürlich schmalen Streifen um sie herumfällt.

Versteinert, so fühlt er, blickt sie zurück.

Sein Herz verkrampft sich. Er will etwas sagen, eine Bewegung ist ausgeschlossen, doch irgendetwas in ihrer Haltung bedeutet ihm, sich nicht zu rühren und die Stille nicht zu stören. Das versteht er, das versteht er vollkommen. Wie um Himmels willen könnte er auch auf die Idee kommen, in diesem kleinen Raum – das Bett auf der linken Seite hat er durchaus bemerkt – auf sie zuzustürmen und sie an sich zu drücken, ihre Lippen zu küssen, die Augen fest geschlossen, in ihren Mund einzudringen, so lange, bis sein Körper wieder brennt? Sie zu vögeln. Sie flachzulegen. Unmöglich. Dies ist kein Ort, an dem er mit ihr zusammen sein könnte. Alles hier wehrt ihn ab. Mag ihn nicht. Existiert in Wirklichkeit gar nicht. Ist ihm fremder als fremd gesinnt. Am allerfremdesten gesinnt aber ist ihm – und wer hilft ihm, ein paar riesige Berge zu versetzen!? – Marie Lina.

Sie.

Marie Lina, die erstarrt wie ein Hund auf irgendetwas horcht.

Die eindeutig weiß, was sie hören will.

Wie hätte er, Rinus, etwas von der Beziehung zwischen Schlüsselbund und Gefangener wissen können?

Von diesem besonderen kleinen Teil der Etikette, die es zwischen Außenwelt und Krimineller gibt? Den Schlüssel-bund setzen auch die Wärter in dieser Strafanstalt nachdrück-lich ein. Tüchtiges Gerassel und dreimaliges Anticken mit dem Schlüssel, bevor die Zellentür aufschwingt, ohne auch nur eine Sekunde auf ein (undenkbares) »Herein!« zu warten, und wie-derum tüchtiges Gerassel, gefolgt vom Klicken des Schlosses, mit dem die Tür sich schließt.

Letzteres: ein schwerer Moment, an den sich kein Gefange-ner gewöhnt.

Ausnahme – häufig, aber längst nicht immer – der mit-menschliche Moment, wie gerade jetzt. Das arrangierte Bei-sammensein, unter strengen Auflagen von der Direktion ge-stattet, das man untereinander immer mit BOA abkürzt, was sich netter sagt als das amtliche, inzwischen durchaus ver-schmitzte »Besuch ohne Aufsicht«.

Da war es. Das entschlossene Klicken und der Abmarsch der Schlüssel. Rinus, völlig verwirrt, konnte unmöglich so schnell begreifen, wie hier alles zusammenhing. Zauberhand? Start-schuss? Wie eine Athletin aus der Hocke war Marie Lina zum Leben erwacht und rannte hinein in die Wirklichkeit. Bevor er wusste, wie ihm geschah, den Kopf noch voll von den dumpf-festen, verzweifeltsten Gedanken, hielt sie seine Schläfen be-reits zwischen beiden Händen gefangen.

Ihre Lippen an seinem Ohr.

Ihre Lippen auf seinen tränennassen Augen.

Ihre Lippen wieder an seinem Ohr.

»Rinus, mein Schatz.«

Ihre Hände, die bereits abwärts wanderten zu dem Ort, den sie am allerliebsten an ihm fand.

»Mmm … *L'homme idéal.*«

»Komm. Im Bett sind wir sicher.«

Mit einem Kopfnicken, ironisch-spöttisch, zur Seite hin, zum Guckloch in der Tür.

Alles klar?

EIN VÖGELCHEN ...

Inzwischen ist das Licht in der Zelle, die man heutzutage aus humanitären Gründen »Aufenthaltsraum« nennt, besonders mild geworden. Die Fenster in diesem Teil des Gefängnisses gehen nach Westen. Die sinkende Sonne lässt fröhlich eine kleine Portion Mattblau vom Nachmittagshimmel hindurchscheinen und sogar einen Eindruck vom frischen Herbstwind über den Äckern und Feldern.

Sie schlafen, Rinus und Marie Lina. Ihre halbe Blöße von einer Decke mit einem umgeschlagenen rotblumigen Laken bedeckt, liegen sie mit den Köpfen am Fenster und den Füßen in Richtung zu dem Wandstück, das die Toilettenecke den Blicken entziehen soll. Die Dauer ihres Beisammenseins wurde von der Direktion auf eine Stunde festgelegt. Doch sie beide, die heute zum ersten Mal das BOA-Privileg genießen, liegen hier und schlafen, als wären sie zu Hause, wo sie das Schlafzimmer auch tagsüber gelegentlich aufsuchen. Olivier ist in der Schule, sie haben gleichzeitig ihren Nachtdienst absolviert, und jetzt haben sie an einem schönen Nachmittag beide frei. Mit keiner Faser scheinen sie zu denken: einen Moment noch! Oder sich auch nur vorstellen zu können, dass gleich ein Schlüsselbund rasseln wird.

Wie viel Zeit haben sie noch?

Ungefähr eine Viertelstunde.

Angenehmerweise erwacht Rinus zuerst. Er reißt die Augen auf, lange, breite Falten über seiner Stirn, und richtet sich ein wenig auf. Marie Lina liegt mit ihrem verwuschelten Haar auf seiner Schulter. Sie richtet sich ein Stück weit mit ihm auf, schläft aber an der Oberfläche weiter, noch ein bisschen dösend, weil ihr genau danach ist. Das kann er sehen. Sie hat die Bluse noch an, wenn auch ganz aufgeknöpft, und den blassrosa BH darunter ebenso.

So eilig hatten sie es gehabt.

So schrecklich dringend, da es nun endlich möglich war, und so schnell vorbei, ehe sie sich's versahen. Aber trotzdem war es schön gewesen. Und ist es im Übrigen immer noch, wie ja fast alles Schöne hinterher noch ein bisschen nachklingt. Vielleicht gerade, wenn es aufgrund der gegebenen Umstände ziemlich hastig vonstattengehen musste (ein eilig hinuntergekipptes Glas, ein rasch verzehrter Teller heißer Eintopf: auch hinterher noch immer lecker. Wer kennt das nicht?)

Das Lager, das Rinus und Marie Lina behördlicherseits zugeteilt worden ist, ist ein französisches Bett. Nicht groß und nicht zu klein. Ganz in Ordnung. Es steht parallel zur Wand. Rinus drückt seine Hand an Marie Linas Oberarm, damit sie sich im Schlaf nicht von ihm entfernt. Er blickt in ihr Gesicht. Streichelt es mit den Augen. Fragt sich nicht, wovon es so friedlich träumt, denn das weiß er. Er, der unmittelbar Beteiligte zwischen Traum und Träumerin, weiß alles. Ihr Gesicht ist halb von ihm abgewandt, also zur Wand, also zum Gefängnis hin gedreht. Marie Lina träumt, wo sie in diesem Moment ist, warum sie dort ist und mit wem.

»Ein Tier, ist das wirklich erlaubt?«, fragt er überrascht.

Sie lächelt, ungewollt mit etwas Stolz.

»Aber ja. Ist in Ordnung.«

»Und zwei? Ist das auch erlaubt?«

»Das ist auch erlaubt. Aber ich will keine zwei.«

Sie liegen eng aneinandergeschmiegt, Rinus' Hand auf ihrem Bauch. Sie hatten den Vorhang nicht zugezogen, sonst hätten sie genauso gut daheim, im Dunkeln liegen können und leise miteinander reden.

»Keine zwei? Warum nicht? Das ist doch netter, lebendiger, nicht?«, fragt er.

»Denk mal nach«, sagt sie und plustert mit den Füßen die Decke von unten ein bisschen auf. Die roten Blumen fliegen hoch. Sie erhaschen einen Sonnenstrahl und sinken in luftigerer Form wieder herab.

»Er darf nur an mir hängen.«

Okay, nickt er. Versteh ich.

Marie Lina drückt ihre leicht schmerzenden Lippen an seine Wange, das lindert.

»Angeliek, neben mir, die hat zwei Fische«, fährt sie nachdenklich fort. »Hübsche orangefarbene Süßwasserfische, die leuchten. Aber das ist was anderes, finde ich. Ein Fisch hängt nicht an einem Menschen, wenn ich sie wäre, würde ich auch zwei nehmen.«

Sie schweigen kurz.

Dann fährt sie fort: »Ach ja, die Frau unter mir, Rudolfje, ganz am Ende des Gangs im Erdgeschoss, aber noch im selben Pavillon wie ich, die ist jetzt schon traurig wegen ihrer Rennmaus. Sie hat gleich, als sie sie bekam, ein Minilaufrad für sie gekauft. Auf die Weise kann sie rennen, so viel sie will, in ihrem Miniterrarium. Alles, worin wir unsere Tiere halten, darf nämlich nur ganz klein sein, weißt du. Mein Vögelchen, *falls* ich es bekomme, darf nur einen Käfig von 35 auf 35 auf 50 Zentimeter haben. Achte bitte darauf, Rinus. Dieses Laufrad für die Rennmaus war also eine gute Idee. Ganze Tagesmärsche legt sie darin zurück, sagt Rudolfje, und abends ist sie todmüde. Dann lässt Rudolfje sie raus. Wenn sie selbst schon im Schlafanzug ist. Die Maus klettert an einem Hosenbein hoch, kriecht in einen Ärmel und schmiegt sich unter der Schulterpasse an ihren Hals. Voller Vertrauen, sagt sie, schlafen sie gemeinsam ein.«

Marie Lina streckt ein Bein aus und schiebt es unter sein Bein. Rinus streichelt ihren Bauch. Er hört zwar zu, kriegt aber nicht alles mit, was sie erzählt, weil ihre sanfte, sinnliche Stimme nicht auf sein Gehirn abgestimmt ist, sondern auf seinen Körper. Der spannt sich, obwohl er genau weiß, dass er jeden Moment gestört werden kann. Sie merkt natürlich, dass er ihm schon ein bisschen steht. Dreht sich um. Tastet nach seinem Geschlecht. Spürt, wie das Blut sacht darin pulst. In ruhigem Ton, seine Begierde fest umfassend, den Mund noch etwas näher an seinem Ohr, erzählt sie weiter: »Rudolfje ist schwanger geworden. Nicht im Urlaub, das ist in ihrem Fall noch überhaupt nicht drin, vorläufig, sondern auch in so einem Raum wie dem hier. Und ja, in ein paar Tagen muss die Rennmaus weg. Sicherheitshalber, meint der Arzt.«

Von ihnen beiden spürt Marie Lina wahrscheinlich am besten, dass der Schlüsselbund bereits den Lift genommen hat und jetzt durch den grauen Gang auf sie zukommt. Was sie noch auf dem Herzen haben, muss jetzt gesagt werden. Sie und Rinus haben die ganze Zeit in gedämpftem Ton miteinander geredet, das tun sie immer, wenn sie im Bett liegen. Jetzt aber flüstert sie, während sie ihm weiter Lust bereitet, denn erstens hat er das immer sehr gemocht und zweitens ist es jetzt noch möglich: »Was für ein Vögelchen soll ich nehmen?«

Worauf er murmelt: »Einen Kanarienvogel, vielleicht …«

»Aber ich möchte so gern einen, der richtig singt.«

Er schweigt kurz. Denkt vielleicht nach.

»Einen Singsittich …«, sagt er dann.

»Und der singt wirklich?«

»Ähm … das Männchen, ja …«

Atempause, ganz kurz, worauf ein paar Dinge gleichzeitig geschehen, als müsse es genau so sein.

Der rasselnde Schlüsselbund hinter der Tür.

Rinus, der sich halb über Marie Lina rollt und sich an ihr festklammert.

Das dreimalige Ticken von Metall auf Metall.

Verständnisvoll wartet der Wärter bei halboffener Tür auf dem Gang, bis sie ihre Kleider in Ordnung gebracht haben.

»Wie lieb du bist«, murmelt Marie Lina, während sie auf der Bettkante ihre Strümpfe mit dem Spitzenbund hochzieht. Und danach: »Also einen Singsittich, ja?«

Rinus kniet vor dem Bett und sucht nach etwas darunter.

»Ich kümmere mich sofort darum«, sagt er. »Wird schon klappen.«

Er findet Socke Nummer zwei.

Der Wärter kommt herein.

Marie Lina muss ihm folgen.

Als sie und Rinus sich zum Abschied küssen, formt Marie Lina mit den Händen einen Schirm über ihren Mündern.

SELBST FRAUEN MÜSSEN GLAUBEN DÜRFEN, DASS EIN AUSBRUCH MÖGLICH IST

Jawohl, auch wenn es nur ganz selten eine gibt, die sich nachts, Brotdose in der Tasche, unter dem Zellenboden ans Graben macht. Die normale Gefangene sitzt. Sogar im Fitnessraum nimmt sie lieber auf dem Trimmrad Platz, anstatt wie die Männer das Laufband zu wählen, auf dem man mit langen Schritten macht, dass man fortkommt. Die Langzeitinsassin ist ein von einem Stein getroffener Vogel. Sie sitzt, falls ihr das gelingt, ohne das Bewusstsein, zu sitzen. Sie atmet und wartet. Die Kurzzeitinsassin, die süchtige Wiederholungstäterin – tja, die sitzt auch und träumt davon, wie es sein wird, bald wieder *draußen* zu sein, oh, wie unfassbar herrlich! und gelegentlich auch, wie sie es dann anstellen wird, um in einem bestimmten Moment bitte!! wieder *hinein*zudürfen.

Es ist Morgen an einem der letzten Februartage. Ein wirklich schöner Wintermorgen, sanft und windstill. Schneeflocken rieseln hinter den Fenstern des Arbeitssaals herab. An einem runden Tisch sitzen fünf Frauen und schwatzen. Die Gefängnisordnung schreibt ihnen von 08:00 bis 12:00 Arbeit vor, aber mit dem Recht auf eine fünfzehnminütige Pause. Die genießen sie gerade, bereits um zehn vor zehn. Dass sie heute so früh stattfindet, hat sich so ergeben. Alle Waschautomaten durchlaufen ihre Programme, sich darum zu kümmern ist nicht nötig. Die fünf Frauen trinken Kaffee, essen Kekse, rauchen darf man außer draußen auf dem Hof nur in der Zelle.

Und eine von ihnen greift zur Zeitung.

Marie Lina steht ein Stück von ihnen entfernt und bügelt eine Tagesdecke, die sie schnell noch fertig machen will. Rudolfje leistet ihr Gesellschaft. Die jetzt im sechsten Monat schwangere junge Frau sitzt rittlings auf einem Stuhl auf der anderen Seite des Bügelbretts, Arme über der Rückenlehne, Kinn auf den gekreuzten Handgelenken. Sie haben gerade über etwas gesprochen, was sie beide überhaupt nicht begreifen. Warum, warum nur darf Rudolfje demnächst, nachdem sie im Krankenhaus Bronovo in Den Haag entbunden hat, nicht mitsamt dem Baby hierher zurückkommen? Obwohl es doch im Erdgeschoss ein paar Mutter-und-Kind-Einheiten gibt!

Sie sehen einander pathetisch an.

»Tja«, sagt Rudolfje dann. »Sehr schade. Ich muss nach Ter Peel. Wahrscheinlich schon nächste Woche.«

Marie Lina schaltet das Bügeleisen aus und stellt es auf die Ablage. Sie fasst die über dem Boden hängenden Zipfel der Decke, sagt: »Wahnsinnig schade« und bedeutet Rudolfje mit einem Blick: Nimm du mal die beiden anderen Zipfel.

Gemeinsam legen sie die Decke zusammen. Um sie herum die ruhig rotierenden Waschmaschinen und die rasenden Trockentrommeln, die, gerade weil sie von Zeit zu Zeit stehen bleiben, erzürnt gegen diese Ruhe zu rebellieren scheinen. Es riecht stark nach Wasser, Seife und blitzsauberer dampfgebügelter Wäsche. Diese Anstalt wäscht nicht nur für sich selbst, sondern auch für das Untersuchungsgefängnis in Harlingen und für das in Emmen. Arbeit genug also, und nicht mal schlecht bezahlt. Marie Lina weiß, dass Rudolfje dies als ihren ersten echten Job betrachtet. »Jetzt fehlt nur noch, dass ich mir eine nette kleine Rente aufbaue«, meinte sie neulich, fast im

Ernst. Rudolfje gehört wie sie selbst zu den Langzeitinsassinnen, wenngleich sie noch deutlich länger einsitzen muss. Auf Totschlag stehen im Durchschnitt vier Jahre (Marie Lina ist zu zweieinhalb verurteilt), während Mord leicht bis zu dreizehn Jahre und in seltenen, sehr krassen Fällen lebenslänglich bedeuten kann.

»Na, komm!«

Als sie zu dem runden Tisch gehen, wobei Marie Lina noch immer bedauert, dass die sanftmütige Rudolfje sie so bald verlassen wird, stößt die Frau, die sich die Zeitung genommen hat, plötzlich einen gellenden Schrei aus.

»Ich *werd* nicht mehr!«

Die Kaffee trinkenden Frauen springen auf, um zu sehen, worauf die Frau mit dem Zeigefinger deutet. Sie, die als Einzige mit ihrer Zeitung sitzen geblieben ist, sieht sich in der Runde um, als wolle sie von jeder persönlich wissen, wie das bloß hat passieren können. Gemeinsam mit Marie Lina und Rudolfje kommen auch zwei Wärterinnen herbeigeeilt. Meine Damen, was ist los!?

Massenausbruch unter Zuhilfenahme eines Billardtischs

Trotz strenger Sicherheitsvorkehrungen sind gestern Nacht sechs Schwerkriminelle aus dem Amsterdamer Bijlmer-Gefängnis ausgebrochen und spurlos verschwunden. Ein Siebter, der möglicherweise mit seinen Kameraden nicht hat mithalten können, wurde von einem Mann, der seinen Hund ausführte, aus der Gracht vor dem Gefängnis gezogen. Alle niederländischen Polizeieinheiten befinden sich im Alarmzustand. Der Ausbruch ging unter grober Gewaltanwendung vonstatten, die sich allerdings nicht gegen die unbewaffneten Vollzugsbeamten richtete. Diese wurden lediglich mit zerbrochenen Gläsern und Flaschen bedroht, überwältigt und in einer Zelle eingesperrt. Danach sind die Männer in den Freizeitraum gegangen, haben von den drei Billardtischen den günstigsten ausgewählt, nahe dem Fenster, aber nicht zu nahe, um genügend Geschwindigkeit zu entwickeln, und sind damit mit voller Kraft auf die sogenannte »dicke Scheibe« losgestürmt. Diese Scheiben gelten als unzerbrechlich und sind es auch, können aber, wie sich jetzt gezeigt hat, aus dem Rahmen gerammt werden. Der aus dem Wasser gerettete Delinquent, ein bis auf die Knochen unterkühlter Chinese, befand sich in schlechtem Zustand, wollte aber lieber zurück in seine Zelle, als von der Wasserschutzpolizei ins Krankenhaus gebracht zu werden. Das wurde ihm gestattet. Eine Strafe erwartet ihn nicht. Nach der niederländischen Rechtsordnung steht es dem Gefangenen frei, entkommen zu wollen. Ein Ausbruchsversuch gilt hierzulande als philosophisches Menschenrecht. Auch die sechs übrigen schweren Jungs haben bei einer eventuellen Rückkehr keine zusätzliche Strafe zu befürchten.

So das *Dagblad van het Noorden*.

Wie in Trance nehmen die inhaftierten Frauen wieder Platz. Erst sagen sie kein Sterbenswörtchen, starren nur vor sich hin. Jede von ihnen hat insgeheim den auf das Fenster zufliegenden Billardtisch vor Augen. Ein braunes, mit grünem Tuch bedecktes Trumm, angetrieben durch die Kraft von sieben Männern, stürzt wie ein Fels gegen die Fensterscheibe. Die hält getreu der Herstellergarantie stand, nimmt aber die Kraft, die Wut und die Unternehmungslust von sieben Männern in sich auf. Wimmernd löst sich der Rahmen aus den Laibungen und fällt aus dem zweiten Stock – das ist kein Dusel, sondern wohlüberlegter Teil des Ausbruchsplans – ins Gras. Und schon springen die sieben in die Gracht. Auf der anderen Seite ist gerade kein Verkehr, in dem Punkt haben die Männer nun wirklich Dusel. Entlang der Gracht geht lediglich ein großer, kräftiger Mann mit seinem Pudel. Außerdem steht seitlich, außerhalb des Scheinwerferlichts, ein wartender Lieferwagen. Bei laufendem Motor. Nur die Standlichter sind eingeschaltet. Die Frauen sehen die Decken und die trockenen Kleidungsstücke auf der Rückbank vor ihren inneren Augen. Die Brötchen und die Thermosflaschen mit heißem Kaffee in ein paar großen Tüten daneben auch. Und die Nuss-, die Bounty- und die Marsriegel. Und oh ja, nicht zu vergessen, die Zigaretten! Schuhe? Ja natürlich, ist doch klar.

In der Tischrunde schmilzt etwas. Zunächst ohne Laut.

Dann: »Oh, ausbrechen …« Und: »Ja, rauskommen!«

Eine ziemlich verlegene kleine Drogendealerin (die wohlgemerkt nur noch ein paar Monate vor sich hat) sitzt zusammengeduckt, die Arme um sich geschlungen, da und hält den Atem an, als hätte sie sich gerade in einem Essensaufzug oder einer Bücherkiste versteckt. Eine andere Dealerin, eine große, breite Frau mit einem gekreuzigten Jesus an einer schwarzen Schnur um den Hals, richtet einen durchtriebenen Blick auf die Wärterinnen.

Heftiger Freiheitsdrang. Noch nicht in die Tat umgesetzt, aber wie eine weibliche Marmorgestalt im Körper präsent.

»Schon halb elf, meine Damen!«, ertönt es aus der Ferne.

Eine der Wärterinnen hebt den Arm und klopft auf ihre Uhr.

Kurz darauf herrscht wieder pure Geschäftigkeit in dem

T-förmigen Arbeitssaal, hinter den zwei Fenstern im Querbalken des T rieselt der Schnee noch immer herab. Die Flocken sind blendend weiß, als würden sie von der Sonne seitlich angestrahlt.

SMARAGDBLAUES TIER

Als sie nach der Mittagspause in ihre Zelle kommt, betrachtet sie diese mit fremden, neuen Augen. Der kleine Raum im dritten Stock wird vom frisch gefallenen Schnee draußen erleuchtet, und sogar sehr hübsch. Der Schauer ist vorbei, doch eine unsichtbare Sonne bescheint das in weitem freiem Umkreis liegen gebliebene Weiß und reflektiert es bis hinter die Gitterstäbe. Sie sieht den schmalen Tisch im rechten Winkel zum Fenster, den Stuhl, den kleinen Rattansessel, den Fernseher auf seinem Dreibeinständer am Boden, das Bett, die Kartons darunter, das Regal mit den dicken Romanen und verschiedenen anderen Dingen darüber, den Teppich, die Pinnwand voller Fotos und natürlich den Vogel, der sie in seinem Käfig abwartend anschaut.

Aber sie schenkt ihm noch keine Aufmerksamkeit. Sie tritt ans Fenster. Schaut hinaus und weiß, dass sie nicht ausbrechen will. Sie reckt und streckt sich, seufzt ein paarmal. Ich will nicht ausbrechen. Etwas Bittersüßes steckte in diesem Wissen und auch darin, sich selbst aus etwas Abstand zu betrachten, wie ein Selbstporträt. Hier also: diese fettigen schwarzen Holzkohlelinien auf einem Blatt Papier aus Schnee, eingerahmt in dem Fenster, das man nur einen Spalt öffnen kann, weil es blockiert wurde. Das bist du!

Du bist die Rache. Du bist der böse Wille. Du bist aufgewachsen mit einem eigenartigen Hang zu gnadenloser Gewalt. Von klein auf war er bei dir, du hast ihn gehätschelt, du hattest ihn bei dir beim Murmelspielen, beim Rollschuhlaufen, beim Radfahren, bei deinen Träumen im Schlaf. Das Schlagen, das Treten, in den schmutzigen, ekligen, stinkenden Modder Drücken, und zwar mit sehr lange gehegtem Vorsatz, das bist du. Du bist die Tochter deiner Mutter, die fast dreißig Jahre zum Himmel geschrien hat, und du bist, dank des mildernden Umstands deiner Mutter, eine besonders mild verurteilte Mörderin. Was trotzdem bedeutet: Du bist auch die Strafe. Eine Strafe, die du absitzen musst, wie du sehr wohl weißt.

Eine angenehme Ruhe ist über sie gekommen. Schnee macht sie immer ruhig. Soll ich mir noch schnell einen Kaffee kochen? Sie schaut schon nicht mehr nach draußen, sondern in die Ecke zwischen dem Bett und dem durch einen Vorhang aus vertikalen Plastikstreifen abgeschirmten WC mit Dusche. Dort steht ein Waschbeckenmöbel, das auch als Ablage für ein paar häusliche Gegenstände dient. Eine Kaffeekanne, ein Wasserkocher, Becher, Gläser, Tassen – zugegeben, sie rühren sie, die Gegenstände. Wodurch auch immer. Sicherheit? Intimität? Ihr introvertiertes Stilllebenverhalten, das überall auf der Welt das Gleiche verheißt und es dabei belässt? Ihr Magen knurrt. Weil sie weiß, dass die warme Mahlzeit bereits im Anmarsch ist, verzichtet sie darauf, sich noch ein paar Brote mit Aprikosenmarmelade zu schmieren.

Sie läuft rasch zur Zellentür, die nicht verschlossen ist, der Einschluss erfolgt erst um 17:30 Uhr, und öffnet sie schon mal einen Spaltbreit zum Flur A mit den einander gegenüberliegenden zweimal sechs Zellen, zu dem sie gehört. Geht dann zu ihrem Vogel.

Ein kleines Exemplar, wie im Gefängnis vorgeschrieben. Und anstatt eines Zwergsingsittichs ist es ein Wellensittich geworden, denn die sollen außer singen auch noch sprechen können. Sofern man sie einzeln hält und sofern es ein Männchen ist. Das männliche Exemplar neigt im Gegensatz zu den Menschen mehr zum Sprechen als das Weibchen. Rinus hat das für sie herausgefunden und ihn gekauft.

»Hallo Welli«, sagt sie zu dem Tier im Käfig, smaragdblau mit gelbem Kopf.

Sie weiß, dass es sich jetzt danach sehnt, dass sie ihre Hand hineinsteckt, es von oben packt, durch die Tür herausnimmt, ihre Nase auf seinen Kopf legt und zärtlich damit die Federn glatt streicht und es dann fliegen lässt, wohin es will. Doch vorläufig muss es noch im Käfig bleiben. Man darf seinen Vogel zwar frei fliegen lassen, aber nur, wenn er zusammen mit einem selbst in der Zelle eingeschlossen ist. Großes Trara, wenn der Vogel entfliegt, was hier auf Flur A einmal in eine unerhörte Gaudi unter den pfeifenden, lockenden und herumrennenden Frauen ausgeartet ist.

Sie zögert. Soll sie das Radio einschalten und eine schöne, sanfte Musik suchen oder soll sie auf Mijnheertje einreden? Mit ihm üben? Bisher hat er kein Wort gesagt, nur zweimal gelacht. Sein Lachen hatte sie erschreckt. Unglaublich, wie sonor das »Ha ha ha!« dieses zarten Geschöpfs geklungen hatte! Wo nahmen dieser Kopf und dieser Brustkorb bloß die Akustik her? Von ihr konnte er seine Fröhlichkeit nicht haben. Sie lachte zur Zeit nicht für sich allein. Beide Male war es im Übrigen ein typisches Männerlachen gewesen, so eins von Männern unter sich. Er hatte es wahrscheinlich von ein paar dieser flotten Reporter im Radio oder Fernsehen aufgeschnappt.

Sie geht mit dem Gesicht ganz nah an die Gitterstäbe heran.

»Billardtisch«, sagt sie, deutlich artikulierend.

Und: »Ich bin noch immer baff, dass so ein Wunder geschehen konnte!«

Während sie die Geschichte mit ein paar Stichworten für das Tier zusammenfasst, hört sie, dass der Servierwagen mit dem warmen Essen schon bis zur Nachbarzelle herangerumpelt ist. Der Wellensittich blickt sie unverwandt an. Interessiert und genießerisch. Sie selbst genießt auch noch immer das Bild des durch die Luft fliegenden Billardtischs. Wie aus einer Fabel oder einem Märchen, die sie als Kind auch immer in allen Einzelheiten lebensgetreu vor sich gesehen hat. Aber Lust auszubrechen hat die Geschichte nicht in ihr geweckt.

Und wahrhaftig, gerade als sie sich zur Tür wendet, um ihre Mahlzeit entgegenzunehmen, ertönt auf einmal wieder dieses Lachen!

»Ha ha ha!«

»Billardtisch!«, ruft sie noch schnell über die Schulter, weil sie ahnt, worauf sich der Spaß bezieht.

Die Wärterin wartet schon in der Tür mit dem Essenswagen.

Marie Lina nimmt das für sie bestimmte Tablett aus dem Gestell. Ein Teller Eintopf, ein Schälchen Quark, eine Flasche Wasser und auch schon das Brot und die Scheiben Aufschnitt für abends.

»Er ist so süß«, sagt sie.

Die Wärterin bestätigt das.

»Haben Sie auch Tiere?«

Worauf, wie sie weiß, keine Antwort erfolgt. Das Privatleben der Vollzugsbediensteten geht die Inhaftierten nichts an. Immerhin gibt es wie immer einen freundlichen Blick.

»Tschüs, guten Appetit!«

Bei halb offener Tür, das ist erlaubt, sitzt Marie Lina an dem schmalen, im rechten Winkel zum Fenster stehenden Tisch und isst den Eintopf, danach den Quark, sie holt sich einen

Apfel aus dem Minikühlschrank neben ihren Füßen, schält ihn und verzehrt auch ihn und wartet darauf, dass sie ihren Teller und das Besteck wieder beim Wagen abliefern kann. Das Apfelstück, das sie aufbewahrt hat, verfüttert sie derweil an den Wellensittich. Er bekommt auch ein paar Unkrautsamen. Und einen Napf sauberes Wasser.

In einer Dreiviertelstunde ist Hofgang.

»GUTE NACHT«

Auf dem Hof ist es an diesem Tag ruhiger als sonst. Nur fünf, sechs Frauen nehmen ihr Recht wahr, eine Stunde lang die winterliche Kälte einzuatmen. Marie Lina spaziert rauchend auf den geräumten Wegen zwischen den Schneehaufen herum. Auf den Mauern sitzen Spatzen und warten, aber sie hat diesmal nicht daran gedacht, etwas Brot einzustecken. Sie blickt vor sich hin. Nachmittagsdämmerung, die ihrer Natur gemäß immer etwas von anderen Nachmittagsdämmerungen mit sich bringt.

Wenn Olivier nach Hause kommt. Wenn sie seine Jacke an der Garderobe riecht. Eine warme Winterjoppe. Darüber ein vom Regen durchnässter und bereits wieder getrockneter Wollschal. Er kommt aus der Schule nach Hause, er kommt vom Draußenspielen nach Hause, er kommt zusammen mit seinem Vater vom Vögelvertreiben nach Hause, denn er hat wieder mal zum Flughafen mitgedurft. Sie steckt die Hand in ihre linke Manteltasche, darin befindet sich eine Ansichtskarte. Sie hat sie, bevor sie auf den Hof ging, aus ihrem Postfach genommen und natürlich sofort gelesen. Jetzt zieht sie sie erneut hervor. Auf der Karte sind ein Bär, ein Fuchs und ein Hirsch abgebildet, sie laufen alle drei auf den Hinterbeinen. Der Bär streckt, während er ein Buch liest, eine große rote, vorfreudig gekrümmte Zunge heraus. Sie geht langsam weiter, zieht an ihrer Zigarette, lächelt und liest in der leicht geneigten blauen Kulischrift ihres Sohnes:

Liebe Mama,

heut schreip ich dir wie verschprochen
was mir so innen Kopf gekrochen
das sind, du weißt es ganz genau
so viele Dinge, schau nur, schau
ich denk an Tieger und an Löwen
Tiere die brüllen und Tiere wie Möwen
Fische und Vögel, die sausen fort
weg sind sie ohne ein eintziges Wort
du fragst zu wem? Welch Mensch welch Tier?
Das weißt du, Mama, zu …

Olivier

Tief gerührt steckt sie die Karte in ihre Manteltasche zurück, die Hand auf seiner Handschrift, und setzt ihre Runden zwischen den Schneehaufen fort.

Ihrem Sohn geht es gut. Dies ist sein erstes Jahr in der praxisorientierten Hauptschule, und es gefällt ihm. Zu den Besuchszeiten ist er bisher nur selten aufgetaucht, damit hat er von seiner Seite aus betrachtet absolut recht, aber er schreibt ihr. Manchmal einen richtigen Brief, manchmal nur einen einzeiligen Bericht von etwas, was er erlebt hat – *heute hab ich einen Holzklotz quär durchgeseegt, nicht gerade, sondern schräg, Kuss von Olivier* –, und gelegentlich eine dieser Comic-Geschichten, die ihm so leicht von der Hand gehen, immer mit winzig kleinen, aber überpräzise gezeichneten Figuren. Manchmal kommt auch nur ein Umschlag mit einem Haarbüschel vom Hund.

Es geht auf fünf zu. Die anderen Frauen sind fort, doch das

fällt ihr nicht auf, denn sie ist in Gesellschaft ihres Sohnes, der Holzbearbeiter werden will.

Jetzt, in seinem ersten Jahr, arbeitet er noch nicht mit Maschinen, sondern nur mit der Hand.

In der Tür wartet ein Wärter auf sie. Marie Lina, vor Liebe ganz versunken, bemerkt ihn jetzt doch und lächelt ihm aus irgendeinem Grund schuldbewusst zu. Oh, tut mir leid, ich komme schon!

Obwohl sie offiziell Anrecht auf noch ein paar Minuten draußen hat.

Als sie in ihre Zelle kommt, geht sie gleich zum Vogelkäfig, um die Tür zu öffnen und den Wellensittich herauszulassen. Der Käfig hängt an einem Haken, der wie ein hilfsbereiter Arm aus der Wand ragt. Bitte sehr, dein Vögelchen. Daneben eine Pinnwand mit ein paar Fotos. Ein bisschen durchgefroren schaltet sie den Wasserkocher ein für eine Kanne Tee. Es ist genau halb sechs, als mit einem Schlüssel dreimal an die Tür geklopft wird, die sofort danach auffliegt. Marie Lina sitzt auf dem Bett, trinkt Tee und isst ein Brot mit Erdnussbutter. Der Wellensittich sitzt auf ihrem Kopf.

»Aber, aber, du Taugenichts!«, sagt die Wärterin mit einem starken antillianischen Akzent lachend zu dem kleinen Vogel. Sicherheitshalber tritt sie, die Tür hinter sich zuziehend, kurz ein.

»Alles in Ordnung?«, fragt sie Marie Lina, den Raum inspizierend.

Die nicht sofort zu verstehen scheint, was sie meint.

»Wieso?«

Und dann beschließt, zu lächeln und mit einem Kopfnicken »ja« zu sagen.

Nachdem sie für den Rest des Abends und die Nacht eingeschlossen worden ist, treibt sie ihre Gedanken dorthin zurück, wo sie zuletzt waren, zu Hause in der Mozartstraat in Schalkwijk.

Wie sympathisch, dass die Leute von Bird Control Rinus' private Situation berücksichtigten, wenn sie die Dienstpläne für ihre Vogelvertreiber aufstellten. Er selbst bedauerte das ein wenig, wie sie weiß. Rinus liebte seine Arbeit besonders, wenn die Landebereiche sich in eine nächtliche Steppe verwandelten, auf die von Zeit zu Zeit ein brüllendes Ungetüm niederging. Jetzt aber arbeitet er fast immer tagsüber. Er und Olivier stehen gleichzeitig auf, sie frühstücken, verabschieden sich voneinander und fahren los. Mal steigt der eine als Erster aufs Fahrrad, mal der andere. Der Weg per Rad nach Schiphol dauert länger als der in die Gildenstraat im Transvaal-Viertel, wo Olivier seine Ausbildung zum Holzbearbeitungsmeister macht.

Gedankenversunken sitzt sie auf dem Bett. Die Stunden gehen einerseits langsam, andererseits schnell dahin. Sie hat bereits abgewaschen, geduscht und ist schon im Schlafanzug, barfuß, als sie noch immer an Olivier denkt, der in die Schule fährt, ohne dass er seiner Mutter tschüs hat sagen können. Sie krümmt sich. Tränen schießen ihr in die Augen. Als sie sie zukneift, kullern sie ihr über die Wangen, beginnen reichlich zu fließen. Was nicht unangenehm ist, im Gegenteil. Zusammen mit dem Rotz, den sie sich von den Lippen leckt, setzen sie ein sonderbares Glücksgefühl in ihr frei. Offene Freude, die ihr sagt, wie schön es ist, sein Kind so schrecklich zu vermissen. Und wie gut es tut, sich das geschwollene Gesicht mit den Fäusten noch weiter zu ruinieren und zu heulen, zu heulen. Die Seele blutet, und man lässt es zu.

Dann steht sie auf. Muss tief Luft holen, stockend. Schön war es und schlimm. Der Tag ist zu Ende. Mit dem Arm wischt sie sich den Rotz und die Tränen vom Gesicht und nimmt sogar ein Handtuch zu Hilfe.

Wo ist mein kleiner Wellensittich?

Der hockt auf der Fensterbank und schaut hinaus, weiß der Himmel, wohin. Bevor sie schlafen geht, setzt sie ihn normalerweise wieder in den Käfig, zieht den Vorhang zu, löscht das Licht, dreht sich im Bett auf die Seite und wünscht dem Vögelchen gute Nacht. Jetzt umschließt sie den winzigen Leib mit ihren gefalteten Händen. Folgt für einen Moment seinem Blick nach draußen, wo es nachtblau ist mit einem Streifen Grau.

Eine Viertelstunde später liegt sie im Bett, dreht sich aber noch nicht auf die Seite. Im Dunkeln hat sie alle Zeit. Mit offenen Augen sieht sie vor sich, wie ihr Sohn, längst in der Schule eingetroffen, von seinem Lehrmeister eine Arbeit zugewiesen bekommt. Der Unterrichtsraum hat eine Balkendecke mit Neonröhren und Wände voller Werkzeuge. Kein Schüler braucht sich zu fragen, was er hier eigentlich macht. In dem Raum steht keine einzige Schulbank. Stattdessen drei Werkbänke, an denen in diesem Moment fünf Jungs zusammen mit ihrem Meister sich Konstruktionszeichnungen anschauen. Der Meister trägt ein kariertes Hemd, die fünf Jungs Fleecejacken mit Kapuze. Ein sechster, das heißt Olivier, ist bereits im Begriff, einen in einen Schraubstock eingespannten Holzklotz schräg durchzusägen. Vorgebeugt, den Mund halb geöffnet, blickt er, mit roten Wangen vor lauter Konzentration, auf die Säge direkt unter seiner Nase, rechte Hand am Griff, linke am stumpfen Ende des Blatts. Er ist, soweit seine Mutter erkennen kann, ganz in Weiß. Weißes T-Shirt mit kurzen Ärmeln, noch kindlich-mollige Oberarme, weiße Schürze …

Vormittag, kurz nach neun.

Zeitlose Nacht.

Marie Lina winkelt die Knie an, zieht sich das Oberlaken halb übers Gesicht und dreht sich auf die Seite.

Ihr Schweigen trifft den Wellensittich durch seine Unmissverständlichkeit.

Bereits am Rande des Schlafs hört Marie Lina eine ungeübte Stimme, die aus großer Ferne noch etwas zu ihr sagt.

»Gute Nacht …«

VON ALTEN FRAUEN, JUNGEN FRAUEN UND KAISERADLERN

An einem 21. Juni, einem Samstag, hat Rinus endlich wieder einmal Nachtdienst. Er freut sich sehr darauf. Und als wolle er diese kürzeste Nacht des Jahres verlängern, hat er dem Kollegen, den er ablöst, angeboten, zwei Stunden zusätzlich zu übernehmen. Das heißt, von zehn Uhr abends bis acht Uhr morgens. Was der Kollege, der auf eine Hochzeit eingeladen ist, freudig akzeptiert hat.

An diesem Tag, bereits am späten Nachmittag, ergibt sich auf einmal ein Problem, über das sich Olivier wahnsinnig ärgert, als er es von seinem Vater erfährt. Hortense hat mit der Nachricht angerufen, dass sie in dieser Nacht nicht kommen kann, weil sie sich den Knöchel verstaucht hat und sich nur unter großen Mühen und Schmerzen bewegen kann.

»Na und?«, lautet die Reaktion des bockigen Jungen.

Dass die beleibte Hortense sich mit dem verletzten Knöchel tunlichst nicht bewegen soll, versteht er bestens. Aber was hat das mit der kommenden Nacht zu tun? Hortense ist die liebe Tante, die Tamarinden-Eis machen kann. Weil seine Mutter im Gefängnis sitzt, weil sie eine Mörderin ins Wasser befördert hat, kommt Hortense oft ins Haus, um sich um alles Mögliche zu kümmern. Manchmal übernachtet sie auch, nach einer späten Folge einer Fernsehserie zum Beispiel, oder einfach weil es so gemütlich ist.

Olivier sieht seinen Vater mit einem unergründlichen Blick an. Im Gesicht einen Hauch von Flaum. Sein Blick verbirgt zwei Emotionen. Eine, die er kennt und versteht: Ich bin schon vierzehn. Die zweite ist so unklar, wie eine Emotion nur sein kann. Das Mädchen heißt Ada. Hat sie ihn gestern nun ausdrücklich angelächelt oder nicht? Ada ist die ältere Schwester eines seiner Schulkameraden, bei dem er zur Zeit häufiger ist.

»Na gut, komm mit, wenn du Lust hast«, sagt Rinus. »Die kennen dich bestimmt noch bei Bird Control. Nimm aber deinen Schlafsack mit. Ich habe heute ein paar Stunden geschlafen, du nicht.«

Um Viertel nach neun ziehen Vater und Sohn ihre Stiefel an, rufen den Hund und fahren über den Cruquiusdijk zum Flughafen. Die Sonne, kurz vor dem Untergehen, übergießt den Himmel mit einem so lodernden Abendrot, als stünde hinter ihnen das Meer in Flammen.

Eine weitläufige Fläche. Ein Traumreich für Vögel. Auf dem Polderflughafen mit seinen sechs Start- und Landebahnen in einer von Wassergräben und Äckern gesäumten Prärie ist die Anwesenheit des Menschen eine zu vernachlässigende Größe. Der Mensch sitzt in dem brüllenden Getöse, das aufsteigt oder sich senkt, je nachdem. Kein Vogel schert sich darum.

Rinus, Olivier und der Hund sind in einem knallgelben Geländewagen auf dem Weg zur Aalsmeerbahn. Bird Control hat dort ein paar Brachvögel entdeckt und das über Funk gemeldet. Brachvögel gehören sicher nicht zu ihrer gefährlichsten Klientel, aber die Boeing mit Ziel Johannesburg hätte deren zarte Knochen doch lieber nicht in ihren Triebwerksschaufeln. Als sie dort ankommen, sieht Olivier als Erster die Vögel durchs Fernglas. Sie schweben eher, als dass sie fliegen, in hohen Schleifen genau über der Bahn der abflugbereiten Maschine, hinter deren kleinen Fenstern kleine Menschen sitzen.

»Da, Papa.«

Jetzt sieht Rinus sie auch. Er dreht an einem der Lautstärke-
regler in dem Kästchen am Armaturenbrett und schießt ein
paar Heuler auf sie ab. Die jaulenden Projektile lösen sich aus
einer Anlage auf dem Autodach. Vater und Sohn grinsen sich
an. Weg sind sie. Und schon geht eine neue Meldung ein. Und
dann noch eine und noch eine. Olivier ist der engagierte Ge-
hilfe seines Vaters. Immer sieht er die Vögel zuerst, mit den Be-
schallungsmaßnahmen kennt er sich weniger aus. Eine Pfeil-
formation Graugänse fliegt über eine gerade eingeschaltete
Anflugbeleuchtung.

»Welches nehmen wir, Papa?«

Rinus lässt das Fernglas sinken. »Die sind noch jung«, stellt
er fest. »Tagvögel, die längst im Nest liegen müssten. Nimm
mal dies hier.«

Auf das fürchterliche Angstgeschrei ihrer Eltern hin stiebt
die noch unerfahrene Formation auseinander.

Ruhig zieht derweil die Nacht herauf. Im ersterbenden Sonnenlicht wechseln die Vogelarten. Als Olivier mit seinem Vater und dem Hund an der Ostbahn herumläuft, fängt er den
Blick von Falken und Eulen ein. Mit kugelrunden schwarzen
Augen blicken die Tiere bei ihrem Gleitflug mitten durch ihn
hindurch. Nach einer Weile hat er genug von den Rollbahnen
mit ihrer Beleuchtung, blau auf geraden Strecken und grün in
den Biegungen. Er trollt sich in die Dunkelheit. Zum ersten
Mal spürt und sieht er den Nachthimmel. Ohne Mond, aber
mit Sternen, die einer nach dem anderen immer heller fun-
keln, als tausche jemand dort oben ihre Batterien aus. Immer
wieder hört er Flügelschläge über seinem Kopf. Wohin fliegst
du, Bussard? Oder bist du eine Eule? Ja, bestimmt bist du eine
Eule. Hast du Appetit auf eine Maus, eine Ratte, ein junges

Kaninchen? Kommen die nachts aus ihrem Bau? Hier gibt es auch Füchse. Die wollen das Gleiche wie du. In der Nähe muht ein paarmal eine Kuh.

Auf diesem alten Teil des Flughafens blühen Unmengen bezaubernd schöner Sommerblumen aus der Zeit des ehemaligen Fliegerhorsts. Sie verströmen noch ihren ursprünglichen Duft. Olivier fühlt sich hellwach und duselig zugleich, komisch, aber wahr, und vor allem ganz befreit im Kopf. Die hoch aufgeschossenen Nachtkerzen betäuben ihn mit voller Kraft. Sie haben sich gerade geöffnet. Falter fliegen ihm ins Gesicht. Er bekommt Lust, sich ins Gras zwischen die Blumenstängel zu legen, um diesen seinen freien Kopf mal richtig mit dem Mädchen zu füllen, das ihn angelächelt hat. Sie hat goldbraunes Haar bis über die Schultern. Sie streicht es mit einer Hand zurück und hält es einen Moment lang seitlich am Kopf, ohne ihn aus dem Blick zu lassen. Dann lächelt sie.

Ja wirklich! In diesem Augenblick, ausgerechnet, taucht der große, geschäftige Schatten seines Vaters auf, Hund bei Fuß, um ihn mit einer kleinen Aufgabe zu betrauen. Sein Vater nimmt ihn mit zurück zu den grünen und blauen Lichtern.

»Ja, Junge, genau so. Und dann legst du den Zeigefinger dahin, spürst du den Widerstand? Sie müsste jetzt eigentlich gleich wieder vorbeikommen. Du kannst übers Visier zielen, aber das ist nicht nötig. Treffen musst du sie nicht, hörst du?«

Olivier, fast vierzehn Jahre alt, der zum ersten Mal spürt, was Verliebtheit ist, jagt einer vorbeifliegenden Schleiereule mit einer Leuchtkugelpistole einen höllischen Schrecken ein. Nach dem Knall und dem Blitz hält er die Pistole beidhändig weit von sich gestreckt. Er blickt verblüfft auf den rauchenden Lauf.

»Hab's nicht so gemeint, du«, murmelt er der weggeflüchteten Eule nach, die nichts Böses im Sinn gehabt hatte.

Ein Stück weiter von ihm entfernt ertönt die Pfeife, mit der sein Vater den Bordercollie herumjagen lässt. Kiebitze lassen sich bei Nacht nicht blicken, warum hat der Hund trotzdem noch Lust, so zu tun als ob?

Auf einer Bank in der Cafeteria der Birdcontroller, die früher den Militärs vom Fliegerhorst als Aufenthaltsraum gedient hat, kriecht Olivier in seinen Schlafsack. Es ist weit nach Mitternacht. Sein Vater ist gerade wieder weggefahren. Zufrieden auf dem Rücken ausgestreckt, er hat zwei Puddingteilchen und einen Windbeutel verschlungen, bekommt Olivier noch etwas vom Reden und Lachen einiger Birdcontroller an der Theke mit.

Dann fallen ihm die Augen zu. Die Träume kommen sofort. Wilde Dinge. Sie haben rein gar nichts mit der Realität zu tun, präsentieren sich aber so, als hätten sie die Wahrheit gepachtet. Einmal schießt er halbwach hoch, weil er zwei Frauen auf seiner Bettkante sitzen sieht. Er erkennt seine Mutter und seine Oma. Sie bleiben nur kurz, lachen ein bisschen, als hätten sie sich gerade etwas Ulkiges erzählt und überlegten, ob sie es ihm auch erzählen sollen. Ich schlafe so, wie ein ganz kleines Kind schläft, sagt seine Oma zu ihm. Als sie verschwunden sind, findet er es überhaupt nicht abwegig, dass sie gerade noch da waren.

Ein Schüler, ein Teenager. Wie jeder junge Mensch bereits mit einem Herzen voll alter Erinnerungen. Im tiefen Schlaf leistet ihm jetzt auch noch die hochbetagte Frau Gesellschaft, mit der er einmal bei McDonald's am Tisch gesessen hat. Im Traum bringt er sie glatt mit seiner Oma durcheinander, in dem Sinn, dass die eine auch die andere ist. In Wirklichkeit hatten die beiden alten Damen zum Zeitpunkt der Begegnung herzlich wenig miteinander gemein. Der Unterschied zwischen ihnen hätte nicht größer sein können.

Das kam so.

Als Olivier, zehn Jahre alt, an jenem Tag aus der Schule kam, sah er an der Ecke der Hoofddorpsestraat eine alte Dame mit ihrem Stock in einem öffentlichen Abfallbehälter stochern. Es war ein ziemlich kleiner Behälter mit einer schmalen Öffnung. An dem Tag blies ein kalter Wind aus Nordost, der Himmel hing voller Regenwolken, doch die Dame trug ein weites geblümtes Kleid, und an ihrem Arm hing ein Strohhut mit blauem Band. Der schmächtige Junge rannte durch die Grünanlage zu ihr.

»Die *müssen* da drin liegen«, sagte sie statt einer Begrüßung.

Er schien sofort zu begreifen, was sie meinte. Als sie ihren Stock aus dem Behälter zog, schob er seinen dünnen Arm hinein. Den Blick geradeaus, tastete er im Abfall herum, fühlte Papier, Dosen, Apfelbutzen, ein paar Plastiktüten mit Hundekot und stieß dann auf den Ring mit den beiden Hausschlüsseln, die die Dame versehentlich zusammen mit einem Werbeprospekt weggeworfen hatte. Bevor er sie ihr reichte, wischte er sie an seinem Bauch ab. Sie, ihrerseits, steckte sie erst in ihre Tasche, nachdem sie ein paarmal darauf gepustet hatte. Es glich einem geheimen Bündnis. Kurz darauf überquerten die Dame und der Junge die Straße auf dem Zebrastreifen, ihre Finger in seiner entschlossenen kleinen Hand. Sie bogen zuerst nach rechts ein und dann nach links in den Poortsteeg.

»Wissen Sie's schon?«, fragte Olivier, nachdem sie über eine Stunde unterwegs gewesen waren.

Die Dame, Stock und Strohhut am linken Arm, blieb stehen, um sich die Häuserfassaden anzusehen. Es waren Back-

steinfassaden mit jeweils zwei nebeneinanderliegenden Haus-
türen und darüber einigen Fensterreihen. Sie las die Nummern.

»Achtundsechzig, siebzig, zweiundsiebzig«, zählte sie mit
ausgestrecktem Finger.

»Es geht voran. Wir sind gleich da.«

Als sie das sagte, sah Olivier Schweiß auf ihrer Stirn und
musste plötzlich an seine in den Weihnachtsferien verstorbene
Oma denken, die bei ihrem letzten Zusammensein auch so ge-
schwitzt hatte. Er erinnerte sich an den festen Griff, mit dem
sie vom Bett aus seine Hand gepackt hatte, und plötzlich fiel
ihm ein, dass hier in der Nähe doch das Einkaufszentrum war
mit dem McDonald's.

»Haben Sie Lust auf eine Tasse Kaffee?«, fragte er, während
er die alte Dame wieder bei der Hand nahm.

Sie bogen um die Ecke und kamen am Ende des Boudewijn-
straatje auf den Platz, an dem links, leicht erhöht, das Hambur-
gerrestaurant lag. Es war ziemlich voll. Sie fanden einen freien
Tisch in der Mitte. Während die alte Frau keuchend und
schnaufend in die Ferne blickte, den Strohhut waagrecht auf
dem Kopf, ging Olivier zur Theke. Er legte sein Taschengeld
hin, bestellte für die Dame eine Tasse Kaffee, ein Keks war im
Preis inbegriffen, für sich eine Coca-Cola und bekam noch
zwanzig Cent zurück.

Als sie mit dem Kaffee und der Cola längst fertig waren,
kam das Mädchen von der Theke endlich an ihren Tisch. Die
alte Frau hatte die ganze Zeit kein Wort gesagt. Der Junge, der
einen Mordshunger hatte, auch nicht.

Der fragende Blick der Kellnerin wirkte auf die Dame wie
das Klingeln eines Weckers.

Sie schrak auf, blickte verwundert von dem Mädchen zu
Olivier, sagte: »Junger Mann, du magst doch bestimmt einen

Hamburger und einen Teller Pommes mit Mayonnaise?«, blickte auf sein heftiges Nicken hin wieder zu dem Mädchen und befahl: »Zweimal!«

Als sie beide am Essen waren, kam das Gespräch wie von selbst auf Geburtstage, Hochzeiten und andere Feste. Olivier erzählte, dass sie am Geburtstag seiner Mutter ein Gartenfest gegeben hatten.

Die Dame sperrte die Augen auf. »Oh, mein Junge, war das nicht schön? Mit Lampions an den Bäumen und einem Grammophon in der offenen Tür …«

»Wir haben gegrillt«, sagte Olivier.

»… und dem Hund hatten wir eine Schleife gebunden.«

Plötzlich schien es um sie still zu werden. Das Gespräch verebbte, nur die Musik dudelte weiter. Als die Kellnerin Olivier seinen Eisbecher Royal vorsetzte, was freundlich von ihr war, weil hier eigentlich Selbstbedienung galt, steckte die Dame gerade ihre Hand in ihren Ausschnitt. Aufgrund des Ernstes, mit dem sie ihn dabei ansah, spürte Olivier, dass diese Geste ihn betraf, egal, ob drei Eiskugeln mit Schlagsahne auf ihn warteten oder nicht. Sie öffnete einen Knopf an ihrem Kleid und noch einen, schob die Hand in die Tiefe und zog einen metallenen Anhänger heraus, der da an einer Kette verborgen gewesen war. Sie führte ihn an ihre Lippen.

»Du musst wissen, mein Junge …«, flüsterte sie und schaute dann zur Seite und hoch.

Und auch Olivier schaute zur Seite und hoch.

Neben ihrem Tisch stand ein Polizeibeamter.

Als Olivier aufwacht, ist es helllichter Tag. Die Bank, auf der er geschlafen hat, steht hinten in der Cafeteria an einem Fenster, das von einem Vordach überschattet wird. Das ist der Grund, weshalb er den helllichten Tag eher hört als sieht. Er drückt die Stirn an die Scheibe. Dies ist die betriebsamste Stunde des Flughafens. Aus einem fernen Streifen Sonnenlicht donnert mal das Gebrüll eines im Landeanflug begriffenen Flugzeugs auf ihn zu – er hört die Lärmexplosion näher kommen –, mal der Lärm einer Maschine, die sofort mit voller Power hochzieht. Er springt in seine Kleider.

An der Theke trifft er lediglich einen alten Mann. »Dein Vater holt dich gleich ab«, brummt der unter einem dicken grauen Schnäuzer hervor. Er steht vor der Brötchenschale, fordert den Jungen mit einer Geste auf, sich zu bedienen, zeigt ihm auch die Kaffee- und Teemaschine und sagt ansonsten, sehr deutlich, nichts.

Die Tür nach draußen steht offen. Der angrenzende kleine Vorplatz liegt noch im Schatten. Olivier sieht die Rückseite eines hohen schwarzen Lieferwagens, unter dessen geöffneter Heckklappe drei riesige Vögel hocken. Sie sehen ihn alle drei an, unabhängig voneinander, da sie mit Zwischenwänden abgeschottet sind. Während er in sein Brötchen beißt, läuft er auf sie zu, bleibt aber in einigen Schritten Entfernung stehen.

»Die nehmen es dir bestimmt nicht weg. Die mögen kein Brot!«

Eine Frauenstimme.

Der errötende Oliver, auf bestem Wege, so groß und so breit wie sein Vater zu werden, dreht sich um. Ein hochgewachsenes Mädchen tritt seitlich hinter dem Transporter hervor, eine riesige Umhängetasche quer vor der Brust.

»Möchtest du mit?«, fragt sie und bleibt stehen, eine Hand in die Seite gestemmt.

»Ja«, sagt er, eingeschüchtert durch ihre Frage, vor allem aber durch das ruhige Interesse, mit dem sie ihn von Kopf bis

Fuß betrachtet. Sie hat knallgrüne Augen, das Gesicht ist hager wie bei einem Mann, ihre Wangenknochen stehen vor, und das glatte, zipfelige Haar fällt wie eine ausgebreitete Schwinge bis über die Umhängetasche.

»Wahnsinnig gern.«

»Dann steig ein.«

Sie trägt Jeans und unter der dicken Tasche eine dünne Bluse, blau.

Bei aufgehender Sonne fahren die beiden los, hoch nebeneinandersitzend. Und wohin sie auch schauen: Flugzeuge. Und wohin sie sonst noch schauen: Vögel. Lachend macht das Mädchen den Jungen auf ein paar parkende Cityhopper aufmerksam. Es dauert einen Moment, bevor er merkt, was daran so lustig ist. Ganze Schwärme von Vögeln mit roten Gesichtern aalen sich auf dem sonnengewärmten Metall.

»Distelfinken«, sagt das Mädchen. Sie sagt auch noch, dass sie Ghina heiße und dass der alte Mann an der Theke ihr Onkel sei, mit dem sie normalerweise zusammenarbeite. Aber an diesem Morgen hat er absolut keine Lust gehabt, verstehst du?

Olivier reagiert nicht. Vor lauter Verblüffung bringt er es nicht fertig. Ziemlich rasant befördert das Mädchen ihn in ihrem klapprigen Bus irgendwohin. Zu einem Gebiet neben der Polderbahn, wo sie ihre Kaiseradler über der weiten Prärie loslassen wird, damit sie den anderen Vögeln Todesangst einjagen und sie in die Flucht treiben. Ein Experiment von Bird Control. Ernst schaut er geradeaus, schielt aber gelegentlich auch zur Seite, was sie einmal merkt und mit einem freimütigen Lachen erwidert. »Hast du heute Nacht die Gänse vorüberfliegen hören?«, fragt sie freundlich. Sie reicht nach oben und öffnet das Schiebedach.

»Nein«, sagt er, während er durch die Luke zum Himmel

hochspäht, als halte er es für möglich, dass diese Gänse hier noch immer herumfliegen. »Ich hab so was von fest geschlafen.«

Alles um sie herum wird jetzt weiter und grüner. Das Gras, das der Flughafen auf einer Höhe von ungefähr zwanzig Zentimetern hält, um die Vögel am Nisten zu hindern und auch daran, hier nach Futter zu suchen, wogt förmlich von Feldlerchen, die ihr Frühstück in Gestalt von Spinnen und Würmern zu sich nehmen. Dies ist (mit einer gerade aufsteigenden Boeing, drei weiteren startbereiten und zwei Maschinen in Warteschleife über der Nordsee) das einzigartige Naturgebiet der Polderbahn.

Ghina parkt im rechten Winkel zu einer Baumreihe voll flüchtender Rauchschwalben. Auf dem letzten Stück haben sie und Olivier einmütig geschwiegen, jetzt aber, beim Aussteigen, sagt sie aus tiefster Seele: »Eine Katastrophe!«

Olivier schaut erschrocken in ihr Gesicht.

Sie reagiert nicht sofort. Doch als sie die Heckklappe des Transporters öffnet – zwei der Adler hocken mit dem Rücken zu ihnen –, streichelt sie Olivier über den Kopf. Und fährt auch noch flüchtig, mit zwei Fingern, über seine Wange, als sie sagt: »Weißt du, ich denke noch immer an die Gänse. Dicke Viecher, die sich bei lebendigem Leibe von einem Flugzeugtriebwerk verschlingen lassen und dabei alles kaputt machen.«

Sie taucht ein Stück weit in den Wagen, neben den Adlern, die jetzt wieder alle in Reih und Glied hocken und nach draußen schauen, und beginnt, etwas zu suchen. Währenddessen erzählt sie weiter von den Gänsen. Dass die es hier absolut toll finden. Dass sie sich innerhalb von zehn Jahren viersiebenfacht haben. (Versiebenfacht!) Dass die Maschinen alle naslang nach einem fürchterlichen Zusammenstoß zum Flughafen zurückmüssen und die Gänse derzeit, mit Genehmigung des Untersuchungsrats für Luftsicherheit, jedes Jahr zu Tausenden gefangen und vergast werden.

Olivier hört, dass ihre Stimme immer erstickter klingt.

Mit einem Riesenhandschuh aus verwittertem braunen Leder in der Faust schlängelt sie sich wieder aus dem Wagen. »Ist aber wohl nötig, Menschen gehen vor«, sagt sie noch wie für sich, sacht und sinnlos.

Gemeinsam mit den Adlern schaut er zu, wie sie sich das glatte, flügelartige Haar aus dem Gesicht streicht und locker auf den Rücken fallen lässt und danach den braunen Riesenhandschuh anzieht, der ihr bis zum Ellbogen reicht.

Sie tut das mit einer tiefen Furche zwischen den Augenbrauen, als sei etwas nicht in Ordnung.

Die drei Kaiseradler fliegen. Im Kopf die geheime Botschaft, sich von den Flugzeugen fernzuhalten. Raubvögel sind sehr lerneifrig, so etwas lässt sich ihnen mühelos beibringen. Aus Gewohnheit spähen Ghinas drei Adler nach einem Beutevogel, obwohl sie wissen: Der ist hier schwer zu finden. Die kleineren Vögel lassen sich von keinem Flugzeug beeindrucken, aber wehe, ein Kaiseradler ist in der Nähe. Möwen, Rebhühner, Fasane, Wachteln und besonders auch die Kanadagans: Selbst wenn sie noch nie im Leben einen Kaiseradler gesehen haben, treibt die Angst vor diesem Vogel sie um.

Ghina hat das alles Olivier erzählt. Über diese Angst sagt sie noch: »Wie eine düstere Gewissheit.« Sie sagt auch: »Sie warnen sich gegenseitig, dass es hier vor Adlern nur so wimmelt und man besser zusieht, dass man fortkommt.«

Jetzt steht er neben ihr und folgt ihrem Blick nach oben. Er hat gesehen, wie sie einen Adler nach dem anderen auf den

Rücken ihrer behandschuhten Hand gesetzt und dann losgelassen hat. Mit ihren gewaltigen Schwingen, scheinbar mühelos, stiegen sie auf. Weit sind sie nicht geflogen. Denn Ghina hat schon bald in ihre überquellende Tasche gegriffen, eine große, an ihrer Brust gewärmte tote Taube herausgeholt, sie an einer Schnur im Kreis um ihre Schulter geschwenkt und dann ebenfalls losgelassen.

»Als wäre sie noch lebendig«, hat sie gesagt. »Adler sind keine Geier. Sie räumen nicht auf, sondern essen warm.«

Er hat die Raubvögel mit gruseligen federnden Schritten auf die herabplumpsenden Tauben zuhüpfen sehen. Sie haben untereinander kurz darum gekämpft und sie dann verschlungen. Einer hat ihn betrachtet, den offenen Schnabel voll von blutigem Zeug.

Lange und aufmerksam.

»Sieh dir das an!«, sagt Ghina jetzt und stößt ihn mit dem Ellbogen an. Er tut, was sie sagt. Mit vollen Wänsten lassen sich ihre Vögel in der Luft dahintreiben, weit auseinander, jeder für sich, manchmal steht einer völlig still. Warum macht er das? Um nachzudenken?

Ghina angelt einen Schokoriegel aus einem Seitenfach ihrer Tasche und streckt ihm den hin. Der Riegel ist halb geschmolzen. Das Silberpapier ist schokoladenverschmiert, seine Finger auch, alles ist super-, superlecker.

Der Morgen strahlt. Es ist kurz vor acht. Die Sonne scheint. Eine frische, aber doch schon wärmende Sonne. Olivier hört nicht, dass hinter ihnen ein Auto übers Gras angefahren kommt. Der gelbe Geländewagen stoppt.

»Na schön«, murmelt Ghina gerade. Sie greift nach ihrer Pfeife, um die Kaiseradler zurückzurufen.

BRIEFWECHSEL

Zwolle, 12. November

Rinus, mein Liebster,

Heute erhielt ich Deinen Brief, und er handelte nur von uns! Ich habe mich so gefreut! Je näher das Ende rückt, umso mehr brauche ich Dich. *Sehr viel mehr*, weil Du alles von mir weißt und mit mir mitfühlen kannst, ohne Abstriche. Auch die zarten, gewalttätigen Dinge des untröstlich weinenden Kindes, das ich war, die ich aber hier, in den Nächten und Tagen meiner Haft, losgeworden bin. Ich habe sie abgesessen, abgebüßt.

Aber – wer bin ich dann, in Zukunft?

Die Deine, Rinus, nur noch Du und ich. Etwas anderes wüsste ich nicht. Ich bin die ungeteilte Hälfte von Dir und mir. Von unserer Seele, unserem Haus, unserem Birnbaum und natürlich unserem Sohn.

Als Dein Brief kam, das war nach der Arbeit, habe ich ihn sofort gelesen und danach noch einmal während des Mittagessens (gebratene Makrele mit Reis) und gerade eben, nach dem Hofgang, ein drittes Mal. Dass die MD-12 mit 80 Tonnen Fracht nach ein paar fürchterlichen Schlenkern sicher neben der Bahn gelandet ist, das musstest Du mir erzählen, weil es aus Deiner Sicht sonst nicht geschehen war. Ja, vorgestern hat es auch hier scheußlich gestürmt. Ich hatte das Fenster einen Spaltbreit geöffnet, um dem Sturm zu lauschen, und dachte sofort: Rinus. Und hatte, als ob Du mir ein Telegramm geschickt hättest, denselben Gedanken wie Du, dass diese Windstöße in

Orkanstärke Dir und mir zusammen gehörten. Und auch dieses blöde Fenster, das sich wegen der Verlockung zum Selbstmord nur eine Handbreit öffnen lässt, und die Zelleneinrichtung hinter mir und die Briefkarte von Rudolfje aus Ter Peel, die schreibt, dass ihr kleiner Sohn sie nicht ansieht und nicht lacht. Warum nicht? frage ich mich besorgt. Er ist schon über ein Jahr alt … Sie darf ihn bei sich behalten, bis er drei ist.

Es wird bald dämmrig. Ich habe gerade auf dem Bett gelegen und an Dich gedacht. Ich sehne mich schrecklich nach zu Hause. Es ist blödsinnig schön, Dir das zu schreiben, und es macht mich verrückt, dass der Tag, an dem ich freikomme, noch mehr als vier ewige Monate entfernt ist. Wie lief Oliviers Prüfungsarbeit gestern? Wie geht es dem Knie Deiner Mutter, wie geht es Deinem Vater und wie seiner großen Liebe Hortense? Weißt Du noch, wie wir einmal vorbeischauten, als er zufällig im Bett lag? Er war ein bisschen krank. Sie war dabei, seine Haare und Augenbrauen zu kämmen, als sollte er aufgebahrt werden. Aber vielleicht kam mir das auch nur so vor wegen seiner gewölbten, knittrigen Augenlider, die er mit einem Mal so schnell hochklappte wie der netteste Tote, den ich je gekannt habe.

Rinus, sag mir, bitte, habe ich eigentlich nachts in der Mozartstraat geschnarcht?

Also, Du weißt doch, dass Welli außer »gute Nacht« kein Wort spricht, aber trotzdem menschliche Geräusche von sich gibt. Jetzt ist es mir schon ein paarmal passiert, dass mich, wenn ich mich tagsüber mal kurz hingelegt habe, aus dem Käfig ein Geräusch erreichte wie das Atmen von jemandem, der ganz friedlich schläft, und nach einer Weile ging es in Schnarchen über. Erst leise, aber dann doch ganz schön heftig. Vorhin war es auch wieder so. Ich habe den Kopf zur Seite gedreht.

Weil es ein klarer Tag ist und der Vorhang nicht ganz schließt, konnte ich den Vogel sehen, wie er sich, mit offenem Schnabel, mir genau zugewandt, nach Kräften anstrengte.

Ich ging zu ihm, er natürlich sofort still, ich nahm ihn heraus und setzte ihn mir auf die Hand. Mit einem Finger streichelte ich die Federn auf seinem Kopf.

Dich küsse ich dreihundertmal.

Deine Marie Lina

◆ ◆ ◆

Liebe Marie Lina,

vielen Dank für Deinen Brief, wie schön das ist, was Du schreibst, und wie schlimm! Jedes Mal wenn ein Brief von Dir kommt, freue ich mich. Dass dieses Mädchen mitten in der Nacht zu Dir ins Bett gekrochen kam, Dir die Arme um den Hals schlang und Dich in Deiner Meinung nach reiner Todesangst umklammerte, das ging mir schrecklich nahe. Es ist nicht mal möglich, schreibst Du, man kann hier nachts in keine andere Zelle gehen, aber wenn man etwas wirklich will und mit aller Kraft daran glaubt, dann geschieht es einfach.

Das denke ich auch.

Daher ahne ich, wenn ich mich frage, warum mein Mann nicht langsam nach Hause kommt, wie die richtige Antwort lautet. Für mich ist Willem derselbe wie damals, als er fortging, das ist einfach so. Ein großgewachsener Mann mit ernsten Augen, die einen nicht so sehr ansehen, sondern mitten durch einen hindurchgehen. Als wollten sie sehen, was dahinter ist. Nun, Marie Lina, ich will Dich nicht mit meiner Geschichte langweilen … Nachdem mein Urahn Mbeki mehrere Tage lang hinter den Kamelen eines Arabers her getrottet war,

landete er ausgetrocknet und halb verrückt in einem Beduinen-
lager. In diesem schlechten Zustand wurde er weiterverkauft,
kam per Raddampfer nach James Island und auf dem Atlanti-
schen Ozean als Beute von den Engländern zu den Holländern.
Auf der Plantage Zuurzak auf Curaçao begegnete er meiner
Ururgroßmutter Adeline, die aus Französisch-Guinea stammte. Zu ihrer zahlreichen Nachkommenschaft gehöre ich, unter
anderen.

Das heißt, wessen Hintergrund die ernsten Augen meines
Ehemanns dort in den Anden auch suchen mögen, meiner ist
es nicht.

Immerhin erhielt ich im letzten Monat endlich wieder eine
Ansichtskarte. Das hat mich gefreut. Hortense, wie geht es
Dir? fragt er. Die Abbildung zeigt in Schwarzweiß ein kantiges
Gebäude, ein Hotel oder eine andere Einrichtung, an einem
Gebirgshang. Ich habe es mir lange angeschaut. Das Gebirge,
obwohl im Hintergrund, scheint das harte Gebäude nicht so
sehr zu dominieren als vielmehr zu ignorieren, weich und ver-
schwommen wie ein Frauenkörper von unvorstellbarer Größe.

Ach Willem, streunender Hund …

Aber dass er mir trotzdem, durch Papachen, weiterhin seine
dicken Schecks schickt, Marie Lina. Zuverlässig. Das ist doch
lieb, oder? Vielleicht muss man Treue nicht unbedingt mit
Leib und Gliedern beweisen?

Du hast mich gebeten, Dir lange Briefe zu schreiben, da Du
wegen der Abhörgefahr nicht telefonieren magst.

Ich tue mein Bestes, aber viel mehr weiß ich nicht. Olivier
vermisst seine Mutter, er wird ein bisschen aushäusig. Der
Arzt meint, ich soll abnehmen. Papachen und Mamachen sitzen zu Hause und schauen dem Regen zu. Über das, was Du
von dieser Frau, zwei »Aufenthaltsräume« von Dir entfernt,

schriebst, die nichts anderes tat, als zu heulen, habe ich auch geheult. Aber nur um Dich und keine einzige Träne um sie. Die ist jetzt garantiert schon wieder weg, die musste nur sechs Wochen absitzen, Drogen natürlich, selber schuld, und dann den ganzen Freizeitraum vollheulen wegen des Herpes auf ihren Lippen!

Also, mein Schatz, Schwesterchen, pass gut auf Dich auf. Träume und lass die Zeit verfliegen. Ich umarme Dich innig!

Hortense

◆ ◆ ◆

Buitenkaag, 26. Februar

Lieber Willem,

Deine Mutter und ich hoffen, dass es Dir gutgeht in der Ferne, aber ich finde, es wird Zeit, dass Du zurückkommst. Ich bin alt und krank, Prostatakrebs, der mit einer milden Hormonmedikation behandelt wird und sich so langsam und alt gebärdet wie ich selbst. Die Ärzte meinen, dass es durchaus noch eine Weile dauern kann, und ich selbst meine das auch. Ich segle meine BM, stelle den Müll an die Straße, erledige alles Schriftliche und gehe jeden Samstag mit dem Einkaufswagen hinter Deiner Mutter im Supermarkt her. Sie sagt, man muss seine Einkaufsliste auswendig wissen, weil alles, was man aufschreibt, aus den Gedanken verschwindet. Also begleite ich sie mit einer verbotenen Liste in der Tasche die Regale entlang und murmle quasi-zerstreut die Artikel vor mich hin, die sie sucht. Deine hübsche, wohlerzogene Mutter, Willem, will auch nicht einen halben Punkt hinter dem Höhere-Töchter-Schulmädchen zurückstehen, das sie mal war.

Also, alles in allem geht es uns gut. Deine beiden Brüder, Deine Schwägerin Viola und die drei Enkelkinder besuchen uns oft, und in ein paar Wochen ist auch Marie Lina wieder da. Als sie einmal Urlaub hatte, war sie eines Sonntags auch mit von der Partie, und ich muss sagen: so natürlich und ungezwungen, als ob nichts passiert wäre. Erstaunlich.

Du merkst schon, dass ich bisher nicht von Hortense gesprochen habe. Von Hortense, mein Sohn, möchte ich Dir nur eines sagen. Sie ist meine Tochter. Kein Mensch soll sich erlauben, ihr Kummer zu bereiten! An besagtem Sonntag, als alle da waren, war sie natürlich auch bei uns. Der Einzige, der fehlte, warst Du. Ich sage das mit Nachdruck. Hier ist es Winter. Nach dem Essen gingen die jungen Leute Schlittschuh laufen, die Erwachsenen saßen in der Kaminecke. Während die anderen sich über irgendetwas kaputtlachten, sah ich, wie Hortense die Hände an ihre Wangen legte. Mit glühenden Augen schaute sie vor sich hin. Danach sah sie mich an. Warte nicht zu lange, Willem.

Vater

♦ ♦ ♦

Schalkwijk, 3. März

Hallo Lineke, mein Schatz!

Als ich gestern nach Hause kam, waren Olivier und sein Freund Stefan dabei, Bratkartoffeln zu machen. Sie hatten den Tisch schon gedeckt, und weil sie die Dunstabzugshaube nicht eingeschaltet hatten, roch das ganze Haus nach *Wurst mit Bratkartoffeln.* Du weißt doch: Stefan kommt aus einem Dorf am Chiemsee, sein Vater wird mit *Meister* angeredet. Stefan und Olivier haben mir mal ein Foto gezeigt, was dieser Meister so macht. (Olivier zog ein genauso stolzes Gesicht wie sein Freund!) Bemalte Schränke im Stil des achtzehnten Jahrhunderts, die von echten nicht zu unterscheiden sind. Wir setzten uns zu Tisch. Olivier sagte: Papa, ich darf im Sommer mit zum Chiemsee. Stefan hat zu Hause schon gefragt. Ich sah ihn an und wusste, was er meint. Dieser Chiemsee scheint ein wahnsinnig schöner See zu sein, aber er meint die Schränke. Er meinte die Feinarbeit, die er vielleicht auch erlernen kann.

Nun ja, wir werden sehen, jedenfalls ist er von der Idee begeistert.

Jetzt schreibe ich Dir noch ein paar Zeilen über mich selbst.

Heute bin ich früh aufgewacht und dachte wie immer sofort an Dich. Es war noch dunkel. Es knisterte an den Fensterscheiben, aber nur gedämpft. Kein Regen also, sondern Schnee.

Ich zog die Vorhänge auf und legte mich wieder ins Bett. Ich stellte mir vor, dass wir zusammen in den Schneeschauer und auf die weißen Dächer gegenüber schauen. Du und ich. An unserem gemeinsamen freien Tag. Ich schlief wieder ein und wachte erst auf, als Sjaak mich, die Vorderpfoten auf der Matratze, aus so großer Nähe anstarrte, dass ich seinen Atem roch.

Ich stand auf und ging mit ihm raus. *Eine* Runde hätte ihm gereicht, denn er dachte an sein Fressen, aber ich war richtig high von der Schneeluft, die es so das ganze übrige Jahr nicht gibt. Schnee riecht ja mehr nach Wasser als das Wasser selbst. Ich ging weiter. Ich hob zwei Hände voll Schnee auf, drückte sie mir ins Gesicht, aß etwas davon, machte eine Kugel daraus und hob den Arm. Jetzt sah Sjaak mit zitternden Pfoten zu. Bring! Natürlich gehorchte er. Und verstand den Schneeball nicht, der ihn, indem er auf dem Boden auseinanderfiel, noch besser austrickste als ein Vogel.

Dann kam ich nach Hause. Ich bürstete Sjaak, gab ihm zu fressen, kochte Kaffee, briet mir Eier und aß sie zusammen mit etwas Brot. Ich aß auch noch zwei Scheiben mit Kreuzkümmelkäse. Jetzt dauert es nicht mehr lange, meine kleine Frau, mein Vogelmädchen, bis du zurückkommst in das einzige Leben, das für Dich und mich zählt, das normale Leben. Je normaler, umso wunderbarer, je alltäglicher, umso prachtvoller.

Rinus

AN DIESEM SONNTAG WARTEN SIE ALLE

Schuld ist Mama Caspers. Die scheint sich sicher zu sein, dass ihr Sohn Willem heute, am Sonntag, dem 8. Mai, zum Mittagessen eintreffen wird. Vor fünf Tagen hat er, sie weiß nicht, woher, angerufen und ihr sein Kommen angekündigt. Genauer hat er es nicht gesagt, aber für sie war es genug. »Wir decken draußen!«, hat sie um zwölf Uhr ihren Schwiegertöchtern Viola und Hortense zugerufen. Und mit einem Nicken die Wintergartentüren aufgestoßen. Es hat zwar die ganze Woche geregnet, aber der Wahrheit halber muss gesagt werden: Die hereinströmende Luft war warm, ruhig und milder als erwartet (außer von Mama Caspers). Viola und Hortense riefen aus der Küche heraus »ja«, ohne ihre Arbeit am Familienessen zu unterbrechen. Gleich kommen die anderen, die können dann die Stühle und Tische nach draußen schleppen.

Wo bleiben sie übrigens?

Das Telefon klingelt. Mama stürzt hin. »Nein«, sagt sie nach kurzem Zögern, und dann: »Ja.« Und: »Mach mal, kann nie schaden.«

Rinus hat angeboten, ein Sprühgerät mit giftfreiem Zeug gegen die Läuse auf den Rosenknospen mitzubringen.

Aber wirklich, draußen ist Frühling. Gegen eins schieben Eddy und sein Sohn Bas die beiden Teile des Gartentischs zusammen, Rinus wischt ihn ab, und Marie Lina und Nichte Josefien (die Tochter von Eddy und Viola) breiten das gestärkte Leinentischtuch darüber. Der alte Vater stellt in mehreren schlurfenden Runden die Gläser hin. Beim Hinuntersteigen der beiden Stufen zum Garten lässt er sich von seinem in dieser Hinsicht erfahrenen Enkel Olivier am Arm nehmen. Aus Respekt gegenüber dem Schicksal lässt er die kristallenen Sektschalen vorerst noch stehen.

Alle sind da. Sie sind zu zehnt (plus Sjaak). Gedeckt ist für elf. Einen Moment entsteht ein Zögern, als entschieden werden muss, welches der Gedecke in Erwartung von Tischgenosse elf unangerührt bleiben soll. Die Lösung findet sich, als man sich zu Tisch setzt. Der Platz, der frei gehalten wird, ist der zwischen Mama Caspers und Hortense.

So kommt es, dass Marie Lina während des Essens leicht benommen vor sich hin schauen kann, ohne an etwas zu denken. Denn zufällig ist sie auf dem Platz gegenüber dem wartenden Gedeck und dem wartenden Stuhl gelandet. Ihr helles Frühlingskleid ist funkelnagelneu. Die Strickjacke darüber auch. Sie ist seit ein paar Wochen frei oder eher: befreit. Sich leicht wie ein Kohlweißling zu fühlen, das ist doch nur ohne Last auf dem Rücken möglich, nicht? Ruhig hier zu sitzen, mit zusammengeklappten Flügeln, einfach weil ihr danach ist? Kurzum, welch eine Leichtigkeit. Inmitten der allgemeinen Herzlichkeit, an der sie zu hundert Prozent teilhat, kann sie es sich erlauben, mit einem Glas Wein an den Lippen in den Garten zu starren. An nichts zu denken. Der Garten schimmert grün, bläulich. Kein Smalltalk. Keine weitere Absicht. Was kann dagegen sprechen, neben Rinus' Mutter jetzt mal in Gedanken, *for the time being*, ihr eigenes Mütterchen zu setzen?

Rinus, zu ihrer Linken, beugt sich zu ihr: »Mein Schatz, soll ich dir nachschenken?«

Eine Flasche Gewürztraminer in der Hand.

Marie Lina: »Gern. Der ist richtig lecker. Du fährst. Danke schön. Prost.«

Sie nimmt einen tüchtigen Schluck. Und, mit einem fernen Lächeln zu ihrer Mutter, wie wenn deren Leben völlig unbeschadet geblieben wäre, noch einen: »Also Prost. Auf uns!«

Die nicht an den Haken gegangene Louise Bergman. Kein Fisch an jemandes Angel. Alt geworden und noch immer schön sitzt sie mit am Tisch. Fältchen. Die Haare getönt im ursprünglichen Kastanienbraun. Vielleicht von ihrem Mann geschieden, in aller Ordnung, aber wahrscheinlich nicht einmal das. Mensch, Mama, denkt Marie Lina leicht schläfrig, so ein Mann, ständig auf Achse, der entscheidet sich, aus seiner LKW-Kabine gestiegen, doch lieber für die weichen, warmen Lippen zu Hause?

Aus einem offenen Fenster in der Nähe kommen ein paar Klaviertonfolgen. Danach ein ganzes Stück. Quecksilbrig. Man könnte sofort eine kleine Melodie dazu anstimmen.

Hörst du es?

Es schlägt zwei auf der Pendeluhr mit dem vergoldeten Hirtenpaar, das im Wohnzimmer gerade einen Funken Sonnenlicht einfängt.

An der Familientafel im Garten wird bei guter Stimmung weiter gegessen und getrunken, aber man horcht derweil trotzdem auf die Uhr.

Und nicht nur auf sie. Es ist sehr wohl möglich, dem spärlichen Verkehr auf der schmalen Asphaltstraße zu lauschen, wie ein Auto sich dem Haus nähert (und dann daran vorbeifährt …), und gleichzeitig ein angeregtes Tischgespräch zu führen, eines von der idealen Art, in dem es um nichts geht.

Irgendwann, gerade als Eddy erzählt, wie jemand auf seiner Arbeit zu ihm gesagt hat: »Ach, Herr Professor, was bin ich blöd. Darf ich Sie auf die Wange küssen?«, fährt vor dem Haus

Bus 23 mit Ziel Buitenkaag heran und verringert die Geschwindigkeit. Die Haltestelle ist zehn Häuser weiter. Mama Caspers schiebt ihren Stuhl zurück, eilt über den Gartenweg zur Straße und kommt eine Minute später zum Tisch auf dem grünen Rasen zurück. Unterwegs pflückt sie einen kleinen Jasminzweig.

Als sie wieder neben dem leeren Stuhl Platz nimmt, wechselt sie, über den leeren Stuhl hinweg, einen Blick mit Hortense.

Schade.

Die tropischen Augen starren sie an.

Wenn nicht heute, dann eben morgen, Mamachen. Oder übermorgen?

Mama Caspers stellt den Zweig in ihr Weinglas. Da ihre Aufmerksamkeit auf alles gerichtet ist, was sich dem Haus nähert, kann sie jetzt sogar die Radfahrer und die Spaziergänger hören. Sie hört auch die Boote, die durch den Huigsloot zum Kaag fahren.

Und trotzdem ist nicht sie es, sondern Sjaak, der zwanzig Minuten später hört, wie ein Taxi anhält. Unterdrückt bellend, wie es seine Gewohnheit ist, rennt er zur Straße.

INHALT

I

II

III

IV

Verschrobene Einzelgänger, zerbrochene Leben, ein abgelegenes Dorf

Stadt, Land, Schluss. Zeit seines Lebens hat Paul mit seinem Vater auf dem Hof an der deutsch-niederländischen Grenze gewohnt. Seinen Handel hat er nach und nach von Trödel auf Militaria umgestellt und verdient auch an den Neonazis. Als sein einziger Freund eines Nachts in seinem Haus brutal zusammengeschlagen und ausgeraubt wird, hat Paul sofort den Besitzer des Bordells jenseits der Grenze im Verdacht. Tommy Wieringas mitreißender Roman zeichnet das Schicksal der Verlierer in den abgehängten Gebieten mit großer Empathie nach.

Ü.: Bettina Bach
288 Seiten. Gebunden

HANSER
hanser-literaturverlage.de